# 此处无声

CI CHU
WU
SHENG

宁可 著

中国工人出版社

# _ 目录 _

# 四大动物

任厂长走了，连个招呼也没打。

又是被“四大动物”气走的？

还能有谁。徐自律笑了笑。

带头的还是马二宝？大老杨问。

当然是他。

有个想法在我心里好久了，我们来个以毒攻毒？

好是好，就是显得我们屈服了。

死马当活马医，动物还由动物治，试试吧。

也没有别的办法了，试试就试试吧。

*1*

天已经亮了，太阳光透过窗玻璃，直直地照在屁股上，痒痒的，当然舒服了。就是光线太强，刺得眼睛有点睁不开。睁不开就不睁了，再多睡会儿吧。马二宝伸了个懒腰，用被角遮了遮脸，做出了一副沉睡状，却睡不着。马二宝觉得真他妈的没有意思。上班没有意思，下班没有意思，喝酒没有意思，睡觉也没有意思。屋子不小，东西不少，家里该有的都有了，还是显得有点空空荡荡、冷冷清清。按照正常思维，读者肯定以为马二宝缺少女人。其实，在现实生活中，马二宝最不缺的，可能就是女人了。厂里有的是主动往马二宝床上躺的女人。只是，都像住旅店似的，住个十天半月的，就再也不来了。有的是被马二宝骂走的，也有的是马二宝真心喜欢想留的，却没有留住一个。马二宝有时候气得直骂娘，躺在身下的时候，一个个千娇百媚、一副要死要活非马二宝不嫁的陶醉状。一说到结婚，一个个就都变了脸，闭了口。还有一个，衣服还没有穿戴整齐就冲出了门。所以，准确地说，马二宝不缺女人，但却缺一个长相厮守的女人。

床上没有了女人，也就没有了故事，再躺下去也没有意思了，马二宝慢悠悠地穿起了衣服。已经是春天了，身上穿得也就简单多了，不一会儿，马二宝就穿戴整齐了。刷了牙，洗了脸，马二宝晃晃悠悠往菜市场去了。工厂建在山沟里，早点只能在菜市场的小摊上对付了。菜市场当然像往常一样，人山人海的，而且，全是发动机分厂的职工。马二宝一边往里走着，坐在小摊上的人就"马哥马哥"地喊着。摊主一边忙生意，一边也巴结地朝马二宝笑着。马二宝不理，一直往里面走。走到了，坐下了，面皮也就拌好了，冒着热气的苞谷稀饭也摆在了石板上。就这样，马二宝一到，发动机分厂的"四大动物"就全到齐了。卖面皮的既赔着小心，又时不时向周围的同行投去得意的眼神。周围的摊贩除了应付好摊前的客人，又不时向这边投来羡慕的目光。这就更使得四大动物与众不同了。

整个菜市场小心了，这边就热闹了。

老二，大老杨和你谈了？牛大顾不得吃，也不喝了，盯着马二宝的嘴问。牛大当然不叫牛大，叫牛德宝。因为在“牛马狗猪”四大动物里年龄最大，牛德宝就没有人叫了，牛大就成了他的代号。

马二宝还没有说话，苟三就接上了，二哥，你可别上这当。这个烂摊子，神仙也管不好。像牛大一样，苟三也不叫苟三，时间长了，真名已经没人叫了。

马二宝一直低着头吃面皮，一碗吃完了，把碗放在了摊主的跟前。摊主赶紧又忙着切面皮了。马二宝头也没有抬，一口将一碗苞谷稀饭喝完了，才将目光移向了朱四。

朱四知道不说话不行了。动物的习性只有动物知道，牛大、苟三之所以反对，是因为牛大有自己的商店，苟三也有自己的活计。如果马二宝干了分厂厂长，自己的事肯定要受影响。朱四除了工作，再无其他的事情。朱四觉得马二宝应该干，分厂多少年了，没有一个人能管得住。朱四觉得总厂厂长大老杨的主意虽然有点馊，但却是目前唯一的选择。只不过，附和了二哥，就得罪了大哥和三哥。一年四季，他没少从牛大的商店拿烟。苟三就更不同了，他们两人年龄相近，脾气也相投。苟三承包了一块山地，上面种满了杨树。没有事的时候，苟三常常拉着朱四去山上，当然不是白去。朱四有一种预感，如果马二宝当上了分厂厂长，四大动物反目成仇是早晚的事。那么，从现在开始，自己就有一个站位的问题。站好了，下半辈子就不愁了。站不好，就里外不是人了。马二宝的脾气他最清楚，暴得像个火药筒子。脾气上来了，不点也燃。不光他和苟三害怕，牛大也怵。朱四也知道，自己在四大动物里，是公认的小诸葛，每次遇到难事，他的意见都很重要。虽然心里支持马二宝，表面上却不能表现出来。表现出来了，也就不是“小诸葛”了。

朱四就笑了，笑得意味深长，马二哥干这个厂长，再合适不过了。朱四的目光迅速地从牛大和苟三的脸上一晃而过，问题是，大老杨为什么找二哥干？

马二宝显然不满意朱四的回答，你说为什么？

这还用问，牛大气呼呼的，还不是为了瓦解我们四兄弟。

就是，大老杨这招太恶了，我们可不能上当。苟三附和道。

朱四的目光又在马二宝的脸上遛了一圈，但这却是二哥多年怀才不遇一次最好的机会。

牛大和苟三都不说话了，朱四低下头开始喝稀饭了。稀饭已经没有多少热气了，再不喝就凉了。朱四喝稀饭的过程中，听见马二宝问，按照老四的意思，能干？

牛大和苟三没有说话，朱四嘴占着，没法说话。马二宝起身走了，像往常一样，走得随心所欲，潇洒自如。

马二宝走了好长时间了，苟三才说道，看样子，二哥铁心要干？

真要干了，我们兄弟还得帮一把。牛大接了一句。

那我们现在怎么办？朱四问。

还能怎么办？牛大说，给老二帮帮面子，上班去。

我今天还要到山上去，说好了的！苟三满脸的不愿意。

我还说好要去进货呢！牛大的声音大了，老二真要干了，也不见得是坏事。再说，他要真干了，你和他顶着，你又不是不知道他的脾气，第一把火准保烧到你的头上。

狗日的大老杨，太毒了。苟三恶狠狠地骂。

朱四不动声色地笑了。

## 2

红头文件贴在了分厂门口的黑板上，把职工的眼睛全都粘在了上面。在职工眼里，文件是一张纸，但红头文件却不是一张普通的纸，那纸上传递的信息能决定人的命运。所有站在分厂门口的人都感觉到了来自马二宝的信息，但所有人都没有说话，连小声嘀咕也没有。如同五官只留下了视觉功能。虽然有诧异有嘲弄有感叹有无奈，但都只是在脸上，而且一闪即逝。职工们却都没有离开，好像心照不宣，看一会儿文件，两个人，或者三个人，目光对视一下，又接着看。

职工们看着文件，黑板报对面二楼办公室的玻璃窗后，也有人看着职工。

你都看到了？总厂厂长大老杨笑着问。

马二宝点了点头，没有说话。

反应不是很热烈啊！说这话的是总厂党委书记徐自律。

反对也不是很明显。大老杨接了一句。

杨厂长和徐书记的目光都射向了马二宝，是骡子是马，拉出来遛遛。

遛过之后再下结论。马二宝说完，就出了办公室，下楼奔职工去了。马二宝是不动声色地出现在职工面前的，他没有说话，好像说话就减少了自己的威严似的。像往常一样，马二宝站在黑板报旁边传达室的台阶上，一言不发地看着。这种标准马二宝式的站位很快就达到了应有的效果。先是一小部分人看见了，看见的人就不看红头文件了，目光都落在了马二宝的脸上。发动机分厂的人都知道，马二宝站在这里，就是有话要说。马二宝要说话的时候，认真地虔诚地安静地看着马二宝就是对他的一种尊重。这种脸上的凝重很快就成了所有职工的面部表情。杂乱的人群更静了，静得只剩下了马二宝的喘气声。

大家都看到了，马二宝说，文件都发了，我就一句话，现在是上班时间，上班的时候你们应该在岗位上。马二宝接着说，各车间主任在分厂会议室开会。马二宝说完，就转身上楼了。人群又愣了一会儿，似乎还想再听一会儿，看着马二宝已经没影了，大拨的人就往车间去了，少数的几个人互相看了一眼，也跟着上楼来了。

在工厂里，干部和职工的矛盾其实就是楼上和楼下的矛盾。干部都在楼上办公，职工都在楼下干活。楼上的人下来是为了监督，为了管理，为了训人；楼下的人上楼，是为了请假，为了汇报工作，为了挨训。楼上的人都想下楼，因为下楼了可以训人，并且美之曰是为了管理，训完人了可以随意上楼；楼下的都想上楼，上来了就不想再下去。不下去了就可以不再干活了，身份也就变成干部了。衔接楼上和楼下的，就是各车间的主任。在分厂里，车间主任是承上启下的角色，上楼了是去汇报工作，接受任务；下楼了就是老大，可以横鼻子竖眼。

跟在马二宝后面上楼的几个人，就是各车间的主任。几个人越往上走，腿就越软，心就跳得越快，到了分厂会议室，心跳早就变成了打鼓声。

马二宝倒是和颜悦色的，看着昔日管理自己的人如今在自己面前连头也不敢抬，心里就很是舒坦。心里舒坦了，脸上自然就有些春暖花开了。

说说，马二宝说，目前车间最大的问题是什么？

几个主任你看看我，我看看你，嘴上没说，却都在心里叨咕，这还用问吗？你应该最清楚了，当然是劳动纪律了。

马二宝问完，见大家都不说话，自己想了想，这个问题确实有些难为他们了。这就等于让他们当面给新上任的分厂厂长提意见。分厂的劳动纪律之所以不好，就是以四大动物为首的一帮人想来就来，想走就走，没有人管得了。而四大动物又以马二宝为首。

马二宝笑了笑，换了个问法，如果牛大、苟三、朱四都按时上班了，你们能把考勤抓好吗？

几个人都不愿失去向新领导表功的机会，争先恐后地说，没问题。

好了，马二宝说，从现在开始，你们下去先查考勤，凡没有请假缺勤的，一律记半天旷工。下班的时候将通报贴在分厂门口的黑板报上。

几个主任相互看了一眼，下楼了。虽然觉得滑稽，但心里却充满了信心：因为，破坏考勤的人抓考勤了。就像耗子看家的时候，猫老偷油，耗子没有办法，所以，到头来，主人只好不让耗子看家了，而改为由猫看家。猫认真了，油自然就安全了。

被当猫使用的马二宝直到几个主任走了，才想起主人还在办公室等着他，急忙来到了大老杨和徐自律的面前。马二宝说，两位领导还有什么吩咐？

大老杨和徐自律相互看了一眼，同时摇着头说，没有什么了，你先抓好考勤再说吧。两人说完了，继续坐在办公室抽烟、喝茶，却没有走的意思。马二宝知道总厂领导还是有点不放心，想等到结果。领导在座，干不了工作，马二宝只好说，两位领导先坐着，我下车间看看。说完就走出了办公室。楼道里面很脏，刚才因为忙，没有注意，走在这样的楼道里，马二宝感觉心里不舒服，尽管分厂办公楼的卫生状况一直不怎么样。

马二宝直接进了行政办，一屋子的人都在闲聊，见了马二宝全都闭了嘴，站了起来。马二宝直接对着行政办主任说，没事了活动活动，一个小时，把办公楼卫生打扫干净。行政办主任还没有回答，马二宝已经出去了。行政办隔壁是生产办，马二宝都已经走过去了，听见里面很热闹，像行政办一样，都在议论他当分厂厂长的事。马二宝站在门口，推开门却没有进去，用手在门上敲着，等里面鸦雀无声了，才说道，我都上任两个小时了，议论议论就算了。赶快干工作吧。下班前，我要本月的计划任务和实际完成情况。生产办主任连忙回答，马厂长，没问题，下班前准时送到您的办公室。生产办主任说完了，才发现马二宝已经不在门口了。生产办主任愣了愣，冲着满屋子的人吼道，愣什么愣，没看见来者不善吗，赶快干活。

楼下和楼上一样，一堆一堆的人站在一起议论纷纷。发动机分厂有五个车间，分别是缸体车间，曲轴车间，连杆车间，缸盖车间和装配车间。在一万平方米的一个大厂房下，一个挨一个地分布着。议论的人群也以各个车间为单元，嚷嚷得热火朝天。哪里没有了议论声，马二宝就走到了哪里。等到整个厂房都静下来了，马二宝也就把整个生产区都看完了。马二宝已经在发动机分厂待了十多年了，不用看，他都知道哪儿是什么样。但今天不一样了，原来熟视无睹的现场现在看来竟是那么地不堪入目。马二宝想起来海尔集团的张瑞敏上任伊始发的第一份文件就是“不许在车间大小便”，发动机分厂虽然没有到这种程度，但脏乱程度也差不多了。马二宝在车间没有说一句话，尽管他走到哪个车间，哪个车间的主任就跟在他身后。出厂房大门的时候，马二宝对身后的五个车间主任说，现在的车间面貌没法见人，都回去吧，回去把脸洗干净。

重新上楼的马二宝觉得应该干的事太多了。虽然感觉到肩上的担子不轻，马二宝却没有沉重的感觉。他知道，如果车间不是现在这个样子，他也不会当上这个分厂厂长的。十多年了，吊儿郎当惯了，人们都知道他是一个谁也管不了的刺儿头，却都忘了他是自学企业管理专业的大学毕业生。机遇来得虽然晚了，但终于来了。在某些程度上，这个机遇是他自己给自己争来的。

回到办公室，他才知道大老杨和徐自律还在。马二宝笑了笑，总厂厂长和党委书记也笑了笑。都没有话，好在马上就下班了，办公室的门口已经排满了人。行政办主任第一个走了进来，刚要汇报，马二宝制止了。因为，上楼的时候，他已经看见办公楼干干净净了。生产办主任走进来的时候，马二宝翻开了笔记本。生产办主任说得很简单，本月计划数 500 台发动机，截至现在，半个月过去了，实际完成 150 台。为什么？马二宝头也没抬地问。一是缺外购件，二是迟到早退的人太多，生产办主任说，生产计划无法按期完成。马二宝听了，眼睛对着门外，喊道，你们都进来吧。五个车间主任你推我我推你全挪了进来。进来了往屋子里看了一眼，却没有一个人说话。国企就是这样，人多了就不好办，不是每个人不想说，而是每个人都不想第一个说。这种情况，马二宝当然知道，他直接指着缸体车间主任说，从你开始，报一下车间的出勤情况。结果很快就出来了，应该说，今天分厂的出勤率是近几年最好的，全分厂只有三个人早退了。这种结果马二宝已经想到了，但还是有点不甘心地问道，哪三个人？只有装配车间主任有些尴尬，因为这三个人都是装配车间的。装配车间主任不说，屋子里的其他人都满脸期待，马二宝知道，这是早晚要面对的事，这件事处理不好，以后就更不好办了。他看着装配车间主任，问道，是不是牛大，苟三和朱四？装配车间主任一副不是我说出来的委屈表情，但还是点了点头。发通报，按劳动纪律考勤办法，每人记半天旷工。马二宝回过头，面对着总厂厂长，杨厂长，我的事我办，你的事还得你说句话。大老杨笑着说，你列个清单，缺你的外购件我马上让物资供应处解决。

马二宝说，外购件解决了，我保证按期完成任务。

*3*

天还没有黑，山里的凉气一阵一阵往下刮。春天明显地带有了秋的凉意。站在商店门口，牛大感觉到的不仅仅是身冷，而且是心寒。从兄弟情分上来说，牛大是给足了马二宝面子的。尽管心里有一千一万个不情愿，马二宝上任的时候，牛大还是动员着苟三和朱四，按时上了班。要知道，自从办了商店，牛大就从没有出过勤，而是整天打理着自己的生意。本来上午上班的时候，牛大是准备坚持到底的，却不料总厂要发劳保了，负责劳保产品采购的哥们儿一遍又一遍催他去进货，否则，过了这个村就没这个店了。这应该是牛大能把商店办下去最大的支撑。

牛大想，老二是最讲义气的，他要知道了是不会怪罪自己的。所以，牛大就提前走了，走的时候还拉上了苟三和朱四帮忙。按牛大的打算，把这笔生意做了，好好赚一笔，晚上的时候摆上一桌，给老二祝贺，毕竟老二实现了多年的理想，当了官了。货还没有拉回来，消息就来了，马二宝给他们三人，也是自己的兄弟不但每人记了半天旷工，而且还在全分厂发了通报。这种拿自己人开刀的做法牛大不但气愤，而且最瞧不起了。下午的时候，苟三和朱四都去上班了，牛大仍然没有去。牛大要看看，马二宝到底能把事情做到多绝。

消息再传来的时候，牛大有点蒙了，马二宝又发了通报，又给他记了半天旷工。站在商店门口，牛大不禁打了个哆嗦，这可真是“为人不当官，当官都一样”了，他有点不认识马二宝了。兄弟这么多年了，马二宝骨子里的绝情他怎么就没有看出来呢。

下班回家的同事从牛大身边经过时，都不自然地回避着他的眼睛，他能感觉到他们躲闪的目光后面那种幸灾乐祸的神情。这种神情不是别人带来的，而是自己的兄弟马二宝赋予他们的。山风慢慢地裹挟了身体，好像连血管都凝住了。

马二宝就是在这时候进入视线的。

远远看去，马二宝的身影竟然在夕阳的余晖中显得很高大，透着一种小人得志的张狂。他一边得意扬扬地走着，一边和过往的职工打着招呼。这种张狂使牛大很不舒服，也使牛大非常恼火。马二宝还没有走到跟前，牛大就转身进了商店，关上了店门。每天，下午下班的时候，是他的商店最热闹的时候。今天，牛大却想早早收工了，不是不愿赚钱，而是想把晦气关在门外。门还是被敲响了，站在门后的牛大动也没动。马二宝不停地在外面敲着，一边敲一边喊，牛哥，开门。牛大心里说，我可承受不起。马二宝说，我刚才看见你了，我知道你在里面，快开门。牛大心里说，你看见了更好，看见了就知道我是故意不想见你了。马二宝敲着敲着，声音就大了，牛大，快点开门，我有事和你谈。牛大在心里又说，我不想和你谈了，从此，咱们兄弟情分一刀两断。

敲门声没有的时候，牛大的心里又有了一丝失落：难道，我们多年的兄弟情分就这么完了？牛大颓然瘫在了椅子上，头脑空空的，一口又一口喷着浓烟，把商店小小的空间弄得烟雾缭绕。他想回忆一下他们的友谊，却什么也想不起来。他也不好意思自己打开店门了，他一直坐着，好像期待着什么。所以，门又被敲响的时候，牛大想都没想就拉开了，门口站着的却不是马二宝，而是苟三和朱四。

还是往日的情景，还是原来的地方，还是牛大请客，一切好像都和原来一样，一切好像又都变了样，三个人都知道，因为少了马二宝。分厂赫赫有名的四大动物只剩下了三个，酒当然就喝得有点沉闷。三个人谁也没有说话，只是一杯接一杯地喝酒。脸色都变红了的时候，一瓶酒也喝完了。牛大又拿出了一瓶，刚要打开，苟三拦住了，大哥，别喝了。牛大的眼睛也红了，不喝干什么，喝。苟三也红了眼睛，喝酒管用吗？我的林场开不下去了，二哥找没找你？牛大瞪圆了双眼，什么意思？下午二哥找我谈了，要不离开，要不回来，让我赶快决定。可惜我投入了全部的家当，还没有收益呢。原来如此，牛大的牛劲犯了，我还以为刚才来找我是向我道歉的，真的拿咱们哥们儿开刀立威了。苟三看着牛大，怎么办？还能怎么办？牛大气哼哼的，他不仁，我们也不义了。不理他，我开我的店，你种你的树，我就不信，他敢把咱们哥们儿开除了?!

还是好好想想，一直没有说话的小诸葛朱四夹了一口菜，嚼嚼咽了下去，二哥的脾气你们不是不知道，他能这样说，肯定就会这样做。还是想个万全之策吧。

他敢，牛大盯着朱四，我就不信，都是十几年的哥们儿了，他马二宝就能把事往绝了做。

真要做了呢？苟三还是有些不放心，如果真没有办法了，还是回来上班吧，毕竟，这是正经工作。

要回去你回去，我倒要看看，他马二宝怎么对待我。

屋子里又一次陷入了寂静，三个人都低了头，酒瓶又打开了，酒，好像只有酒，才能浇灭心头的无奈和愤怒。

门再一次被敲响的时候，三个人都没有动。门外马二宝的声音就显得分外地清晰和洪亮，牛哥，我知道你们三人都在，开门吧，我们哥四个好好聊聊。

吧嗒一声，牛大拉灭了电灯。屋子里瞬间比屋外还黑。夜色加着凉气，使站在门外的马二宝不由自主地打了一个寒战。

## *4*

好像是昨天发生的一样，进厂十多年的情景像电视连续剧一样一幕一幕从头脑中闪过。十八岁，马二宝就从技校毕业了。像所有八十年代的年轻人一样，刚进厂的马二宝很珍惜这次难得的去掉待业青年帽子的工作机会。工作中的付出肯定是最大的。那时候，人们还都是很诚朴的，也没有人故意难为，只是那时候吃的都是统一的大锅饭，干多干少自然都一样。而且那时候有一个规矩，都是师傅教会了徒弟，徒弟养着师傅。这一点是普遍现象，马二宝虽然年轻，却也觉得应该。马二宝的不平衡是从李惠开始的。

李惠是马二宝的技校同学，也是技校公认的校花。马二宝心里，一直喜欢着李惠，只不过李惠不知道，或者是来不及知道。因为那时候技校的男同学偷偷爱慕李惠是再正常不过了。所以，李惠自然就没有正眼看过马二宝一眼，也因为李惠从不正眼看马二宝，李惠的形象在马二宝的心灵深处就显得很神圣。毕业分配是按照学习成绩分的，马二宝除了穷酸，无钱请李惠进影院、下馆子之外，学习成绩却一直名列前茅。分配的时候自然就来到了当时很热门的发动机分厂装配车间，成了一名令人羡慕的装配工。工作环境不但好，而且每月按照定量有四十三斤粮票，比一般的工种要高出好几斤。这对父亲去世早，从小和母亲相依为命过惯苦日子的马二宝来说，预示着可以混个肚子圆圆。学习成绩很差的李惠是怎么到装配车间的，马二宝没有想过，马二宝心里有的只是窃喜。差距是在不久以后出现的。按照工厂的规定，装配工的学徒期是三年。仅仅一年之后，已经全部掌握了装配技术的马二宝进入了第二年的学徒期；连活都拿不下来，一有难活，重活就找马二宝帮忙的李惠却破格提前转正定级了。马二宝虽然有想法，但因为是李惠，所以嘴上不但没有说什么，而且还很高兴。马二宝一高兴就想请李惠吃饭，以实际行动表示祝贺。李惠自然就答应了。

那天如果马二宝不再回车间工具箱里拿钱，就不会看见那件事了，也许到今天，马二宝仍然是一个规规矩矩的装配工人。那天已经下班了，车间都没有人了，马二宝和李惠约好在饭馆不见不散。高兴得屁颠屁颠的马二宝都离开车间了，又怕身上的钞票不够，所以就又返回了车间。马二宝的工具箱在车间的一个角落里，因为没活的时候，马二宝经常躺在那儿看书，所以工具箱后面就有一个用木箱拼成的简陋的小床，上面铺着纸箱拆成的纸板。马二宝经常看书累了就躺在上面休息，车间的其他人也都看不见。但匆匆跑回来的马二宝却发现上面躺上了别人。虽然同学三年了，马二宝还是第一次看见这样的李惠，就像雪从天上落在了地上，把地装扮得凹凸有致。只不过那上面还落了一堆黑黑的东西，那当然是车间主任光光的肉身。要是那白得洁净的东西稍稍有一点对黑黑的肉体拒绝的意思，马二宝也许能理解一个普通工人对领导的无奈。事实是，在车间主任的重压下，那两个莲藕一样的胳膊紧紧地搂住黑黑的肉体，嘴里还快活无比地哼哼着。马二宝当时的感觉不是牛粪污染了鲜花，而是鲜花拥抱了牛粪，绝对地心甘情愿。

尽管第二天，马二宝也提前转正了，但马二宝的心灵却扭曲了。马二宝看女人的眼光变了，总觉得女人是个很贱的东西，对她们是不能付出真情的；看领导的眼光也不像以前了，总觉得领导在道貌岸然之后，全干的是男盗女娼的事，对他们是不用尊重的。后来的事实证明马二宝的决定是对的，马二宝越是不尊重领导，领导就越怕马二宝；马二宝越是不拿女人当回事，女人就越是往马二宝的怀里钻。后来李惠也有躺在马二宝身下的时候，马二宝的脑子空空的，但完事之后马二宝就吐了，吐得一塌糊涂。

这么多年了，马二宝一直就这样过来了。有时候马二宝也会想起以前的自己，老老实实，规规矩矩的，很勤奋也很好学，多多少少也有一些留恋。唯一使马二宝在自己身上还能看到原来一点影子的，就是学习，看书，钻研技术。只不过，这一切都是在别人不知道的情况下进行的。有时候空虚无聊了，马二宝就玩命地学习，学完之后又陷入长久的想象，好像一直在期待着什么。

这次出任分厂厂长，马二宝觉得多年来埋藏在心底的一些模模糊糊的想法清晰了，他甚至觉得这是重新找回自己最好的途径。马二宝动心了，也上心了，他一定要使分厂在他的手里变一个样。因为，改变了分厂，也就重树了自己。

牛大不理解，苟三不理解，马二宝都理解。也许是等待的时间太长了，也许是牛大拒自己于门外令他心里不舒服，心情迫切的马二宝觉得没有更多的时间做牛大和苟三的思想工作了，但牛大和苟三的事情不处理，其他的事情就无法继续进行。

处理牛大和苟三旷工事件的会议在马二宝的主持下召开了。多少年了，装配车间的主任终于迎来了一个扬眉吐气的日子。多少年了，别的车间当个主任是很光荣的事，可是在装配车间，因为有了“四大动物”，他的主任当得很不痛快。考勤在分厂最差，任务完成得也最差。当然，气愤中的装配车间主任把握住了分寸，凡是涉及马二宝的事都尽量回避。但说到最后，还是发现不管是什么事，都少不了马二宝。所以，装配车间的主任说着说着就不说了，也没法说了。装配车间的主任不说，其他车间的主任却憋不住了，所有的责任都推在了装配车间，因为装配车间有牛大和苟三（他们都有意回避了马二宝和朱四），把整个分厂的风气给带坏了，这不，分厂厂长都气走三个了。

车间主任历数着牛大和苟三的罪状，马二宝一直没有吭气，他也没有办法吭气。每件事，都历历在目；每件事，都是事实；每件事，都少不了他。与其说在讨论牛大和苟三的处分，不如说在分析自己对分厂发展造成的阻碍和影响。马二宝这才知道，当初自己对装配车间老主任的主观看法，竟对分厂发展造成了这么大的影响。如今，老主任早就退了，李惠也几上几下自己的床了，自己没有理由再阻碍企业的发展了。听着几个车间主任的话，马二宝庆幸自己有了一个施展抱负和赎罪的机会。这个机会来之不易，马二宝决不允许任何人在自己好不容易得来的机会面前碍手碍脚，尽管碍手碍脚的是自己的兄弟。

会议在讨论完后就做出了决定，按照厂里规定，在职员工不允许从事第二职业，牛大和苟三要不就马上上班，要不就马上办停薪留职。如果既不上班，又不办停薪留职，按旷工处理。连续旷工满七天立即除名。

处理决定贴出去后，全分厂的职工都被一种莫名的兴奋所激动。每个人一边上班，一边在心里数着天数。人们既想看到牛大和苟三的反应，又不想牛大和苟三来上班。分厂的考勤却破天荒地好了，再也没有人迟到早退了。工作责任心也明显地增强了。生产现场早就焕然一新了，一切都变得井井有条了。马二宝每天从楼上下来两次，在车间转来转去，脸上看不见一点表情。装配车间的职工都看到，每次走到牛大和苟三原来的岗位，马二宝都要默默地站半天。没有人知道马二宝的心思，但车间所有人都发现马二宝的脸色越来越难看。

转眼七天的时间过去了。第七天的时候，苟三来了，来了的苟三和任何人都没有打招呼，就上装配流水线干活了。苟三干的是组装连杆和活塞。苟三不在的时候，一直是苟三的两个徒弟在干，师傅来了，徒弟又成了徒弟了。马二宝急急跑了下来，见了苟三，满脸露出了欣喜的神情，也许是干活太认真了，苟三却看也没看马厂长一眼，只是低着头，撅着屁股，一丝不苟地忙活着。不光马二宝，全车间的人都有了一种“热脸蹭在冷屁股上”的感觉。牛大却一直没有露面。下班的时候，职工们都看见马二宝一个人孤零零地走在下班的路上。马二宝走得很慢，夕阳把马二宝的身影拖得很长很长。马二宝踩着自己的身影往前走着，却一直踩不到头。

## 5

牛大这几天心里矛盾极了。

苟三已经屈服了，他天天过来劝说自己，然后自己上班去了。朱四的智慧和花言巧语也没有用了，那些原来听起来很富哲理的话牛大一句也听不进去；马二宝几乎天天晚上过来，牛大却一次也没有让他进门。牛大和马二宝憋气，牛大自己觉得有理，牛大媳妇却看不过去了。牛大媳妇知道，自己的男人是个有情有义的人，就是脾气倔。牛大走到这一天，全是为了自己。牛大的媳妇一直没有工作，家里生活就很困难，困难到孩子的学费也要东凑西借。马二宝几个见了，就凑钱给办了个小卖部。生意虽然不是太好，但日子总算有了起色。一家人都很满足。本来日子就这样过下去了，事情却发生了转变。在一次进货的途中，牛大媳妇被车撞了，撞得再也没有从床上起来。日子本来就紧，再加上治病借来的一大笔钱像山一样压在肩上。牛大只好利用上班的时间打理门市部了。车间原来是不同意的，因为有马二宝几个仗义相言，车间也就睁一只眼闭一只眼了。近十年了，日子就这样过来了，牛大的债务虽然还清了，但躺在床上的牛大媳妇依然躺着。牛大就憋了一口气，一定要赚很多的钱，去北京给媳妇看病。尽管，谁都明白希望几乎没有了，但牛大不放弃，别人也不好说什么。就在这时候，马二宝突然当上分厂厂长了。和马二宝来往十多年了，牛大知道马二宝不像他一样，只围绕着家忙活。他是一个很有抱负的人，十多年了，马二宝一直没有放弃学习，那是一个做梦都想当“官”的人。每次看着马二宝在灯下苦学企业管理，牛大就有一种很恐惧的感觉。当一个“五毒俱全”的人突然变成了秀才，那本身就是一件很吓人的事，因为，你就琢磨不透他的心了。这一天说来就来了，跟脑子中模模糊糊的想象一样，马二宝上任后第一个要搬走的石头就是他牛大。通报下来后，牛大的想法印证了，但牛大还是不相信，十多年的友情不会说没就没了，心中的抱负和兄弟情谊相比孰轻孰重？

尽管心里已经有答案了，牛大还是想看一看。所以，七天的旷工期过后，当徒弟打电话告诉他已经被除名的消息后，牛大还是坐不住了，心中的怒火也就熊熊燃烧起来了。你不仁，我就不义了。牛大拿了一个榔头，把马二宝宿舍的门以及屋子里的东西全给砸了。

夕阳西下的时候，牛大坐在自己的店里，大开着店门，等着两个人，一个是马二宝；一个是厂公安处的人。牛大已经给徒弟和儿子交代好了，在他不在的日子，一定要照顾好师母和母亲。

酒喝了一杯又一杯，牛大摇了摇瓶子，已经空了，就又开了一瓶最廉价的酒。嗓子和五脏六腑已经没有感觉了，分不出酒的好坏了。

还得喝。

喝酒已经成了形式，下面的事如何处理才是最重要的。拎着榔头回来的路上，牛大就后悔了。后悔了的牛大只有喝酒。牛大一直把自己喝醉了，马二宝也没有来，厂公安处的人也没有来。山沟里的工厂有自己的习惯，即使发生了天大的事，民不告，官不究。马二宝压根儿就没有反映。

睡觉却成了问题。

马二宝坐在床上，一根接一根地抽烟。真心劝慰的，看热闹的人都走了，马二宝身边只剩下了朱四。朱四一直没有说话，低着头修理着被牛大砸坏的门板。门上损坏不大，只砸出了几个洞。朱四找了些三合板就把洞堵上了。屋子里的东西损坏也不大，只是扔得乱七八糟的到处都是，受伤最大的是马二宝用了很多年的搪瓷碗，当初也是牛大送的，被摔在地上，严重变了形。朱四理解牛大摔碗时的心情，你砸了我的饭碗，我还不能砸我送给你的饭碗？朱四等人都走了，不一会儿就把屋子收拾干净了。见马二宝还是不说话，朱四就又出去给自己和马二宝买了两碗面皮和几个烧饼。也是真的饿了，朱四把面皮往桌子上一放，也不管马二宝吃不吃了，自己先吭哧吭哧吃了起来。屋子里很静，朱四吃饭的声音就显得很响亮、很香甜。马二宝终于扔掉了烟头，拿起了筷子。很快，买来的东西全吃完了。

够不够，不够了我再去买。朱四说。

只吃了个半饱，加上肚子里的气就全饱了。

朱四笑了。

马二宝也笑了。

见马二宝情绪好了，朱四接着说，你和牛大都没有错。

牛大砸我的宿舍也对？马二宝看着朱四。

多少年的习惯了，哪能说改就改了。朱四说，是你先砸的老大的饭碗。老大这个人你还不了解，也许现在已经后悔了。不过，话说回来，你也难。你要不这么做，这股风又刹不住。发动机分厂的风气就永远也改不了了。

小诸葛，下面我们应该怎么做？马二宝问。

现场管理已经提升了，劳动纪律的问题也解决了。下一步就该抓产品质量了。现在职工人在岗位上，心不在，产品的质量问题很严重。车间主任表面上负责了，心里巴不得出点事。朱四突然转换了话题，牛大的事你一定要处理好，不只是因为是兄弟，别忘了，发动机调试是个技术活。在分厂，调试技术最好的就是你和牛大了。你现在是厂长了，不可能亲自去做。所以，牛大是你抓好产品质量最重要的一环。

可是，牛大已经被除名了。马二宝有些迟疑。

除名了可以再聘啊，包括其他人才。用人制度一定要灵活。朱四说得很认真。

马二宝不认识似的，认真地看着朱四，看得朱四的心里毛毛的。

## *6*

马二宝并没有按照朱四说的那样，开始狠抓产品质量。他和往常一样，每天早早就来到办公室。翻看前一天的各种生产数据。等到上班的时间到了，马二宝就下楼去了。已经有职工说，马二宝是历任厂长中下楼最多的一位。下了楼，去了车间，马二宝仍然不听车间主任汇报，只是用自己的眼睛看。发现问题了，才找车间主任。刚开始的时候，马二宝一下来，车间主任就跟在了后面。时间长了，见马二宝爱理不理的，心里一生气，也就不管了。马二宝来了，也就装作看不见了。

车间主任离马二宝远了，职工就和马二宝近了。车间主任跟着的时候，职工好像没有看见一样，只是低着头干自己的活。主任不在了，职工脸上就有了笑脸，见马二宝去了，都很热情。有些胆大的就直接向马二宝反映管理中的问题了。马二宝是在车间泡大的，职工一说，就知道问题出在哪里了。这样又过了一个星期，马二宝觉得问题了解得差不多了，就不下来了。

那天下班的时候，分厂门口的黑板报上，职工们又发现贴了两份红头文件。一份是关于干部调整的，五个车间的主任换了两个，最让人们意外的是，朱四被任命为装配车间的主任，原来的主任连个副主任也没有当上，直接下车间成了工人了。这不但在发动机分厂，就是在总厂也是破天荒的事。多少年了，干部只要当上了，就只能上不能下，最不济也是原地踏步，虽说没有进步，但也没有退步，面子上也说得过去。从没有像现在这样一撸到底的。

从没有发生的事发生了，职工们就都很兴奋。就好像一潭死水里，突然扔进了一个石块，整个潭里的水就都动了，活了，有生气了。职工们就都私下里议论，看样子，真的要变天了。这不，朱四也当车间主任了。谁都知道，朱四是马二宝的小兄弟。小声议论完了，人们又接着看第二个红头文件。人们显然对第二份文件不感兴趣，那是一份关于严抓产品质量的通知。这样的文件每年都发，有时候一年发两次，说得很严厉，但谁都不当一回事。所以，人们只是瞟了一眼，眼光就又回到干部任免文件上去了。

装配车间的主任当然不干了，先是找到马二宝又喊又叫的。见马二宝黑着脸不吭气，就嚷嚷着到总厂去了。紧接着，天就下雨了，是暴雨，而且没有一点儿征兆，一落下来就像盆泼似的。人们一边往车间里面跑，一边说道，马厂长把天给捅破了。

已经是下班的时间了，人们都站在厂房里面，久久不散。每个人都被一种莫名的兴奋激动着。这样的日子太压抑了，既不能迟到，更不能早退，上班也不能玩牌了，人们早就渴望着发生一些事，缓解一下紧张的情绪。这些都是心里的想法，谁也没有表现出来，但谁心里都明白。所以，人们只能用沉默来等待。每个人脸上都是一副“只可意会，不可言传”的神秘表情。果然，没有多久，人们就看见马二宝急匆匆地下了楼，往总厂办公楼方向去了。职工们就隔着雨幕，又把目光盯在了黑板报上的红头文件上，每个人都在心里说，好戏还在后面呢。这份文件能不能生效，就看马二宝能不能回来。马二宝趾高气扬地回来了，总厂就同意了；否则，生活还得恢复原样。

雨在不停地下，时间就在雨的淅沥声中逐渐流逝，天也就暗下来了。马二宝还没有回来。就有职工等不住了，三三两两地离开了车间回家了，更多的职工仍然没有离去。马二宝已经走了一个小时了，一个小时不回来意味着什么？意味着总厂领导对干部任免的文件意见很大，也意味着马二宝仍在据理力争。谁是这场较量的胜者，决定着职工以后的生活和工作方式。马二宝刚被叫走的时候，职工们多多少少都有点幸灾乐祸，都觉得马二宝太有点不知天高地厚了，装配车间主任虽然生性软弱，能力不济，但他就不是你马二宝能碰的。你马二宝也算是发动机分厂的老人了，装配车间主任的背景你不是不清楚，那是总厂党委书记的小舅子。即使换，也不能换朱四啊。朱四是很聪明，也很有能力，但他是你的小兄弟啊。虽说在厂里，一人得道，鸡犬升天的事很平常，但不是谁都能这样做啊。靠你一个人的力量，怎么行啊。

在工厂，职工们的眼睛无疑是雪亮的。职工们的担心不是没有道理。这种担心在总厂厂长大老杨的办公室里演示得很激烈，当然，也令大老杨左右为难。和党委书记徐自律搭班子已经好多年了，大老杨还是第一次看见徐书记雷霆震怒。

这份文件必须撤销，真是无法无天了。徐自律用手在厂长大老杨的桌子上拍着，这已经是第五次在桌子上拍了。徐自律拍完，站在了窗户跟前，盯着窗外的雨幕又说了一句，想变天，门儿都没有。

徐书记扯得太远了，撤换一个不称职的车间主任，不用扣这么大的一顶帽子吧。马二宝也生气了，有点嘲弄地说。

即使不称职，即使要调整，也要先打报告，经党委组织部门考察，在党政领导联席会上通过后，才能发文。而不能由你马二宝一个人说了算，想换谁就换谁，这样，势必造成人心不稳，生产经营还怎么搞？徐自律盛怒之下，说出的话仍很有原则。

撤换不合格车间主任，是我这个分厂厂长应有的权力。总厂既然用了我，就应该给我人事任用权。要不，我这个分厂厂长还怎么管。马二宝一言不让，直视着徐自律。

你这个分厂厂长，我是不同意的。徐自律急了，话也就没有原则了，要不是杨厂长反复提你，就你，整个一个混混，还有资格当分厂厂长？

老徐，话不能说过了。见马二宝的脸色变了，半天没有说话的大老杨不得不开口了。虽说厂里早就实行厂长负责制了，但人事管理权力一直还在党委。党委书记较真了，厂长就很难受。但再难受也得面对，大老杨字斟句酌地说，按理说，分厂是有权力任免车间主任的，但徐书记的话也不是没有道理。我看这样吧，文件已经发了，就这样了，老徐也消消气，小马以后也要注意，涉及人事的事要先打报告。

老杨，这股风不可长啊，徐自律对大老杨的处理方式很不满意，虽说大老杨采用的是“各打五十大板”的和稀泥的方法，但徐自律还是觉得大老杨心里边是支持马二宝的。对做了多年政治工作的徐自律来说，这实在是一个不好的信号。徐自律的态度异常坚决，老杨，如果这个文件生效了，我这个党委书记也就不干了。

偏偏马二宝也来气了，矛头也对准了大老杨，杨厂长，如果我一个分厂厂长连任免车间主任的权力也没有，我就辞职。

事情就这样僵下来了。

总厂厂长大老杨又不说话了，他脸色铁青地移到了窗户跟前，只看了一眼，脸色和声音就变了，老徐，小马，你们快来看。

总厂办公楼下，在雨幕中，密密地站了有数百人。其中几个人还举着几个字，字已经被雨水浸湿了，在即将到来的夜幕中仍然清晰可辨：马厂长我们支持你。

民意，这是民意啊，大老杨一下子变得很振奋，回头捶了马二宝一拳，你还愣着干什么，回去领着大伙儿干去吧。

## 7

质量整顿在发动机分厂轰轰烈烈地开展起来了。

各个车间都在最醒目的地方挂上了横幅，“质量在企业存，质量丢企业亡”“我与质量工作同命运，我与质量结果共进退”的条幅把职工抓质量的决心推向了一个又一个高潮。职工们开始钻研技术了，没活的时候，也没有人打牌了，一个个都翻开了技术书籍。职工们都知道，这一次分厂玩真的了，不是走过场，也不是搞形式。真抓了，就得认真对待了。

思想上重视了，产品质量自然就迈上了一个新台阶。总厂季度评比的时候，发动机分厂破天荒地拿回来了“质量流动红旗”。工厂成立三十多年了，三十多年来，“质量流动红旗”在全厂都“轮流坐庄”了好几次，唯独发动机分厂没有获得过。马二宝把“质量流动红旗”领回来的时候，分厂自然就沸腾了。职工们自发地买了好多鞭炮，一阵硝烟过后，红红的纸屑就在分厂门口铺了厚厚的一层。看着职工过年一样的神情，马二宝第一次真正地笑了。笑得很甜很甜。分厂的职工都在那个时候觉得，其实，马二宝笑起来的时候真的很好看。不但好看，而且还很天真、单纯。

这种孩子一样天真、单纯的笑脸还在浓浓的硝烟中恣意灿烂的时候，发动机分厂就出事了，是大事。带来这个不好消息的是装配车间主任朱四。朱四穿过人群，急匆匆地走到马二宝跟前耳语了几句。所有的职工都看到笑容僵在了马二宝的脸上。足足有几分钟，马二宝盯着悬挂在黑板报上方的“质量流动红旗”，脸上的表情很怪异，怪异到了扭曲的程度。职工们马上就把这种异状和质量联系在了一起。

后面发生的事证实了职工的猜测，发动机分厂果然出质量问题了，而且是批量性的质量事故。

自从马二宝上任以来。职工们从马二宝的身上，看到了一种力量，一种认准了的事就要干到底，八匹马也拉不回去的倔劲儿。职工们自然就对质量问题重视了。产品质量的提升也就成了必然的事。由于发动机分厂多年来质量一直不稳定，这次产品质量的提升就有了划时代的意义。总厂当然很重视，厂长大老杨就决定在发动机分厂召开质量经验交流会，总结一下发动机分厂是如何把一个质量最差的单位改变成了质量的领头羊。总厂就安排发动机分厂再装配五十台发动机，作为经验交流用。问题就出在这五十台发动机上。调试机器的时候普遍地油耗过高，发动机没有力气，而且有异响。这是朱四上台以后接到的最重要的一个任务，出现这种状况是始料不及的。发现问题后，朱四一直没敢告诉马二宝，而是趁全分厂庆祝的时候，把原来分厂调试技术最好，但已经被除名了的牛大请了回来。牛大果然名不虚传，起动着了发动机，围着调试台转了一圈，就很肯定地说，拉缸了。发动机调试的时候，发现拉缸是常有的事。换了一台再试，还是拉缸。就这样一直试了近十台，牛大都说是拉缸。朱四就急了，安排人移开了缸盖。情况确如牛大分析的那样，发动机缸套已经划出了拉痕。再打开，再看，还是一样的情况。冷汗就从朱四的额头流了下来，在每个缸套里面，都发现了不同程度的铁屑。工艺上对发动机的装配要求很严格，别的车间都是在大的厂房里加工，唯独装配车间是房中房，全封闭装配。而且在装配的过程中，缸套、活塞、活塞环都是在汽油里清洗过的。除非有人故意……朱四不敢再隐瞒不报了。

马二宝一边往装配车间走，一边问在身后小跑着的朱四，五十台全拉缸？朱四说，每台症状都一样。打开了几台？马二宝又问。十台。十台里面全有铁屑？马二宝的声音都变了。都有。朱四的声音低得几乎听不见。

到了发动机调试间，马二宝和牛大见面了。两人互相看了一眼，却都没有说话，两个人的面容都有些凝重。马二宝又和牛大并肩站在了调试台前。在发动机分厂，调试技术最好的，除了牛大，还有马二宝。多少年了，装配车间有一个不成文的说法，发动机质量有问题了，马二宝和牛大只要有一个人到了，就没有解决不了的问题。现在，两人都到了，两个人却都没有说话，一声不吭站在调试台旁。半天过去了，马二宝才问了一句，活塞连杆工位还是荀三负责装配？朱四低下了头，没有吭气。马二宝终于发火了，是不是？朱四浑身哆嗦了一下，嘴里嗫嚅道，荀三请假了，是叶主任。叶主任就是被马二宝免了的原装配车间主任，也是总厂党委书记的小舅子。马二宝咬牙切齿地骂了一句，混蛋。就转身走了。朱四不知道，马二宝是骂老主任，还是骂他。

质量事故的事很快就传遍了全厂。发动机分厂刚刚拿回来的“质量流动红旗”又被总厂劳动竞赛委员会收了回去。工作刚有了起色的马二宝只能带着朱四低着头站在了大老杨跟前，等待着大老杨咆哮。出乎马二宝意料的是，大老杨并没有发火，脸上的表情甚至可以说是笑眯眯的。马二宝不知道大老杨葫芦里卖的是什么药，只有低头认错，杨厂长，您处分我吧，我没有管理好，辜负了您的一片苦心。大老杨竟然倒了一杯水放在了马二宝的面前，我都知道了，是有人故意破坏。这怎么能怪你呢。马二宝诧异地看着大老杨，只能实话实说了，我都了解了，是原装配车间叶主任故意搞的鬼。我们分厂已经开了会，决定给予他下岗半年，承担所有经济损失的处分。问题可能没有这么简单，大老杨意味深长地看着马二宝，这可能不仅仅是一起恶劣的质量事故。你想过没有，大老杨眼睛一动也不动地盯着马二宝，为什么在总厂要开质量经验交流会的时候出现这种情况？为什么在发动机分厂刚刚获得“质量流动红旗”的时候出现这种情况？我们要看到，在这起恶劣的质量事故后面，有没有其他的因素。比如，有没有人指使。大老杨说到这儿就不说了，不说了的大老杨点燃了一支烟，脸色凝重地站在了窗户跟前，深深地吸了一口，又恶狠狠地吐了出去。

马二宝还是第一次看见大老杨这种表情，一时不知道说什么好。马二宝觉得大老杨想得太多了，这起事故虽然很恶劣，但完全是原装配车间主任个人的因素。马二宝实在想不出除此之外还能有别的原因。马二宝就看了身边的朱四一眼，希望朱四把具体的情况进一步做个汇报。

“小诸葛”朱四立即“领会”了马二宝的意思，他小心翼翼地往大老杨身边移了移，字斟句酌地说道，杨厂长，我们一直很奇怪，这是五十台发动机啊，不是小数目，叶主任个人怎么敢这样做?!

大老杨敏锐地转过身，哦，说说你的分析。

朱四受了鼓励，话就顺溜多了，杨厂长，据我对叶主任的了解，他不是做不出这事，而是没有胆量做。肯定有人授意这样做，好让坚持任用了马厂长又亲自授予发动机分厂“质量流动红旗”的您下不来台啊。

大老杨听了，很认真、很严肃地点了点头，你的分析启发了我，也给我提了个醒啊。回去把你的分析写一个详细的材料，尽快交给我。看着朱四点了头，大老杨伸手在马二宝的肩上拍了一把，思想负担不要太重了，回去好好干吧。我就不信了，邪能压得了正。

## *8*

虽然有了总厂厂长的支持，心里有底了，但人为批量性质量事故的事，还是在厂里传得沸沸扬扬。毕竟是在自己分厂发生的，马二宝感觉到了一种从未有过的压力。原装配车间主任虽然处理过了，职工们对质量问题更重视了，马二宝还是不放心，又给每个车间增加了质检员，加强了生产过程控制。马二宝自己，也增加了下楼的次数，只要有时间了，就下去转一圈。好像多转一圈，心里就多了一些保障似的。

今天，马二宝刚从楼下回到办公室，就感觉到后面跟了一个人。他刚回过头，就看见一个人直挺挺地跪在了地上。马二宝吃了一惊，仔细看了，是原装配车间主任。

你这是干什么？快起来。马二宝生气地说。

您不答应，我就不起来。

答应什么？答应不给你处分？马二宝恨不能踹他一脚。

怎么处分我，我都认。姓叶的男人说，这事和我姐夫没有关系。

马二宝疑惑了，这事本来就和徐书记没有关系。难道真是徐书记指使你干的。

可朱主任说这事是我姐夫幕后指使的，叶姓男人一着急，眼泪都出来了，这两天，我姐都不理我了。马厂长您知道，我从小就没了父母，我是我姐养大的。我没有本事，报答不了我姐，可我也不能平白无故地害我姐啊。

就这事，马二宝鄙夷地看着他，你起来吧，没有人冤枉你姐夫。

马厂长您就别瞒我了，朱主任已经把材料递给了杨厂长，杨厂长要对我姐夫下手了。

马二宝听了，不禁出了一身冷汗。想起杨厂长那天的话语，马二宝才觉得这事不仅仅是质量事故那么简单。但他已经调查清楚了，这事确实和徐书记没有关系。何况，朱四就是要上报，也应该通过他啊。马二宝伸手拉起了叶姓男人，说道，你先回去，我会弄清楚的。

叶姓男人临出门嘴里不停地赌咒发誓，马厂长，您要还了我姐夫的清白，这辈子我就给您当牛做马了。

朱四进来的时候，马二宝的脸色已经很难看了。多少年了，朱四一直是马二宝的好兄弟。马二宝迷茫的时候，都是朱四在后面给马二宝鼓劲打气。马二宝当了厂长了，牛大和苟三都对他的做法不理解，只有朱四一直默默地跟着他，给了他极大的精神支持。所以，马二宝一直很器重、信任朱四。朱四错了，就是他马二宝错了。

马二宝只有压住火，材料给杨厂长了？

朱四的眼光闪烁不定，他没有直接回答，杨厂长催了好几次了，我说你还没看呢，杨厂长说来不及了，直接让秘书取走了。

这事真和徐书记有关系？马二宝直视着朱四。

朱四不敢看马二宝的眼睛，职工是这样议论的，应该有关系。马哥您想，叶主任是多么胆小怕事的一个人，原来我们上班想来就来，想走就走，他敢说谁？再说了，杨厂长好像也是这个意思。

马二宝不说话了，朱四是多么精细聪明的一个人，他不会不知道事情的真相。说心里话，马二宝也不喜欢徐自律这个人，整天一本正经的样子，没有干多少实事。只是，这种对付人的方式是马二宝所不齿的。

材料上也是这样写的？马二宝又问。

朱四低下了头，是按秘书的意思写的，改了好几次。

马二宝觉得没有必要再问了，他突然感觉到头有点痛。他挥了挥手，朱四蹑手蹑脚地出去了。很长时间了，马二宝动也没有动。他的眼睛好像看着前面，又好像什么也没有看。就这样发了一会儿愣，马二宝还是拿起了电话。

杨厂长吗，我给您汇报一个事。

杨厂长的声音很爽朗，是小马啊，什么事？

就是质量事故的事，朱四写的材料可能有点出入。

这个事啊，这个事已经过去了，你要不说我都忘了。杨厂长哈哈大笑道，你就干好自己的事吧，我还有个会，我们有时间再说吧。

马二宝还想说，电话已经挂断了，话筒里的忙音把马二宝的话堵了回来。堵得马二宝再无话可说。

后面的事情既在意料之中，又在意料之外。总厂以发动机分厂质量事故为契机，在全厂开展了轰轰烈烈的质量整顿工作。总厂质量管理部门深入到各个单位，严抓狠抓产品质量，总厂的质量合格率节节攀高，用户满意度也是一片赞许声。职工们都觉得，汽车厂的春天终于到了。发动机分厂的产品质量更是上了一层楼。在这次质量整顿中，更是获得了不少的荣誉。职工的收入也提高了，马二宝治厂更是获得了广泛的赞誉。

所以，其他的变化人们就不重视了，淡忘了。比如说，总厂党委书记已经调走了，现在大老杨既当厂长，又兼书记，每天忙得不亦乐乎；再比如说，朱四也离开了发动机分厂，调到总厂办公室当主任去了。马二宝每次约见总厂厂长，都是朱四给安排的……

## *9*

一天又过去了，马二宝从车间直接来到了小卖部，牛大已经在小桌上摆满了饭菜，荀三往酒杯里倒满了酒，马二宝一进来，三个人就端起杯子喝了个底朝天。荀三就又倒酒，一边倒一边说，朱四要在就好了。牛大见别人不动，就自己端起来喝了，抹了抹嘴，说道，这小子现在出息了，整天宾馆来酒店去的，哪能看上我这个小卖部。

三个人都沉默了。

酒就喝多了。

马二宝举起酒杯，口齿不清地说，牛哥，别再当小商贩了。回车间吧，我任命你为装配车间主任。

牛大摇了摇手，嘻嘻笑着说，我才不上当呢。现在这样，又自由，又赚钱，又没有你们那些烦心事，给个金饭碗也不换。

真不干，不干我就让苟三干了，你可别后悔。

三个人嚷嚷成了一团。

小卖部外，夜已经很深很深了。

# 突然失控

*1*

临近门口，心就开始狂跳。门里面那张脸，阮飞不想见，却不得不见，那妮说，这张脸有可能改变自己的命运。阮飞以前的命运就像一只鞋子，老被人踩在脚下，那妮踩，别人也踩，内挤外压的早都变形了。好在习惯了，心里不痛快，脸上却永远是一种谦恭的笑，尽管不知道是为谁笑。酷似现实。

眼下的现实是，敲开门的时候，阮飞希望自己的笑是由衷、自然、真诚的，从里而外缓缓流淌出的。这种气度对阮飞来说有点难度，所以，面前的门不能轻易敲响。

几年前，阮飞退伍以后来到这家公司，成了一名电焊工。电焊工在诗人眼里，是火红和浪漫的。阮飞不是诗人，体会到的只有汗水和泪水。冬天还好，那点点飞射的焊光还可以驱除寒冷；夏天就惨了，车间里热得像蒸笼，人待在里面，不动，也好像在蒸“桑拿”。阮飞不但要动，而且没有一点儿休息时间。车间实行的是计件工资，多劳多得、少劳少得、不劳不得。没有人催，都是自己在催自己，干多干少不仅是面子问题，还有票子的因素。票子可以让人待在不愿意待的地方、票子当然也可以让人干不愿意干的活儿。阮飞从心底不愿干电焊工，只是电焊工赚的钱多，阮飞需要钱，需要很多很多的钱，有了钱，才有那妮。

认识那妮以后，阮飞只负责干活。公司发放薪酬，都是从银行转账。阮飞的工资卡在那妮的手里，密码早已成了和那妮相关的某个纪念日。阮飞不抽烟、不喝酒、不进赌馆、不去 KTV，让女人担心的坏毛病阮飞一个也没有。维护坏毛病才需要钱，好男人阮飞口袋里很清爽。日子就这样在家庭、车间两点一线中重复着，虽然单调、乏味，阮飞却乐在其中。

快乐的日子是那妮给的，也是那妮打破的。

那天下班晚了，夜色已经占领了小区的每一处空间。阮飞像往常一样，油腻的工作服搭在肩上，无声无息地往家中走去。碰见那妮是在自家居住的楼下，那妮身边还有一个女人，轮廓很是摩登。好男人见了别的女人目不斜视，阮飞的目光没有在陌生女人身上停留，也没有在那妮身上停留。那妮在家里是女主人，出了门，常常看不见阮飞。本来已经擦肩而过了，陌生女人身上浓烈的香水味也已经淡去了，阮飞突然回头喊道，那妮。那妮的身影抖了一下，又向前走去。不用阮飞再喊，那妮身边的陌生女人已经在提醒，喊你呢？那妮不说话，继续向前走去。这男人是谁啊？那个女人嘻嘻笑道，不会是你老公吧？阮飞听见那妮一口唾沫落在了地上，你咒我是不是？那个女人继续笑道，我看这人挺好的，除了身上味道重些，模样还是很男人的。那妮的声音又传了过来，一个楼道的邻居，要有兴趣，我给你介绍介绍。两个女人的笑声远去了。

忘记带家门钥匙的阮飞只能待在楼下。

黑暗无所不在，紧紧地围裹住阮飞。阮飞把工作服扔在路沿上，坐了下去。楼上的灯光闪闪烁烁，极力地想冲破黑夜，却只照亮了阮飞眼前的一点光景。阮飞盯着那点光亮，想起了心事。好多事情，就怕想。阮飞每天忙忙碌碌的，没有时间想。那妮是谁呢？这个念头一冒出来，阮飞吃了一惊。这应该是再简单不过的问题了，阮飞却怎么也想不明白。阮飞不想了。何况现在的那妮，也没有多少让阮飞可想的地方。如果非要想，阮飞倒喜欢想想以前的那妮。

记忆最深的当然是灞柳河边的那妮了。

那年，那妮只有二十岁。二十岁的那妮活脱脱一朵盛开的鲜花，身边围满了想做蜜蜂的男人。阮飞自认没有采花的资格和本领，只能远远地空舞。阮飞第一次和那妮近距离接触是在那妮成了“出水芙蓉”以后。

那是一个无所事事的夜晚，喝完闷酒的阮飞来到灞柳河边虚度光阴。月亮挂在半空，河面上波光粼粼。风儿不甘寂寞，不停玩弄着柳条。阮飞坐在河边，木讷地看着柳条在河水中摇曳、月影在柳条旁跳跃。当河水中的月影突兀地变成那妮的脸庞时，阮飞的眼睛瞪得如同头顶的月亮。

那妮为什么跳河？阮飞直到今天也没有问。那是那妮的一块心病，阮飞不想让那妮伤心。

从医院病床上苏醒过来的那妮冷冷地看着他，你救的我？

阮飞点了点头。

吃饱了撑的？那妮的眼睛在喷火。

阮飞说，你长得这么幸运，该救。

和你有关系吗？那妮把头扭向了一边。

有，阮飞说，我们一个小区的，你不认识我，我认识你。

小区死的人多了，你管得过来吗？那妮气冲冲的，我明天还去跳。

那我明天还去救，阮飞直愣愣的。

你能救我一辈子吗？那妮嘲弄道。

能，阮飞把胸脯砸得咚咚响，只要你愿意。

那时候，阮飞刚从军营回来，军营给了阮飞一身腱子肉，浑身硬邦邦的，看得躺在病床上的那妮眼光有些迷离。那妮出院后不久，就把阮飞硬邦邦的肌肉变软了，阮飞在那妮的温柔乡里心甘情愿地变成了现在的样子。

## 2

阮飞小心翼翼地伸出手指，轻轻地在门上敲了一下，声音不大也不小，力度掌握得恰到好处，既要里面的人听见，又不至于造成惊扰。里面没有一点反应。阮飞不能放弃，又伸手敲了一下，把耳朵贴在门上，生怕漏掉里面传出的任何一丝声息。门内仍然静默如初。阮飞失望却又有点庆幸地退后两步，擦了擦脸上的汗水。

关于里面的人，阮飞主要是听说。听说到的内容已经足以对阮飞形成震慑了。这个人有家公司，就是阮飞现在打工的这家公司。这家公司和这个人一样，是这个城市的名片。阮飞和众多的打工者一样，都是只闻其名、未见其人。阮飞第一次看见这个人是在自己家的电视里。阮飞平时不看电视，每天回到家，好像把骨头留在了车间，全身又酸又困，只剩下吃饭和睡觉的力气。和阮飞相反，那妮却喜欢看电视，不到深夜不休息。那妮不只看，还喜欢把看到的东西和现实结合起来，经常在电视里给阮飞找一些参照物。阮飞有自知之明，能上电视的人，都是名人，阮飞只是个电焊工。那妮却说，电焊工也有上电视的。阮飞在那妮的呵斥下，坐在了电视机前。那妮让阮飞看的那个人和阮飞一样，也是个电焊工。要命的是这个人还有和阮飞不一样的地方，是个全国劳模。阮飞表现得很淡定，笑了笑就进屋睡觉去了。以后，只要那妮坐在电视机前，阮飞能躲多远就躲多远。但阮飞家里房间的面积有限，只有一个客厅、一个卧室，连厨房、卫生间一起算上，也只有四十多平方米。那妮每在电视里看见了一个成功人物，都要喊一声阮飞。阮飞能做的只有用被子蒙住头。

直到在电视里看见那个男人。

那天阮飞回到家，见那妮又坐在电视机前，客厅里灯没开，饭也没做，阮飞只好自己做饭。阮飞的晚餐很简单，一碗挂面足矣。水在锅里酝酿情绪的空当，阮飞默默地站在厨房，看着坐在电视机前的那妮。那妮习惯性地跷着二郎腿，跷起来的那只脚悠闲地在空中一上一下，很有规律。屋子里就出现了很有意思的一幅画面：那妮看着电视，姣好的面容在电视前一会儿清晰、一会儿模糊；阮飞看着那妮，像锅里逐渐翻滚的水一样，激情澎湃。阮飞就是在那时候发现那妮肢体变化的，电视里不知出现了什么，那妮跷起的二郎腿突然掉了下来，两只手放在膝盖上，身板瞬间挺得笔直。好奇心促使阮飞走了过去，就看到了电视里衣冠楚楚的那个男人。

现在，阮飞就站在男人的门口，是那妮安排的。那妮说，如果这个世界上还有人能改变你的命运，那一定非他莫属。但是，阮飞心里有无数个但是，即使这个男人能改变自己的命运，他和自己非亲非故，为什么要这么做呢？阮飞能想到的理由，就是那妮和这个男人之间有自己不知道的关系。

阮飞做了最后一次努力。门是实木的，手指敲在上面的声音很沉闷，就像阮飞的心跳。里面还是没有一丝动静。阮飞长长地舒了一口气，象征性地在门把上拧了一下，准备溜之大吉，门却随即开了。阮飞犹豫了一下，慢慢地挪了进去。屋子很大、很气派，气派得阮飞低头看了看鞋上厚厚的尘土。阮飞把脚往后缩了缩，一只脚藏了起来，另一只脚却更明显了。阮飞以金鸡独立般的姿势，怯怯地抬起眼睛，扑入眼帘的是一双脚。这双脚上皮鞋的鞋底，也比阮飞的鞋面干净。此刻，这双脚正斜杵在偌大的大班桌上，鞋底的纹路清晰可见。阮飞的心又剧烈地跳了起来，对于能把脚放在头上的人，阮飞一直很敬畏，敬畏到连大气也不敢喘。阮飞一边保持着金鸡独立的姿势，一边很是虔诚地看着那双横空耸立的脚。脚先动了一下，头才露了出来。阮飞看得很清楚，正是在电视里把那妮的眼睛拉得直直的那个男人。

你谁啊？男人没有一点儿电视里谈笑风生、和蔼可亲的风度，一双眼睛直直地刺了过来。

阮飞双脚立正，我是阮飞。

男人脸上满是嘲讽，我不认识阮飞。

阮飞的脸红了，是一点一点红的，幸好那妮的影子浮现在了脑海，那妮让我来的。

听见那妮的名字后，男人又从头到脚把阮飞审视了一遍，一丝不悦、似或是嘲弄在眼睛里一闪即逝。

坐吧，男人把脚从桌面上收回，随即又大腿压在了二腿上，跷起来的那只脚很有规律地在空中晃着。阮飞把目光从男人的脚上移到了脸上，看到的全是冷漠和不屑。这种目光，阮飞遇到得多了，坐在电视机前的那妮有时候也用相似的目光看他。因为习惯，阮飞没有回避，他一言不发地看着眼前的男人，还有他跷起来的二郎腿以及那只不停晃动的脚。

电焊工不想干了？阮飞不想点头，却只能点头。

想干什么？男人又问。

阮飞不知道怎么回答，那妮只说让他来找这个人，没有告诉他要干什么？

男人见阮飞一时无话，又换了一种问话方式，你能干什么？

电焊。阮飞脱口而出。

男人愣了一下，突然笑了。这是阮飞进屋后第一次看见主人的笑脸，尽管笑容后面堆满了愚弄，那你还来找我干什么？

您让干什么我就干什么，阮飞脑子里闪现出那妮的叮嘱，急忙补充了一句，除了电焊工。

男人似乎很满意阮飞的回答，接着问道，听说你开过车？

说起开车，阮飞心里一阵轻松，我当兵的时候就是汽车兵。

男人又笑了笑，说道，当我的司机，愿不愿意？

阮飞突然想到一个很重要的问题，电焊工和司机，哪个挣钱多？

男人叹了一口气，似笑非笑地看着阮飞，我有好几辆车，也有好几个司机。他们执行的是固定工资，也就是死工资；电焊工实行的是计件工资，像你这样干活拼命的，两个司机也没有你拿得多。

阮飞的心里充满了疑问，那妮可是把钱看得比什么都重要，要是工作轻松了，薪酬却低了，那妮能愿意吗？

阮飞下了决心，老板，我不换工作了，我还是回去干我的电焊工。

不等回答，阮飞扭头就走。虽然屋内温度适宜，但由于不是自己该来的地方，阮飞浑身不舒服。他只想快点逃离。拉开门，一个漂亮、摩登又似曾相识的女人迎头走了进来。女人冷漠地瞟了阮飞一眼，擦身而过的一刹那，扑鼻而来的香水味使得阮飞的喷嚏夺口而出。

这女人在哪儿见过？阮飞一边鼠窜，一边想。

## 3

车间里的活儿越来越多，工友们前一段还担心，源于美国的次贷危机已经蔓延到全世界，把很多国家的许多人都搞失业了。事实证明，社会主义硬是比资本主义具有优越性，阮飞的工作没有受到丝毫影响，这让阮飞很高兴。他只会干电焊，每当拿起焊枪，阮飞就觉得自己成了指挥千军万马的大将军，成千上万个焊接件供他驱使。这不仅仅是虚荣心，还有实实在在的实惠，电焊工虽然是公司里最苦、最脏、最累的活，工资却很高。阮飞每月的工资都在一万元以上，一点儿也不比所谓的白领差。有了钱，就有那妮的美丽和笑脸。

中午下班的时间到了，工友们已经开始洗手，只有阮飞一个人还被电弧光包围着。一个工友凑过来，喊道，兄弟，别玩命了。阮飞抬起汗津津的头，露出了一个笑脸，哥们儿，麻烦你了。工友一边摇头一边走了。

中午只有一个小时的吃饭时间，去食堂吃饭的工友很快回来了。工友直接走到阮飞跟前，放下了一个塑料袋。阮飞急忙说，谢了，老规矩，钱月底总付。阮飞打开塑料袋，里面是一碗干拌面。阮飞手也没洗，拿起筷子搅了搅就吃了起来。面条跳跃着进入阮飞的口中，阮飞吃得满嘴响声，不到十分钟塑料袋就空了。饭后的工友们还在抽烟聊天，阮飞又开始干活了。飞起来的电弧光成了阮飞唯一的伴侣，阮飞每天都乐在其中。有时候阮飞一边焊着，一边用余光扫一眼亮闪闪的焊渣，觉得好像一枚枚金币在自己的面前飞舞。

阮飞正干得起劲，突然感觉整个车间凝固了似的，所有的人成了雕塑，一动不动。阮飞顺着工友们的眼睛看去，自己也变成了雕塑：一个身材迷人的女人站在门口，太阳的余晖正好落在身上，给她的全身镀上了一层金色。她身着一件白色的连衣裙，在阳光中花朵一样静静地开放着。

那妮来了。

那妮从不来自己的车间，工友们只知道阮飞娶了一个漂亮老婆，却没料到竟漂亮到如此程度?!瞬间的静默之后，车间里响起了口哨声。阮飞急忙跑了过去，脸上全是汗水流过的痕迹。

怎么来这儿了，阮飞说，这不是你该来的地方。

那妮没有说话，拿出纸巾擦了擦阮飞脸上的汗水。车间里口哨声此起彼伏。

把工服脱了，洗洗脸，跟我走。那妮说。

阮飞张了张口，却什么也没有问。对那妮，他已经习惯了听从。

阮飞没有想到，那妮又把他带到了那个门口。那妮对公司的办公区域比自己还熟悉，一点儿弯路也没走。到了门口，手只是象征性地在门上敲了敲，就推开走了进去。于是，阮飞又看到了那双伸在桌子上的脚。阮飞一看到那双伸得比头还高的大脚，心里就有一种莫名其妙的压抑感。虽然跟在那妮后面，他还是有意延缓了一下脚步。

那妮走过去坐在桌子旁边的沙发上，很自然地跷起了二郎腿。阮飞不敢坐，往那妮身边靠了靠，直直地站着。

老板的脚却一直没有放下去。老板有老板的规矩，对于未经允许擅自闯入的人，一般有两种处理方法：一是恼羞成怒，立即轰人；二是闭目养神，不理不睬。老板今天心情好，采用的是第二种。

阮飞用手拉了拉那妮的胳膊，他不愿意自己的待遇延续到那妮身上。那妮脸上一会儿白、一会儿红，一动不动地坐着，一声不吭，屋子里沉闷极了，只有墙上的钟表在有条不紊地嘀嗒着。

等待的时候，时间往往不偷工减料，阮飞觉得很长时间了，抬眼一看钟表，才过去了五分钟。这五分钟对阮飞来说，比五年还让他觉得漫长。幸好，五分钟以后，老板的眼睛睁开了。睁开眼睛的老板急忙把桌子上的腿放了下来，小那，你什么时候来的？老板一个鱼跃站了起来，倒了一杯水，放在了那妮的面前。

影响何老板休息了。那妮笑道。

哪里哪里，不好意思啊。何二靠在了椅子上，腿很自然地跷了起来，不知道是你。何二恢复了常态，一边说，跷起来的腿一边习惯性地晃动。

阮飞没有看何老板的表情，眼睛只是随着那只晃动的脚移动。

你可是无事不登我的门啊？何老板继续笑道。

还是我老公工作的事。那妮笑了笑，阮飞能听出来，那妮的声音里竟有一些求人的意味。

安排了，何老板挠着头说，让他去小车班，他不干啊？

这不，今天上门赔罪来了。那妮说，如果何老板同意，您看什么时候让他上班？

只要他愿意，何老板说，随时都可以。

那好吧，那妮笑嘻嘻地把头转向了阮飞，老公，给何老板表个态吧。

阮飞头上的汗又冒了出来，他的眼睛死死地盯着何老板不停晃动的脚。阮飞终于看出了名堂，老板的腿猛一看是在无规则地乱晃，其实一直在空中画着一个圆圈。那个圈更不盲目，冲着那妮坐着的位置，一副要把那妮圈在里面的架势。那脚尖滑过的轨迹，又宛如一条条绳索，在一圈一圈慢慢地捆绑着那妮。

阮飞抬起头，看着老板的脸，我不干，阮飞一字一句地说道。

那妮吃惊地看了看阮飞，一言未发，转身独自离去了。阮飞看到那妮的眼睛里蓄满了泪水。看着那妮黯然离去的背影，阮飞恢复了理智，一下子愣在了那里。

回车间干活去，何老板凌厉的声音从身后传来。屋子里冷气习习，阮飞不禁打了个冷战。

## 4

那妮的同学聚会是在本市最大的五星级酒店贵宾楼举行的。

这家酒楼有一个餐饮主题：认识人生。这个主题由三部分组成：“回头望”，是对已经逝去的岁月的一种追忆；“抬头看”，是对现实处境的一种反思；“低头干”，是对未来生活的一种憧憬。因为这个主题，所有对生活需要回忆、需要整理、需要调整的人们都把这里作为一个情感抒发和寄托的场所。所以，来这儿聚会的人不仅仅为了吃饭。

那妮不想参加，因为这样的聚会很残酷，人为地把人分为三六九等，让得意者更加神采飞扬，而让失意者越发黯淡无光。那妮毕业五年了，五年的时光除了组成了一个家庭，她的生活再没有任何可圈可点之处。由于她是曾经的校花，发起此事的几个成功的男同学定下了一个规矩：谁不去都可以，那妮不去就放弃聚会。这样的规矩无疑把那妮推到了所有同学的对立面：五年的时光积累了多少人生的感悟，又留下了多少遗憾，同学们都想一吐为快。就连一些处境不如那妮的同学也蠢蠢欲动，准备好了一肚子苦水。当然，还有另外一个深层次的原因不便明说，那就是根据现状重新修正儿时凭兴趣和喜恶结成的亲疏关系，弥补生活和事业上的遗憾，从而改变生活的质量。

先是几个事业成功的同学反复邀请，后来变成所有同学苦口婆心的规劝。那妮虽然不想让昔日的同学知道自己的现状，但也不愿因此得罪了所有的同学，只好答应了。

到了贵宾楼，只看了昔日的同学一眼，那妮就知道，五年的时光，把一切都改变了。虽然每个人脸上挂满了久别重逢的喜悦，但那笑脸背后的气韵却迥然不同。不管男女，那些笑起来连眉毛一起跳的，就连坐姿也显得与众不同：一个个跷着二郎腿，跷起来的脚极力地往前晃着，而身体却用力地往后靠着，把椅子的后背挤得吱吱直响；而那些两腿并拢、两只手平摊在膝盖上的同学，好像怕坐着的椅子没有后背，身体和椅背总是离开很大的一段距离。脸上的笑容就更显得拘谨和滑稽，一看就是因为附和才露出来的笑意。那妮一时不知道自己应该以什么样的坐姿出现，在家里，她习惯了跷着二郎腿，她觉得那样舒坦。而一融入同学之中，尤其是在看到了梅兰兰的坐姿以后，她尝试着抬了抬腿，竟没有把右腿放到左腿上去。幸好手术刀修补出来的容貌和天生的靓丽无法比拟，那妮不管怎么坐，都是男女同学围裹的中心。只有梅兰兰面无表情地坐着，阴晴未知。

尽管说的全是一些毫无意义的赞语，那妮还是从心底有了一种满足感。这种赞语每得到一句，那妮就有意无意地瞟一眼梅兰兰，映入眼帘的却是无动于衷和不以为然，这多多少少破坏了那妮的心情。

聚会开始了，按照酒楼的安排，“回头望”是在酒楼的茶座里进行的。不管平时喜欢什么样的香茗，这个茶座只提供一种茶品：苦丁茶。这种茶就像干枯的树枝，看起来毫无档次和品位，一点儿也不像如此高档的酒楼里面的饮品。那妮还是第一次见到这样的茶叶。茶座里面的服务员给每个人沏了一杯。杯子是透明的，每个人都看到干枯如树枝般的茶叶慢慢地在杯子里面伸展开了肢体，直直地立在水中。好奇的几个同学抢先喝了一口，之后发出了共同的声音：苦。服务员的声音恰到好处地传了过来：这是我们酒楼感悟人生的第一步，“回头望”。岁月如梭，时光不再，当我们在苦苦的茶味中回顾已经逝去的岁月时，我们有多少感慨，又有多少难忘的记忆需要我们去整理、回味……

苦丁茶成了开启记忆的钥匙，记忆大门一旦打开，不管得意、失意的，每个人心头都涌上了一种情绪：遗憾。遗憾总是让人伤感的，每个人都沉浸在自己的往事中。五年过去了，同学们不再像在校时那样口无遮拦，没有一个人说话，只觉得有一股苦涩在心头缓缓流过。那妮更甚，如果这个酒会上没有梅兰兰，那妮肯定抑制不住自己的眼泪。好在每个人都沉浸在自己的回忆中，任苦丁的涩味和萨克斯忧伤的曲调在心底寂然流动。

走出记忆的闸门，服务员又把大家带到了包厢。这里是就餐的地方，也是酒楼的第二个节目，起名叫“抬头看”。这个节目有一个规定，每个同学的配偶必须参加，事实上是对五年来步入社会的一个总结和展示。对于每个人来说，需要总结的无非两点：一是事业；二是家庭。事业代表每个人在社会中的位置，而家庭则彰显着幸福指数。包厢里面已经是人声喧腾，每个家庭都要坐在一起，介绍自己以及爱人的单位和岗位。再就是由众人点评两人有没有夫妻相，最后还要评出事业最成功者以及家庭最幸福者。

这注定是一个笑声不断却把部分人的幸福建立在大多数人痛苦之上的节目。现实中，家庭和事业永远是连生体，不可分开。在这两者中，事业为主，家庭为辅。事业成功者，可以左右家庭幸福指数。所有同学中，爱人没有来的只有那妮和梅兰兰。梅兰兰的老公是公众人物，经常在电视上亮相，来不来无所谓。那妮就成了男女同学围攻的对象，梅兰兰也一改矜持，喊得最凶。酒会不得不停止下来，每个人都心怀好奇，想看看昔日的校花委身给了一个什么样的人？在同学们的不断要求下，那妮的心里如同打翻了五味瓶：环顾四周，论长相，谁也比不上阮飞。但颜值不能成为身份的象征；论工作，电焊工是带不到人前的。众人逼得急了，那妮的脸红了，红得把头抵在了饭桌上。好在同学们见状及时转移了话题，开始评选事业最成功者和家庭幸福指数最高者。妻以夫为荣，梅兰兰无可争议地当选了。就在同学们纷纷向梅兰兰祝贺的时候，梅兰兰借酒发挥的一句话又一次把那妮放在了火上，我知道同学们私下都对我的家庭有所议论，今天不妨告诉大家，我之所以能有今天，完全是因为那妮让给我的。今天当着所有同学的面，我向那妮说一声谢谢。梅兰兰说这句话的时候，眼光一直盯在那妮身上，所有人都看到了梅兰兰眼中充满了挑衅。这是典型的得了便宜还卖乖，更是没有道义的不以为耻反以为荣，那妮的脸庞又一次涨红了。本来在梅兰兰当选的那一刻，那妮已经做好了悄悄离开的准备，听了梅兰兰的话，那妮又回到了座位上。重新坐下来时那妮的表情令梅兰兰后悔了刚才说出的话。

第三部分是在家人离开以后进行的："低头干"。酒楼的解释是回忆了过去、明白了现在，就要展望未来。同学们却都觉得这个主题词不太恰当，什么叫低头干？为什么不能昂头干？只有那妮觉得这个词说得太好了，实在、有劲，还解恨。同学们后面说了什么，那妮已经听不到了，没有人知道那妮心里在想什么？人们只看到，那妮想着想着，突然笑了，笑得同学们莫名其妙。只有梅兰兰不像刚才那样张扬了，胆怯地看着那妮。梅兰兰看到了那妮满眼的愤怒与挑战。

## 5

阮飞硬着头皮打开家门，那妮果然坐在沙发上。电视机的屏幕是黑的，显然那妮在等着他。阮飞做好了挨训的准备，一进门就在那妮面前立成了一尊雕塑。

车间干着是不是很荣耀？那妮问。

阮飞不说话。

是不是天生就是干活的命？那妮又问。

阮飞还是不说话。

我这样做容易吗？那妮的眼泪掉了下来，为了你，我去求了这辈子最不愿求的人。

阮飞这才说了一句，我知道。

知道你还不愿意，你是不是故意的？那妮越发生气了。

阮飞也憋着一肚子的气，从进门到现在，头虽然一直低着，眼睛却随着沙发上那妮跷起的二郎腿的晃动而转动。他感觉那妮跷起的二郎腿也在空中画着圈，那个圈画得很圆，好像一顶帽子的帽檐。很显然，那帽子是绿色的。阮飞想，现在那妮只是在空中虚构一顶帽子，他不愿意那妮真的做一顶这样的帽子戴在自己的头上。

心里有了这个想法，阮飞的头就抬起来了，语气也变得有些急躁，我不愿意你为了我，去求别人。

那妮的二郎腿停止了画圈，顺势踢在了阮飞身上，你以为我愿意求人啊？你要是有出息，用得着我低三下四吗？

这句话，是那妮的口头禅了，那妮一生气，这句话就从嘴里出来了。只要那妮说了这句话，阮飞就低下头，不说话了。

偏偏那妮强势惯了，不依不饶，不愿意我找的也可以，你自己争口气让我看看！

那妮一激动，脚尖晃动的频率更快了，有了呼呼生风的感觉。阮飞随着那妮的脚尖，呼吸变得急促起来，他越来越觉得那妮跷起来的二郎腿跟老板没有什么两样，虽然坐着，却都是一副居高临下的神态。阮飞可以纵容那妮，但绝对不能容忍老板。眼前的腿不停地变换着，一会儿是那妮的腿，一会儿又变成了老板的腿；一会儿在面前晃动，一会儿又在头顶盘旋。不管在哪儿晃，带给阮飞的都是一种窒息般的感觉。血冲上了头顶，阮飞不假思索地一脚就将那只不停晃动的腿踢了下去。

你疯了？那妮站了起来，朝着他吼道。

疯了。阮飞第一次对着那妮大声回吼。

那妮诧异地看了看阮飞，不再说话，转身拉开门走了出去。门的撞击声沉闷、有力，好像在阮飞的脑门上炸开了一个洞，阮飞清醒过来，那妮已经没有了踪影。阮飞跑到窗前，窗外的夜色争先恐后地拍打着玻璃，好像要挤进屋子里来。阮飞极力地想放远目光，外面黑漆漆一片，什么也看不见。

阮飞拉开门追了出去，已经是深夜了，外面没有一个人。站在楼下，阮飞抬起头看了看家里的窗户，灯光很微弱，淡淡地漫了出来。现在的家里除了灯光，什么也没有了。这么多年了，他都是为那妮活着的，那妮不在，家就空了。阮飞慢慢地顺着路灯往小区外走去。晚上的路灯就是白天的路，阮飞按着路灯的指引漫无目的地走着，他的脑子一片空白。风从面颊上拂过，快立秋了。夜晚的风里已经有了凉意，凉意可以让人的头脑更清醒。阮飞追着凉气，走到河边才停了下来。河面本是黑的，因为有了路灯的映衬，就有了星星点点的光。阮飞盯着河面上一闪一闪的光点，恍惚中，那光点就变成了那妮的脸，在河水中冷冷地凝视着他，目光里充满了哀怨和失望。阮飞一阵心痛，他往前走了一步，才发现面前除了河水，什么也没有。几年前，他就是从这儿把那妮捞上来的。几年过去了，那妮已经不是刚从河里捞上时的那妮了，好几次在梦中，那妮离他而去，他在后面拼命地追赶，眼看快要追上了，那妮突然钻入一辆小轿车，留给他的，只是飞起来的阵阵尘土和尾气。即使自己再拼命，两条腿是跑不过四个车轮的。而在腿和车轮之间，那妮无疑更喜欢车轮。每次从这样的梦中醒来，阮飞都是冷汗淋漓。

一阵风吹来，阮飞不禁打了个冷战。风中不只是凉气，还有瘆人的哽咽声。那声音如泣如诉，直往阮飞的耳朵里钻。阮飞慢慢地回头，看见在他旁边不远的柳树下，有一个长发女子依石而坐，掩面而泣。阮飞只看了一眼，眼睛里就有热热的东西涌出：那妮每次离家出走，都是来了这里。看来，这里留下的不仅仅是他一个人的回忆。

阮飞轻轻地走到那妮身边，看着那妮瘦弱的肩头在夜色中不停耸动，阮飞伸出双臂，把那妮颤抖的身躯环在了怀里。那妮的肩头抖动得更厉害了，就像几年前刚从水中捞上来似的。

## *6*

梅兰兰是什么时候来找自己的，阮飞已经记不清楚了。他只是隐约觉得，应该是在那妮来车间找过自己后不久。

多少年了，阮飞一直是默默无闻的一个人。他很少说话，只要是上班时间，那他就一定在自己的工作岗位上，让火花在自己的周围飞舞是阮飞很喜欢的一件事。这就注定了阮飞在车间的处境：与世无争却又毫不起眼。

让阮飞在车间里流光溢彩是那妮的出现。

女人可以摄魂夺魄，是车间工友见到那妮以后共同的感觉。从那以后，工友们再也没有对把钱看得比命都重要的阮飞风言风语，工友们从自身出发，想到了一个共同问题：如果我有一个这样的老婆，我会怎么办？设身处地换位一想，都理解了阮飞。这样的女人，就应该用钱养起来。

工友们没想到，没有多久，又有一个女人站在了车间门口。这个女人没有那妮漂亮，却很惊艳。往门口一站，整个车间都变小了。在她身边，站着小心翼翼而又点头哈腰的车间主任。这就颠覆了车间主任一贯形成的不可一世的形象，员工们自然对主任点头哈腰的对象充满了敬畏和好奇。

只有阮飞例外。倒不是阮飞的心理素质有多好，阮飞压根儿就没有发现车间门口站了一个女人，即使发现了，也肯定是在抬头擦汗的瞬间，目光一扫而过。在车间，除了干活，别的事和自己没有关系，是阮飞多年养成的习惯。阮飞就没有听见车间主任的喊声，仍然低着头，弄得四周火花四溅。

车间主任见阮飞没有反应，又满脸带笑地对站在门口的女人弯了一下腰，朝阮飞走了过来。员工们的目光随着主任的脚步一步一步移到阮飞身上。主任一边走一边喊着阮飞的名字，直到站在阮飞身后了，阮飞还在专心致志地干着活儿。主任抬脚就在阮飞的屁股上踢了一脚，阮飞这才放下了手中的焊枪，迷茫地看着主任。

别干了，主任说，老板娘找你。

阮飞以为主任在和自己开玩笑，回了一个笑脸，主任，我忙着呢！说着又拿起了焊枪。

主任火了，忙你娘个腿。赶快过去，人在车间门口站着呢。

阮飞的目光移到了车间门口，果然看见了一个女人。这个女人粗看像那妮，细看就比那妮差远了。有些眼熟，阮飞不敢肯定在哪儿见过，但阮飞肯定这个女人不是那妮。不是那妮就和自己没有关系，阮飞只对名叫那妮的女人感兴趣。阮飞又低下了头，准备接着干。

主任这回真火了，你小子成心是不是？把焊枪关了。

阮飞的语气充满了哀求，主任，我不认识她。您就让我多干几件活吧。

主任一把抓过焊枪，扔到了阮飞的脚下，吼道，给脸不要是不是？摆什么架子？赶快过去，别让老板娘等急了。

阮飞只得汗津津地站在了女人面前。虽然过去了，却是一句话也不说，头看着别的地方。

女人原本是拉着脸的，冷眼把阮飞从头到脚细细地看了一遍，好像看中了一件东西，在仔细辨别上面有无瑕疵。看完了，脸色缓和多了。

你就是阮飞？女人身上的气味很重。

阮飞点了点头，不由自主地用手揉了揉鼻子。

你是那妮的老公？女人继续问。

阮飞终于想了起来，他已经是第三次看见这个女人了。第一次是在自己家楼下，她和那妮结伴而行，虽然是晚上，但那身上的香水味阮飞记忆犹新；第二次是他离开老板办公室的时候，这个女人目中无人地冲了进来。既然是那妮的朋友，阮飞就不敢怠慢。

是的，那妮是我老婆，阮飞不好意思地笑了一下，我见过你。

女人没有接阮飞的话，蛮有兴致地又把阮飞从头到脚看了一遍，这才问道，听说，你会开车？

阮飞点了点头，我当兵的时候，就是给首长开车的。

你当过兵，一丝惊喜挂在了女人的脸上，难怪身上的男人味很浓。

阮飞不知道怎么回答，就装作没有听见。

女人言归正传，给我开车，愿意吗？

阮飞其实对车有一种酷爱，只是他不习惯为那妮以外的女人服务。何况，这个女人身上的香水味太浓了，让阮飞的鼻子很不舒服。还有，也是最重要的，就是他不好意思开口向一个女人说报酬的事。开车虽然是自己的爱好，但和收入比起来，阮飞还是把报酬放在第一位。

我和那妮是同学，女人看穿了阮飞的心思，给我开车，亏不了你。

话一说开，阮飞就好张口了，一个月多少钱？阮飞问。

女人很喜欢阮飞的爽快，语气也很干脆，比你现在的薪酬翻一倍。

阮飞立时瞪大了眼睛，你知道我现在拿多少钱吗？

女人快乐地笑了，我不知道你现在拿多少钱，只要你让我满意，我每月给你两万元，还不算奖金。

阮飞突然发现这个女人很可爱。真的？你可是老板的女人，说话要算话？

女人没有和阮飞再纠缠这个问题，她的目光一直停留在阮飞身上，很认真地说，不过，我有一个条件，给我开车的事先不要告诉那妮。

为什么？一想到要对那妮撒谎，阮飞为难了。

不为什么，女人说，到了该让她知道的时候，我会告诉她。

见阮飞低头不语，女人又说，你好好想想，是给我开车，还是回到车间继续干活？

有钱做后盾，阮飞马上做了决定，使劲地点了点头。女人笑了，随手扔过来一部手机，你回去冲冲汗，换件衣服，等我电话？

阮飞急忙说，现在是上班时间，主任肯定不准假。

女人又笑了，你们主任那儿我会说的。女人说完转身走了，走了几步又回过了头，冲着他莞尔一笑，记着，我叫梅兰兰。

女人已经走出很远了，阮飞还站在原地发呆，他觉得好像做了一场梦。主任已经来到跟前了，他还疑惑刚才的事是不是真的。你小子走运了，以后可别忘了咱们车间。阮飞眼睛眨了眨，看见主任对自己恭恭敬敬的样子，确信刚才的一幕确确实实发生过。

那我走了，主任。阮飞不等主任回答，就义无反顾地走了，走得头也没有回一下。而眼中，随着离开的步伐的加快，眼泪却莫名其妙地充满了眼眶。

## 7

几乎在阮飞成了梅兰兰司机的同时，那妮也开始昼伏夜出。每天晚上回到家里，家里都空荡荡的。奇怪的是，阮飞觉得没有了那妮的家里到处流淌着自由的空气。现在，轮到阮飞坐在沙发上跷起二郎腿了。阮飞的腿一跷起来，就再也没有放下去。那妮不在家里，阮飞可以在家里随意走动、大声喊叫，还有，阮飞已经学会了抽烟，并且可以在家里随时随地想抽就抽。每天回到家里，阮飞悠闲地坐在沙发上，跷起来的二郎腿硬气地在空中画着圆圈。阮飞看着看着，就恶作剧般吹一口气，让浓浓的烟柱从圆圈中直穿而过。每到这个时候，阮飞就想，如果那妮在家里，看见自己也跷起来的二郎腿，会是怎样的一副表情？

阮飞现在出入都是轿车，虽然只是个开车的，和坐车的不一样，但已经很满足了。现在的工作忙起来的时候没有个点，闲下来了整天又没有一点事。除了随时听候召唤，其他都很遂阮飞的心意。每天进了家门，不见那妮的身影；第二天醒来，那妮又躺在了身边。阮飞觉得这种感觉很刺激。刺激来源于对那妮的陌生感。阮飞觉得和那妮的关系好像又回到了新婚的时候。有时候晚上阮飞起夜，看着身体裸露的那妮突然就来了兴致。令阮飞惊喜的是，那妮似乎很配合。第二天阮飞离开的时候，那妮仍然在呼呼大睡。阮飞有时候会在床前待上一会儿，默默地看着那妮，他知道，晚上回来的时候，那妮就又不在了。就像以前习惯那妮在家一样，阮飞现在习惯了那妮不在家的日子。阮飞没事的时候也想，人其实就像一团烂泥一样，是软的、可塑性很强，可圆、可方、可扁，就看自己的心情和需要了。

偶尔，阮飞也会莫名其妙地想，那妮夜夜晚归，到底去哪儿了？好在这种念头只是一闪而过，阮飞并没有追究结果。只要每天睁开眼睛，那妮还在身边，就足够了。在这一点上，阮飞自觉不如那妮。有一天，梅兰兰喝醉了，既不想回家，又不下车，阮飞就在车里陪了梅兰兰一个晚上。第二天回到家的时候，那妮正好起床了。阮飞看见那妮朝着他吭了吭鼻子，却什么也没有说。阮飞觉得这就是信任，阮飞很感激那妮。感激的结果就是他对那妮同样还以信任。

有了这种信任基础，阮飞一个人在家里的时候，二郎腿就跷得很悠闲、很惬意，也很自以为是。影响阮飞心情的是，有时候阮飞的二郎腿晃得正欢，眼前莫名其妙就出现了老板跷起来的二郎腿，立时气就短了。同样是跷二郎腿，二郎腿和二郎腿却大不相同。老板跷起来的二郎腿硬是比头还高。阮飞在自己家的沙发上尝试过一次，好不容易腿比头高了，身体却失去平衡了，不像老板坐在真皮高背椅上来得舒坦和霸气。这件事使阮飞明白了一个道理，跷二郎腿也是有条件的，不是谁想跷就能跷的。即使跷了，效果也要大打折扣。就像自己原来在车间的时候，别说跷了，想也没敢想过。每次看见那妮跷起来的二郎腿，阮飞就提醒自己，在家里，那妮可以跷，他就不行。不是那妮不让，而是自己没有这个资格和底气。

手机响了。阮飞的手机是梅兰兰送的，当然有条件：二十四小时无条件开机。手机一响，阮飞知道有事了。果然，梅兰兰的声音很清晰，马上来国宾大酒店。阮飞还没有回答，电话已挂断了。国宾大酒店在这个城市的二环路上，阮飞给梅兰兰开车以后，经常在那儿出入，路熟车快，很快就到了。按照规定，到了目的地，如果梅兰兰没有新的指示，阮飞只能死盯着酒店大门等候。国宾大酒店门口的霓虹灯不停地旋转着，把半个天空都摇动了，阮飞一边欣赏着夜景，一边羡慕地看着门口自由出入的人流。当那妮从里面走出来的时候，阮飞的第一感觉竟然是，其实这种生活并不遥远，遥远的是那妮身边的人。

别说阮飞已经看清了那个人的脸，就是没看见，阮飞也知道那个拉着那妮胳膊的人是自己的老板。阮飞在一瞬间确实有一种冲动，一种冲上去把老板放翻在地的冲动。还没等阮飞冲动起来，那妮已经甩开了老板的胳膊。老板喝下去的酒好像全部作用在了胳膊上，幅度很大地又熊抱了过去。那妮一转身又躲开了。老板不甘心，再搂；那妮又躲。一搂一躲之间，两人到了阮飞的车前。

装正经不是？阮飞听见老板的声音有些无赖，更闻到了一股浓浓的酒味。

走开，别碰我。那妮正色道。

在那妮面前，老板没有了往日的威严，看起来更像一只癞皮狗，别装了，抱抱还不行？又不是没抱过。

那妮几乎躲在了阮飞的身边，那是以前，现在我有老公了，我老公名叫阮飞。

这句话传入阮飞的耳朵，阮飞顿时觉得没有意思了，那妮肯定发现了自己。正好梅兰兰来了短信，阮飞打着了车，一轰油门，走了。从后视镜里，阮飞看见那妮和老板都看着自己绝尘而去。阮飞竟然有了一种满足感。这种感觉激荡着阮飞，阮飞把车开得很流畅，不一会儿就到了目的地。这是这个城市又一个五星级酒店，阮飞按照短信上的提示推开了门。情况基本上和阮飞想象的一样，梅兰兰刚洗完澡，头发还湿漉漉的。阮飞站在房子中间，看着只裹一件浴衣的梅兰兰。

梅兰兰笑了一下，不知道在笑自己，还是笑阮飞，看见了吗？

阮飞明知故问，看见什么？

梅兰兰说，我老公和你老婆。

阮飞已经和梅兰兰很熟了，说话已很随便，你故意的？

梅兰兰说，凭什么他们可以，我们不行？

阮飞不知道是什么心态，很冷静地讲了一个笑话，我们在大街上走着，突然被狗咬了一口，我们总不能低头咬狗一口。阮飞觉得自己很幽默，我们咬了，也就变成狗了。

梅兰兰不高兴了，我们即使不这样，他们也以为我们已经这样了。

阮飞不再说话，梅兰兰凑了过来，双手环在了阮飞的脖子上，女人浓烈的气味顿时围裹了阮飞。刚才还暗暗蠢蠢欲动的阮飞突然觉得自己不男人了。阮飞脸色苍白地站着，一动也不敢动。

热脸蹭上了冷屁股，何况是女人。梅兰兰觉得没有意思了，她松开了手，紧贴在阮飞身上的肉体也离开了，背对着阮飞说，你走吧，今晚我住这儿了。阮飞走出去的时候，听见梅兰兰在身后说，一点儿也不像个男人。

由于把车留给了梅兰兰，阮飞是打车回家的。快到家的时候，阮飞看见家里的灯亮着。

那妮，阮飞在心里说，今晚你比我到家早。

## 8

何二坐在办公室，喜欢把腿搁在桌子上。这一习惯已经好多年了，以至于公司里的管理人员，对何二的脚比何二的人还要了解。何二的心情也就从那高高跷起的二郎腿上表露无遗。那条腿在头顶晃得很轻松、很悠闲了，何二的心情肯定不错；如果那条腿直直地杵在头顶一动不动，公司里的人知道，事情不妙了。

梅兰兰推门走进去的时候，何二的腿在空中晃得正欢。梅兰兰虽然是何二的老婆，却不是公司里的人，就有些看不惯。她皱了一下眉头，用手敲了敲桌子。

何二的腿停止了晃动，有事？

梅兰兰问，知道今天是什么日子吗？

何二迷茫地看了看梅兰兰，眼睛移到屋顶上，一副思考的模样。想不起来了。何二收回目光说。

是我三十岁的生日。梅兰兰咬牙切齿地说。

你都三十了？何二笑了，说吧，想要什么？

一个生日舞会，把我的同学全请来。

可以！何二回答得很痛快。

还要你亲自参加。梅兰兰乘胜追击。

何二跷起来的腿又晃了起来，晃得不慌不忙，这个有难度，你知道我很忙的。

梅兰兰鼻子里哼了一声，忙着和那妮那个骚货厮混？

何二看了梅兰兰一眼，不再说话。梅兰兰知道何二一不说话，就表示生气了。女人年龄大了，在男人眼里就不值钱了，特别是有钱的男人。梅兰兰觉得应该适可而止。

算我没说，不过晚上的宴会你一定要参加，我的同学都想见见你这个偶像。

何二脸色也恢复了正常，我争取，只要晚上能走得开，我一定参加。

何二正说着，突然把跷起的腿从桌子上放了下来。梅兰兰知道来客人了，按照惯例，能让何二把跷起来的腿心甘情愿地放下来的除了政府领导，就是税务局的人，梅兰兰满脸笑容地回过头，却看到那妮走了进来。

那妮一边走，一边说，兰兰，你也在啊？

梅兰兰的脸拉了下来，我不应该在吗？

那妮没有看见似的，依然笑道，看来是我不应该来。

何二接过了话头，说什么呢，什么应该不应该，快请坐，我给你泡你最喜欢喝的金骏眉。

梅兰兰有点恶毒地剜了那妮一眼，气呼呼地走了。

何二走过去关上了梅兰兰敞开着的门，一屁股坐在了那妮身边，面对着那妮笑盈盈的脸，牢骚道，找你多少次了，电话不接、短信不回，今天太阳从西边出来了？

同样是三十岁，三十岁和三十岁硬是不同。三十年的岁月痕迹，好像全都跑到梅兰兰脸上去了，几乎没有在那妮的脸上留下一丝印痕。那妮不笑的时候已经很迷人了，一笑，何二的心就颤了。

晚上有时间吗？那妮问。

何二说，你说有就有。

那妮笑了，晚上请你吃饭。

何二的脸拉长了，恶心我不是？嫌我的钱脏？

何二说着，手搭在了那妮的肩头。

那妮站了起来，一边往外走，一边说，说定了，晚上不见不散。

何二的声音从后面追了过来，什么地方啊？

那妮的声音从门外传了进来，我会给你短信的。

看着那妮婀娜的背影，一丝微笑按捺不住地漫上了何二的脸庞，何二觉得自己的心都在笑。他直接把身体抛进了椅子里，脚一抬，大腿压二腿搁在了桌沿上。随着椅子的响动，何二跷起来的左脚在空中得意地晃动起来。看着在自己头顶晃动的左脚，何二越看越觉得兴奋，越兴奋脚就晃得越快，直到手机短信声传入耳内。何二抓在手里看了看，虽然离约定还有一段时间，那条短信却像远处伸过来的一弯钩子，一下子勾住了他的心，使他再也在椅子上待不住了，急忙离开了办公室，奔短信上的地址去了。

何二走进包间的时候，看见那妮已经笑吟吟地坐在了里面。那妮的笑容更让何二对晚上的这次约会充满了期待。何二等这个机会已经很长时间了，几年来，那妮就像一把挠子，总在自己躁动不安的心头挠动，把何二的心挠得火烧火燎，备受煎熬。今天，是几年来那妮第一次主动约自己。

何二刚在那妮的身边坐下，手机就响了。何二一听铃声，就知道是梅兰兰打来的。既然已经和想见的人接上了头，就没有开机的必要了。何二讨好似的向那妮笑了笑，直接关了手机。

陆续有客人从包间门口经过，何二看见，每传来一个声音，那妮脸上的表情就不可捉摸地跳动一下。偏偏门外的声音很大，你老公今天来吗？

说好要来的，突然有急事来不了了，梅兰兰的声音虽然在门外，却掩饰不了尴尬，没办法，他太忙了。

何二看了那妮一眼，正好那妮也在望着他笑，何二终于明白了那妮的心思，但他不动声色地笑了一下，别管她，我们开始吧。

直到门外没有声音了，那妮才端起了酒杯，何老板，请！

两个玻璃杯倒满了白酒，何二看了看，正中下怀，他知道那妮的酒量，这一杯下去，自己就省事多了。

两个人都是一口气喝完了，那妮的脸在灯光下越发娇嫩欲滴。

何老板，知道今天是什么日子吗？那妮趴在桌子上，手指着何二。

何二笑了，用手指了指隔壁，当然知道，今天是梅兰兰的生日。

那妮的眼睛在酒精的作用下，不但红，而且直了，不对，重说！

何二疑惑地摇了摇头。

那妮又倒了两杯酒，喝，喝了你就知道了。

那妮摇摇晃晃地站了起来，直接把酒杯放在了何二的嘴上，杯子翻了个个儿，一半酒进了何二的嘴里，一半钻进了何二的衣服里。

那妮哈哈笑了，想起来了没有？

何二舌头不听使唤了。

那妮又笑了，笑出了眼泪，忘了吧？忘了我告诉你。几年前的今天，是梅兰兰把你勾上床的日子，更是我跳河的日子。那妮说完，又哈哈笑了，你都忘了吗？

何二已经听不见了，他趴在饭桌上打起了鼾。那妮头一歪，也趴在了桌子上睡着了。只是，那妮的两只眼角，挂满了泪痕。

## *9*

该来的总会来到。自从成了梅兰兰的司机，阮飞就知道，那妮和梅兰兰早晚有一次正面交手，只是不知道两个昔日的同学坐在一起的时候会怎样看待他？阮飞既期待又害怕。现在事情一直在向那个方向发展，就看谁先提出来了。对于女人来说，谁先提出就意味着谁怕了、服输了、妥协了。

让阮飞没有想到的是，妥协的信号是梅兰兰首先发出的。

阮飞听见梅兰兰的这句话时以为耳朵出现了毛病。

我要和你老婆谈谈。梅兰兰又说了一次。

阮飞已经把宝马车驾驶得得心应手了，他有些遗憾却又爱怜地用手在方向盘上抚摩了一圈。虽然知道这一天早晚要来，阮飞还是觉得来得太快了。

现在阮飞已经习惯听从梅兰兰的话了，梅兰兰既然开了口，阮飞只能直接把梅兰兰带到了家里。那妮破天荒在家，正坐在客厅看电视，跷起来的二郎腿晃得正欢。看见梅兰兰以后，晃得就更惬意了。

我可以坐下吗？梅兰兰低声下气的表情和语气让阮飞躲进了房间。

那妮用跷起来的二郎腿指了指沙发。

我们收手吧。梅兰兰看着那妮说。

那妮没有说话，梅兰兰只看见那妮的二郎腿在动。

今年同学又要聚会了，你去吗？梅兰兰又问。

那妮的腿停顿了一下，又晃了起来，去，为什么不去？

那，老何能去吗？梅兰兰的脸红了。

果然，那妮的眼光里有了不屑，何二是你老公啊？

沉默，可怕的沉默，待在房间里的阮飞几乎能听到两人的心跳声。

我承认，你永远是赢家。梅兰兰的声音梦游一般，把老何还给我吧？我没有你有骨气，现在的日子我已经习惯了，我过不了你这样的生活，我不能没有老何。梅兰兰几乎是在哀求了，我知道，你只是在赌气，他却是我的全部。

女人和女人的战争就在一口气，或者是一句软话，一丝眼泪终于歪歪斜斜地从那妮的眼眶流了出来，那妮放下了二郎腿，背过身去，肩头不停地抖动，好一会儿才平静了下来。擦掉眼泪的那妮语气也平和了许多，把我的阮飞放回车间吧，我也错了，那儿才是他应该待的地方。

梅兰兰更是泪流满面，我答应你，阮飞值得你去爱。我也想明白了，为了男人我们争来斗去，最后受伤的还是我们自己。

两人还说了什么，阮飞已经听不进去了，他的眼前出现了车间里的情景，紊乱的弧光、脏乱的环境、油腻的工服、豆大的汗珠、刺鼻的气味……这一切的一切，本以为成了遥远的回忆，再也不会和自己发生关系了，现在看来却是那么的近，近到只需要女人的一句话。

阮飞冲进了客厅，面对两个流泪的女人，阮飞没有再看那妮一眼，他直接走到梅兰兰面前，双膝弯曲，扑通一声跪倒在地，梅老板，不、我不回车间。我要继续给您开车……

那妮一惊，刚刚跷上去的右腿无力地掉了下来。阮飞的眼睛里全是乞求，两个女人面面相觑，再也说不出一句话，只有客厅里的电视机还在事不关己而又有条不紊地播放着节目。那妮、梅兰兰、阮飞几乎同时看到，画面上出现了何二的身影。何二的嘴正在滔滔不绝地讲着，三个人都没有听见何二的声音，只看见何二跷起来的二郎腿在屏幕上晃着，把三个人的眼睛都晃花了。

# 资本游戏

*1*

雷一鸣进门前，抬头看了看天。天很晴朗，阳光站在头顶，居高临下地俯视。却觉不到丝毫的热度，相反的，有一股冷气从体内漫出来，先头、再身、再脚，浸透了全身。不觉得冷都不行。这种冷，比大冬天迎头浇下一桶凉水还要冷。那种，只不过从外到里，慢慢地渗透，不像现在，是一种由里往外、强硬扩散的冷。冷气是由骨头里散发出来的，就带有先天的不可抗拒性。

赵娜的电话是一小时前打来的。雷一鸣一看见赵娜的号码，头就痛，这种条件反射性的痛已经有好长时间了。雷一鸣不想接，但却不能不接。在公司里，总经理雷一鸣可以不接任何人的电话，赵娜的电话却不得不接，也不敢不接——因为赵娜不仅是他的妻子，而且是董事长、是公司的法人。按照《公司章程》，雷一鸣是赵娜聘任的。赵娜一生气，话里就有话，透露出“既然可以聘任你，必然也能解聘你”的意思。雷一鸣知道赵娜没有说谎，所以一直就忍让着不和赵娜闹翻。赵娜最不能容忍的是：不管何时何地，雷一鸣不许以工作为由不接电话。

雷一鸣懊恼地用手敲了敲头，后悔没早点关了手机。马上就要登机了，如果提前关了手机，就没有这么烦人的事了。雷一鸣看着手机上赵娜两个字，任自己的头持续痛着。他宁愿头痛，也不愿意听见赵娜的声音。尤其是这个时候。第一个电话自动挂了，紧接着，第二个电话又来了。赵娜心里有事的时候，就一直这样拨雷一鸣的电话，直到拨通为止。有一次雷一鸣在浴场，电话自然没有在身上。赵娜一直打得雷一鸣的手机自动关机了。打不通电话的赵娜就开始砸家里不值钱的东西。快砸到值钱的东西的时候，雷一鸣回来了。雷一鸣挽救了家里值钱的东西，却没能挽救自己。不砸东西的赵娜改砸雷一鸣了。好在女人的拳头不硬，落在身上虽然有点痛，却还扛得过去。那天晚上，雷一鸣本来是不打算回家的，浴场的房间都开了。手机没电的雷一鸣因为想象不出如果不回去会有什么样的后果，只好向未知让步了。未知的后果一般都是很严重的。事实是回到家的雷一鸣不但挨了一顿粉拳，再就是把被子抱在了客厅的沙发上。家里有的是房间，除了主卧，还有几间客房。对客房，雷一鸣是很忌讳的：在自己家里，我为什么要住客房。所以，他宁愿住在沙发上。即使这样，赵娜也没有放过雷一鸣。在黑黑的客厅里，赵娜狰狞如恶鬼一般，非要雷一鸣说出去哪儿了，和谁去的？这个，雷一鸣直到今天也没有告诉她。

电话到了非接不可的时候了，雷一鸣摁动按键的同时就等待着一场狂风暴雨的来临。和想象中一样，赵娜快气疯了，直接表现就是气得快说不出话了。雷一鸣、好你个雷一鸣，长本事了。

赵娜说，有本事你别接啊。根据经验，这个时候雷一鸣一般不说话。他只是把手机和耳朵移开了一段距离，这样做的好处不言而喻，既可以听见内容，又避免伤害耳膜。一直到赵娜的语速正常了，雷一鸣才把手机贴在了耳朵上。

雷一鸣，你去哪儿？赵娜仍然很气愤。

给你留纸条了。雷一鸣说。

我问你去哪儿？

北京。雷一鸣不得不说。

去干什么？

工作。

什么工作？赵娜紧追不放。

有一个合同。雷一鸣有些无奈。

和谁去？赵娜又问。

雷一鸣终于有些忍不住了，赵娜的问话还在耳边回旋着，雷一鸣的眼中出现了一个男人，一个窝囊、猥琐的男人。雷一鸣觉得这个男人就是自己。这样的念头一产生，雷一鸣的头就不痛了，只是有一股血直往脑门涌。雷一鸣是个理性的男人，但过于理性实在是一件很残酷、很悲哀的事。

你到底什么意思？雷一鸣的声音高了。

没什么意思，赵娜的声音蛮横无理，就是让你回来。

我马上就要登机了！雷一鸣几乎吼了起来。

赵娜在电话那边似笑非笑，不是还在地面上吗？

赵娜说完这句话，就挂了电话。留给雷一鸣的，是不停顿的忙音。开始登机了，雷一鸣看着登机口，知道他又面临一次选择。每次和赵娜交锋，雷一鸣都面临着一次选择。结婚这么多年了，婚姻留给雷一鸣的，只是没完没了的选择。过去的经历告诉雷一鸣，说是选择，其实从一开始，他就没有选择的余地。赵娜好像在和雷一鸣玩一场赌博游戏，赵娜押足了筹码、志在必得，而把所有的犹豫、彷徨、无奈都留给了雷一鸣。赵娜也许早就知道了雷一鸣的底牌，也许在等待一个机会，一个雷一鸣触摸、挑战自己心理极限的机会。对于雷一鸣而言，感性总是暂时的，理性已经深深地融化在了他的血液中。尽管回去可能什么事也没有、赵娜只是在阻止他的一次外出的机会，雷一鸣还是觉得没有到和赵娜摊牌的时机。既然机会还不成熟，雷一鸣只好妥协了。尽管心里不痛快，但这样的妥协不是第一次了。

离开机场的时候，雷一鸣浑身无力，腰也直不起来。他知道，在他的身后，有一双失望至极的目光在喷火。雷一鸣已经无颜面对这双目光了。他能做的，就是把这双给予自己无限希望的目光背在背上、逐渐远去。

## 2

天还没亮，赵娜就睁开了眼睛。

四月的凌晨，总在萌动着一些说不清道不明的情愫。这种情愫，因了昨晚的爱情连续剧就越发汹涌。房间漆黑一片，雷一鸣的鼾声使这个世界表现得既真实又虚无。雷一鸣的躯体躺在身边，很真实，自己稍微动一下腿就可以触及，这是一个客观存在。赵娜不知道，这种客观存在对自己还有没有意义。赵娜上初中的时候，就喜欢上了高跟鞋。那种狂热，令今天的赵娜想起来仍然是一个疑团。好在家里有用不完的钱，可以让她把商场各式各样的高跟鞋搬回自己的鞋柜。但是，赵娜却穿不了高跟鞋。从第一双高跟鞋开始，赵娜的脚就没好过。不是脚脖子崴了，就是脚磨破了。当脚实在支撑不起心里的虚荣和欲望之后，十六岁的赵娜终于明白，那些漂亮的高跟鞋不属于她。虽然她可以拥有它，却无法体会和享用。赵娜能想到的只是大学校园里的雷一鸣。那时候的雷一鸣就像一只丑陋的丑小鸭，不但不起眼，而且碍眼。好像从上学第一天开始，穿着一身的确良上衣的雷一鸣就再也没有换过衣服，春夏秋冬、周而复始，雷一鸣的贫穷和寒酸就这样表现了出来。这使雷一鸣成为全班，乃至全校最丑陋的人。直到今天，赵娜仍然为自己的眼光叫好。是赵娜把雷一鸣从丑陋中解救了出来，当年不可一世的赵娜追求雷一鸣就如同古代的千金小姐援手落魄的穷书生一样成了轰动校园的一桩奇谈，后来被确认为美谈。一直到现在。在赵娜的眼中，雷一鸣就是自己的一个作品，是她使这个作品有了神韵。雷一鸣无疑是很能干的，能干到接手总经理不到几年，就使这个家族企业的销量翻了一番。

人生就如踩跷跷板，雷一鸣这边高了，赵娜这边自然就低了。低了的表现是雷一鸣越来越有主见了，在公司里经常擅作主张，全没有把她这个法人放在眼里。这还罢了，最让赵娜不能容忍的，在这个经济社会里，谁见过一个千万富翁天天独守空房？雷一鸣总拿工作作为不回家的借口，工作是为了什么？为了赚钱，赚钱是为了什么？为了生活得更好。以公司原来拥有的财富，足以令赵娜一生无忧。赵娜对钱已经麻木了，甚至在某种程度上非常厌恶金钱。钱让她得到了很多东西，比如雷一鸣；钱也让她快要“失去”一些现在还不想失去的东西，还如雷一鸣。从小到大，她唯一不缺的就是金钱了。赵娜一直在想，为了一个自己一直不缺的东西，自己还有没有必要把雷一鸣托得这么高？高处赵娜不是没待过，自然知道高处的风景。站得高了就看得远了，远处的风景越来越脱离开赵娜的视线和控制，这让赵娜心里很不踏实。雷一鸣看到了什么，又在想什么，背着自己还在做什么，赵娜只能想象。

躺在床上的赵娜现在想到的就是雷一鸣在外面有人了。

肯定有人了。

尽管赵娜没有任何依据。

风筝飞得太高了，好在线头捏在自己手中，该收收了。赵娜从小就是个聪明的人，几年的生意又使她变得精明，但赵娜认为还不够，她一直在努力要使自己变得高明、最终进入到英明的行列。在聪明、精明、高明、英明这个序列中，聪明是最低档次的，因为所有的聪明人最终都会为精明人所利用，而高明的人，天生就能驾驭精明的人；高明的人，又必为英明的人所领导。赵娜自知自己不缺精明，但雷一鸣无疑也是一个精明的人。精明人驾驭精明人，就充满了许多未知。比如现在，雷一鸣近在咫尺、鼾息可闻，赵娜就不知道他心里想着什么，而又在梦里梦见什么？否则，雷一鸣经常在梦中出现的笑脸为谁绽开。好长时间了，他对于身边的这个女人，视而不见、碰也不碰。

窗户有了光线，雷一鸣蜷缩的躯体终于有了动静。赵娜轻轻地闭上了眼睛，她调动起了全身所有的细胞，感受着雷一鸣的气息。雷一鸣坐起来的第一眼肯定是瞟自己一眼、只一眼，然后就理所当然地、悄无声息地出去了。赵娜多少次想喊住雷一鸣。但女人的自尊却使自己一动不动。她多想睁开眼睛的雷一鸣多看她一眼、问她一声，然而，没有。即使有，也已经是很久远的事了。雷一鸣走后，赵娜的眼睛就睁开了，赵娜是看着雷一鸣走出卧室的，赵娜将自己的目光恨不能钉在雷一鸣的背上，使他能对她有所感应。雷一鸣把赵娜的目光拖得很长很长，却头也没回。

门的撞击响起，赵娜知道雷一鸣已经出门了，又开始一天自己不知道的工作去了。这种事情越想越着急，赵娜随手打开了电视，目光呆滞地按动着遥控器。电视屏幕上不停变换的画面就像生活一样，五花八门而又不可预知。就在这个时候，安妮莫名其妙地进入了赵娜的脑海。那是一个水一样清纯的姑娘，文文弱弱，却掩不住浑身散发出来的青春气息。每次看见安妮，赵娜就有一种时光不复的感叹。这种感叹灵光一现，赵娜突然觉得成了自己抓在手里的一个绳索。如果运用得当，就可以牢牢地捆住雷一鸣。赵娜被自己的想法鼓舞了，她从床上一跃而起，开始洗漱。就在她拿起电话准备拨打雷一鸣的手机的时候，电话机旁的纸条进入了眼帘。纸条很简单，没有称呼，只有一句话：今天，我去北京出差。

北京？和谁去的？去干什么？一连串的疑问使赵娜的头有点晕。

## 3

早晨起来的时候，安妮的眼皮跳个不停。昨晚，她又做梦了，赵娜又出现在了她的梦中。说不上为什么，她一直有点怕赵娜。第一次和赵娜见面的时候，赵娜的眼睛就直勾勾地落在她的身上，让她浑身不自在。要不是因为她是震天的母亲，安妮一直不愿意再见到她。

今天还得找工作，学校的课程全部完成，已经进入实习期了，工作还没有一点着落。赵震天一直动员自己去自己家的公司，她不愿意。不愿意的原因不仅仅是她和赵震天还没有步入婚姻的殿堂，更多的是对赵娜的一种畏惧和反感。第一次被赵震天拖着去他们家的时候，赵娜的目光就像在审视一个小偷，好像她是一个处心积虑的人，之所以和她的儿子来往，不是为了谈情说爱，而是有什么别的目的。安妮出生在一个工人家庭，父母都是工薪阶层，日子虽然有点紧巴，但却很快乐，家里时常充满着一种温情。而在赵震天家，她觉得自己好像莫名其妙地来到了法庭上，稀里糊涂地成了被审判的对象。而那个坐在审判席上用审视罪犯一样的目光审视自己的，就是赵震天的母亲。从见到赵娜的那天起，她就开始做梦了，每天早晨起床的时候，脑子都昏昏沉沉的。潜意识中，安妮觉得赵娜肯定没有对自己安好心。赵娜到底安的什么心，安妮不知道，也怕知道，她现在能做的，就是尽量地不和赵娜见面。这样，赵娜的影子就在自己的心里淡一点。

赵震天是靠不住的，这个身高一米八的大个子，在他母亲面前永远是一只听话的陀螺。有时候，安妮竟有点同情和怜悯赵震天，这个在大学校园篮球场上叱咤风云的赵震天，之所以和在家里判若两人，显然非一日之寒，可以想象这么多年是怎么过来的。这个给予自己无数力量和安全感的男人曾经走过一段多么艰辛的路程，安妮问过赵震天几次，赵震天一直闭口不言。这就让安妮对赵震天和自己的将来有些担心。好在赵震天的父亲安妮也见过，是一个成熟稳重而令人信服的人。晚上失眠的时候，安妮曾经琢磨，这两个人走在一起，不知是谁的不幸？从赵震天嘴里，安妮知道他的父母亲关系很紧张。想得远了，安妮不得不考虑自己的将来，如果真的走进了赵震天的家门，自己是站在哪一边呢？赵震天肯定是不得不也不敢不站在母亲那边，自己呢？

眼皮越跳越厉害了，安妮刚要出门，门就被敲响了。从敲门的声音来听，安妮知道是赵震天。赵震天可能是在家里养成的习惯，敲门永远是小心翼翼的。安妮多想赵震天能把在篮球场上展示的一面搬回到生活中。安妮知道，那才是真正的赵震天。

像往常一样，赵震天一进门就显得屋子小了许多。

坐。安妮指了指椅子。坐下后的赵震天刚好和安妮平视。

这么早找我有事？安妮一边给赵震天倒水，一边问。

我妈让咱俩回一趟家。赵震天说。

安妮的脑海里就出现了赵娜的身影，看来，梦没好梦，今天一定不顺利。

今天有事，不去。安妮说。

我妈说了，一定让你过去一趟，赵震天看着安妮，挠了挠头，听我妈的口气，好像有好事？

你妈找我能有什么好事，这话一出口，安妮就觉得有些过了，笑着补充道，我今天真有事，昨天约好的，今天去一家公司面试。

听我妈的口气，好像有急事，赵震天眼巴巴地看着安妮，要不，你打个电话，把面试的时间往后推推。

你以为是你家的公司啊？安妮没好气地说。

你要来我家公司就好了，赵震天并不在意安妮的态度，这样，我们就可以天天在一起了。赵震天又挠了挠头，不过，得我妈同意。

安妮已经纠正多少次了，赵震天一开口还是“我妈我妈”的，好像离开了他妈，他就不会说话似的。安妮真的有点不高兴了，就是你妈同意，我还不愿意去呢。

赵震天不说话了，眼巴巴地看着安妮，看得安妮觉得自己错了。

好吧，我去。安妮咬了咬牙，说道。

赵震天笑了，安妮却在心里叹了一口气。

赵娜找自己是什么事呢？安妮开始回忆昨晚的梦境，早晨起来的时候还记得清清楚楚的，现在让赵震天一搅和，安妮一点儿也想不起来了。安妮突然觉得，也许，她一辈子也摆脱不了这个叫赵娜、以后还要成为自己婆婆的女人了。

## *4*

家还是几个小时前刚离开的那个家，只不过早晨离开的时候，赵娜躺在床上假寐，现在，只穿着睡衣的赵娜坐在了客厅的沙发里。雷一鸣的家是复式结构，卧室在二楼，一楼除了储藏室和厨房，就是客厅了。所以，客厅显得很是空阔，身材瘦小的赵娜蜷缩在沙发里，就像一只不起眼的猫。雷一鸣走进门的时候，这只猫正用一双圆圆的带有血丝的眼睛看着他。虽然进门前心里有了准备，但一看到赵娜的眼光，雷一鸣还是有一种不寒而栗的感觉。这种感觉是从心里发出来的，雷一鸣尽量掩饰着自己，不让赵娜窥到内心的畏惧和懦弱。

窗帘是拉着的，光线只能在窗帘外挣扎，客厅就显得有些暗，赵娜的一双眼睛就在这暗暗的光线中发着光。这种光很凌厉，落脚点自然在雷一鸣的脸上。雷一鸣躲开了赵娜的目光，在客厅站了一会儿，感觉赵娜的目光还在自己的身上撒欢，雷一鸣就移动了脚步，双脚踏上了二楼的楼梯。

站住。赵娜这一声吓了雷一鸣一跳，雷一鸣本能地战栗了一下，停住了脚步。

赵娜却又不说话了，雷一鸣站在楼梯上，上也不是下也不是。雷一鸣突然觉得现在的这种状态极符合他在这个家里的位置，因为脚下踩着的楼梯也是赵娜的，雷一鸣就没有多少底气。虽然心跳得很剧烈，雷一鸣还是没有回头，力图用一个男人的背部顽强地阻挡一个女人的目光。女人除了目光，还有语言。目光可以躲闪，言语却无孔不入，团团围住了雷一鸣。

你觉得没有必要向我解释一下吗？赵娜的声音直撞击在雷一鸣的耳膜上。

谈一笔合同。雷一鸣不得不走下楼梯。

别拿合同搪塞我，赵娜的目光一动不动，和谁去的？

雷一鸣终于抬起目光看了赵娜一眼，一个人。

赵娜好像没有听见雷一鸣的回答，我再问你一声，和谁？

每每到这个时候，雷一鸣就不说话了，他觉得无话可说。沉默有时候也需要勇气，雷一鸣之所以选择沉默，自然有自己的打算。这种沉默更加深了赵娜心中的疑虑，心虚了，肯定是心虚了。赵娜的脸像往常一样涨红了，雷一鸣在外面有人，赵娜只是一种感觉，这种感觉就像钻入血管的毛毛虫，在不停地蚕食着她。她一直想挖出雷一鸣后面的女人，却一直没有找到一丁点蛛丝马迹。因为赵震天没有在这方面给她提供一点有用的证据。为此，赵震天没少挨训。赵娜甚至怀疑，赵震天有可能已经被雷一鸣收买了。否则，雷一鸣去北京，总要找财务请款。而作为财务总监的赵震天并没有及时把信息反馈给她。既然抓不到把柄，赵娜就不能拿雷一鸣说事。名牌大学企业管理系毕业的赵娜并没有愚蠢到只会发脾气，她也有作为妻子的温柔的一面。看着沉默不语的雷一鸣，赵娜突然笑了，连赵娜自己都觉得她笑得有些神经质，或者说有表演的一面。

签合同一个人去怎么行？得找个人帮帮你啊。

雷一鸣不知道赵娜葫芦里卖的什么药，没有轻易说话。但赵娜反复无常的表现，雷一鸣已经习惯了。按照惯例，赵娜肯定还有自己的底牌没有亮出来。每决定一件事前，赵娜都要如此拙劣地表演一番，雷一鸣要做的，只有等待。等待的过程就如同看表演，充满了别种趣味。从赵娜露出笑脸的那一刻起，雷一鸣知道，今天的事已经过去了，稍微有些遗憾的是，北京没有成行。

没事我就上楼了。赵娜缓和气氛的话，雷一鸣根本用不着回答。

赵娜竟然笑着点了点头。按照时间，赵震天带着安妮应该到了。雷一鸣的身影在楼梯上消失很久了，赵娜仍然看着楼梯发呆。家里气氛变成这样，是赵娜不愿看见的，只是好多事情是不由人控制的，更不以人的意志为转移。赵娜之所以这样对待雷一鸣，初衷还是要把雷一鸣拉回来。现在看来，自己只抓住了雷一鸣的身，却永远也抓不住雷一鸣的心。而且，抓回来的身体只是一个躯壳，没有一点儿用处。但事情既然已经发展到今天了，赵娜决定不能半途而废，还要硬着头皮走下去，非得走出个所以然来。

安妮可能是自己的最后一步棋了，能不能成功，还得看这丫头愿不愿意。如果不愿意怎么办，赵娜决定还是要以对付儿子赵震天的方法来对付安妮。从感觉上，这个丫头好像不是很喜欢自己，但这没关系，她不要安妮喜欢，只要她按照自己的要求去做、提供给自己需要的东西就行了。

门铃响了的时候，赵娜又把自己蜷缩在沙发里，瞪起了两只亮晶晶的眼睛。隔着防盗门板，她好像看到了站在门外的两个人。

## 5

屋子里的气氛一开始就很紧张。

赵震天和安妮站在沙发前，手足无措。赵娜一直不说话，眼睛在赵震天身上逗留一会儿，又移到安妮的身上。赵娜的脸上没有表情，安妮就不知道赵娜召唤的目的是什么。在赵娜的注视下，安妮不由得往赵震天的身后移了移。赵震天高大的身躯一动不动，头低着，脸上也没有表情。安妮就觉得客厅里的气氛太压抑了，她有点后悔来赵震天的家了。

赵娜见两个人都很紧张，知道自己的目的达到了。她收回了目光，嘴角微微动了动，坐吧。赵震天没有动，安妮就不能动。赵娜笑了笑，轻声说道，又不是在办公室，坐吧。

安妮推了推赵震天，赵震天半个屁股才放在了沙发上，他的身体前倾，目光看着地板，浑身好像没有筋骨，令安妮非常难受。安妮见赵震天这副表情，真的有点怀疑赵震天是否是赵娜的亲儿子。

小妮，赵娜的称呼令安妮浑身不自在，但赵娜的语气却很亲切，今天请你来想和你商量一件事。

安妮不自然地笑了笑，阿姨，您说吧。

找到工作了没有？赵娜和刚才判若两人，笑眯眯地看着安妮。

还没有。安妮小心翼翼地回答。

准备找个什么样的工作？赵娜完全一副长辈关切的语气。

我学的是文秘，想找个专业对口的。

愿不愿意来我公司上班？赵娜笑问道。

安妮愣了，赵震天的身体也动了动。太出乎意料了，安妮还没毕业的时候，赵震天就向自己的母亲请求过，能否把安妮安排在公司，一来安妮的工作问题解决了，二来早晚是一家人，用着放心。却得到了赵娜的一顿怒斥，赵娜说，我是做事业，不是搞家族企业。赵震天再就没敢提。没想到今天赵娜自己提出来了。

我怕做不好。安妮回答道。

那就看你怎么做了，赵娜恢复了果断的表情，脸上一下子变得很严肃，赵震天知道，这是母亲在办公室一贯的表情。母亲一旦把家里当成了办公室，就显得很是威严。对赵震天这样，对雷一鸣也一样。

安妮刚刚放松的表情又有点紧张了，她不敢轻易开口，等着赵娜后面的意思。

赵娜的目光却移到了赵震天的身上，去，看看你爸在干什么？

赵震天扔下安妮就上楼去了，一直到楼上关门的声音传来，赵娜才站起来拉住了安妮的手，两手接触的瞬间，安妮好像触电一样。第一次和赵震天拉手的时候，安妮也没有这样刻骨铭心的感觉。只不过同样是感觉，感觉和感觉硬是不同。

赵娜一直把安妮拉到自己身边，两人都在沙发上坐了，才慢悠悠地说，我给你年薪十万，只要求你做一件事。

安妮的脸红了，源于激动。年薪十万，她从来没有想过。她现在担心的是，赵娜不惜重金，到底想让她做什么。以赵娜在她心中的印象，这十万元钱并不好拿。

阿姨，您让我做什么工作，我能拿得起来吗？安妮问道。

工作以后再说，自己家的事，交给别人也不放心。只要你认真，就一定能做好。

安妮还是不放心，赵娜越是不说，她心里就越没底。认真工作对她来说，倒不是难事，从小到大，不管做什么事，认真是她的习惯。但赵娜不说，她也不好意思再问。她领教过赵娜反复无常的习性。应该承认，十万元对她的吸引力太大了。尽管心里有疑问，安妮还是怕惹恼了赵娜，从而使飞来的喜事化为泡影。

阿姨，您放心吧，不管做什么，我一定按您的要求去做。

赵娜似乎很满意安妮的表现，她慢慢地松开了安妮的手，身体靠在了沙发上。似乎了结了一桩心思，赵娜长长地舒了一口气。屋子里，总算有了一丝温暖的气氛。正如安妮担心的那样，赵娜的气顺了，脸就恢复了常态。安妮以前来过赵震天家一次，很是受不了赵娜的表情。那是一种看谁谁都欠她五斗红高粱的表情。那次去后，安妮发誓再也不去赵震天的家。赵震天告诉她，母亲并不是对她有什么恶意，那是母亲平常习惯的表情。现在，赵娜就是这种表情。安妮虽然有些不习惯，但没往心里去。时过境迁，安妮真要去了公司，赵娜就是董事长，没有一个员工有资格要求董事长的表情。

去，上楼让他们下来。赵娜对着安妮说。

直到安妮和雷一鸣、赵震天下楼来，赵娜还是那副表情。雷一鸣和赵震天一样，脸上都没有表情。安妮看看这个、看看那个，不知道自己应该摆出什么样的表情。

有个事给你们说一下，从现在开始，聘任安妮为总经理办公室主任。

赵娜这句话是对着墙壁说的，墙壁上贴着白色的壁纸，由于没有开灯，看起来硬硬的，把赵娜的话反弹到了雷一鸣和赵震天的耳内。雷一鸣好像没有听到，脸上仍然没有一丝表情。赵震天倒是嘴角咧了咧，但也只是咧了咧，就又恢复到了原位。

## *6*

北京到底去不去？

雷一鸣坐在办公室，痴痴地想。办公室很大，三面环墙、一面玻璃，坐在椅子上，可以看见马路上的汽车和行人。这个城市的交通一直不好，车辆仿佛随心所欲；行人也随性、悠闲，三两成群或者孤身一人，但都自由自在。有苍蝇在玻璃外边飞翔，看起来也很随意。想飞就飞，不想飞了就落脚下来，东瞧瞧西望望，充满了迷茫与好奇。

为什么要坐在这里？离开这儿行不行？

办公室像个监狱。这种感觉已经有几年了，雷一鸣现在越发觉得就是监狱。办公室外面，有不止一双眼睛在门板上跳跃。每双眼睛都在期待着一种发现，一种对隐私的发现。不光为了好奇，更重要的还有奖赏。这样好像还不够，又来了一双眼睛。这双眼睛看起来很清纯，但这都只是暂时的。清纯的眼睛在这里根本待不下去。原来的办公室主任早就走了，走了一年多了。工作不紧张的时候，雷一鸣常常想起那双眼睛。那是一双真正清纯的眼睛，工作干得很出色。谁都知道为什么走，只有本人不知道。那是一个天性率真流露的女孩，很天然很优秀，喜欢什么，不管是人是物，都在脸上表露无遗。这样做的直接后果就是她常常不掩饰自己的情感，而把一双惊喜、崇拜的眼光落在雷一鸣身上。对于雷一鸣每天在想什么、做什么、怎么做的、做到什么结果，只字不提。即使赵娜亲自询问，也是一字不吐。因为她把这种做法看成了自己的职责，作为总经理办公室主任，为总经理守口如瓶是分内之事。所以，直到她离开公司的时候，她也不知道自己做错了什么。

这样的人对雷一鸣来说，却是可遇不可求的。

所以，安妮推开门走进来的时候，雷一鸣好像没有看见。他的眼睛正死死盯在玻璃外时而飞舞、时而信步的苍蝇身上。

雷总，我能为您做些什么？安妮的语气小心翼翼的。

一只苍蝇飞走了，又飞来了一只。这只苍蝇很好奇，一来就趴在了玻璃上，使劲地往里面看。雷一鸣觉得自己无法捕捉苍蝇的目光。

雷总，我刚来，需要做什么您吩咐。安妮又说了一句。

雷一鸣的目光终于从苍蝇身上移到了安妮的身上，但也就是一瞥，就又滑开了，鼻子里却“嗤”了一声。目光又移在了苍蝇身上。

安妮的眼泪在眼眶里转了一圈，咬着嘴唇终于没让眼泪流出来。在她的印象中，赵震天的父亲是一个很有素养，也很有魄力的人。给这样的人当助手，是她梦寐以求的事。安妮深深地看了雷一鸣一眼，慢慢地转过身，轻轻地带上门走了。

雷一鸣的眼光落在了刚刚合上的门板上，想，这个人要么就是城府太深、太会伪装了，雷一鸣吃这样的亏吃得多了；要么就是毫无城府，冤枉她了。不管是什么样的人，只要是赵娜派来的，就要小心，否则，自己就成了穿新装的那个皇帝，任人耻笑了。门板旁边，挂满了优秀企业家的牌匾，这些都是市企业家协会授予他的，但这些牌匾给雷一鸣带来了无尽的烦恼。每多一块牌匾，赵娜对自己的提防就更甚一筹。雷一鸣只有苦笑了，夫妻做到这个份儿上，真是前无古人、后无来者了。

现在问题是，北京还去不去？

雷一鸣陷入了沉思。去北京干什么，雷一鸣也不知道，他就是想去一次北京。北京就像一个谜，始终盘旋在他的心头。这么多年了，他没有去过北京，尽管他在北京的客户不少。雷一鸣总是觉得，在北京，有一桩事或一个人，在等待着他。是什么事、什么人，他心里一直很朦胧，或者说他希望这样朦胧下去。

雷一鸣已经筹划了好几次了，每次都被赵娜阻挡了。也许赵娜已经嗅出了味道，知道他去北京一定没有什么好事，最起码，对她来说不是一件好事。赵娜越是阻止，雷一鸣就越想去。有很长一段时间了，去北京成了雷一鸣的一桩心病。雷一鸣有时候很是无奈，周围的几个朋友，去北京就像串个门那样随意和方便，而对于他，却是横亘在心中的一座大山。也许，这就是寄人篱下的命运。

寄人篱下，就得受人监视、听人使唤。即便是家人。

门又被推开了，安妮刚出去，她的男朋友赵震天又走了进来。两个男人对视了一眼，赵震天在雷一鸣对面的椅子上坐了下来，随手扔给了雷一鸣一支烟，两个人点燃了，都狠狠地吸了一口，又都变成烟柱，从嘴里喷了出来。面对面的两个人都没有说话，各自喷出的烟雾却在头顶很快纠缠在了一起。

爸，安妮没事吧。有人的时候，尤其在赵娜面前，赵震天一直唤雷一鸣为雷总。没人的时候，就变成了小时候顺嘴的称呼。

雷一鸣不屑地又喷出了一口烟雾，跟你一样，又来了一个小特务。

赵震天在雷一鸣面前，远比在赵娜面前自由随意，他皱了皱眉头，爸，你又冤枉我了，为你去北京的事，妈都狠训了我一顿，嫌我没有及时汇报。

雷一鸣不易觉察地笑了笑，你去告诉她，我还要去北京。

爸，你饶了我吧，赵震天叫了起来，我倒无所谓，这次你再去了，安妮就该倒霉了。

雷一鸣嘲讽地笑了笑，承认了吧，真是一个小特务。

赵震天的脸红了，爸，你应该理解我妈，每次看见她缩在家里的沙发上，真的挺可怜的。

雷一鸣的目光移到了窗外，那只自由自在的小苍蝇不知什么时候已经不在了，马路上，还是熙熙攘攘的人流。

赵震天不知道父亲在想什么，他觉得父亲变了，不像以前的父亲了，变得他再也看不透了。父亲这个表情，就是逐客了，他赶紧道出了目的，爸，安妮好不容易才有了这份工作，她不是你想象的那样。

雷一鸣刚要说什么，门就被敲响了。安妮走了进来，手里端着一个新杯子，放在了雷一鸣的面前，满脸带笑却又真诚地说，雷总，忙了半天了，喝点茶吧。

雷一鸣看了赵震天一眼，赵震天看了安妮一眼，安妮的目光清纯，一会儿看看雷一鸣，一会儿又看看赵震天，雷一鸣和赵震天同时在安妮的眼睛里发现了自己。

## 7

一般情况下，公司是六点下班。从公司开车到家里，只需十分钟。有时候交通堵塞，最多半个小时也就到了。现在是七点钟了，赵娜已经无数次站在窗帘后面往外瞧了，大门口车来车往，就是不见雷一鸣的车辆。每到这个时候，赵娜的心就慌得难受。明知道回来也没有什么交流，甚至两人都没有好脸色，但没有雷一鸣的房间就好像死了一般，没有一点儿活气。自己待在这么大的一套房里，就如同待在坟墓里一样。

有好几次，赵娜拿起了电话，却一直没有拨。一般情况下，她是不会轻易拨雷一鸣的电话的。每拨一次，雷一鸣的心就离自己远一些。今天儿子没有来电话，表明情况正常。至于安妮，她已经交代妥当，一周给自己写一份工作日记。要求是流水账，越详细越好。甚至于雷一鸣接了什么电话、谁来公司找他，接电话时的表情如何，是男的还是女的。如果是女的，就一定要了解是什么样的女人，叫什么名字、在什么单位工作等。遇到紧急情况，如临时外出、出差等，都要随时汇报。赵娜知道让未来的儿媳妇去监视自己的公公不好，所以，在交代的时候，她尽量解释为关心雷一鸣的立场。尽管如此，她还是从安妮的眼睛中看出了异样和不解的神情。好在有那十万元支撑着，安妮什么也没有说。

整天待在家里，赵娜有的是时间想问题。赵娜有时候想，家里什么时候变成了这样。从小到大，她一直不缺钱，钱在她的眼里，可能是这个世界上最不值钱的东西。她不明白，有那么多的人，拼了命地赚钱，赚了钱干什么，和自己一样吗？赵娜原来不是这样的，大学毕业后，她直接接手了母亲创下的企业。母亲那时候身体已经不好了，全是为了这份事业累的。在她还不懂事的时候，家里很穷，这些她都是听母亲说的，她没有体验过，所以想不出家里到底有多穷。只知道母亲没有工作，在家门口搭了一个小棚卖油条。到她懂事的时候，母亲已经有了好多连锁店，不用去管，就能收来很多的钱了。所以，她从来没有为钱发过愁。母亲的事业由小打小闹发生质的变化在于街道的小厂办不下去了。那是一个生产卫生纸的小厂，也不知道母亲哪来那么大的勇气，只拿出了很少一部分钱就全盘买了下来。母亲怎么管理的，赵娜一概不知，也对那些没有兴趣。没兴趣不等于和她没有关系，这些和她发生关系是在她大学毕业以后。母亲把整个公司都交给她的时候，她才知道昔日的小厂已经变成注册资金一千万元、年产值近亿元的纸品制业有限公司了。

母亲刚把公司交给赵娜，就住进了医院。母亲拉着她的手说，妈妈老了，该歇歇了。赵娜从此开始了无穷无尽的烦恼。虽然学的是企业管理，但对于公司具体运营，她一窍不通却义无反顾。在她的印象中，她从小就没有父亲，也没有兄弟姐妹。母亲除了给足她钱财，也无暇管她。虽然她一直对母亲的公司不感兴趣，因为她知道管理公司的辛苦，她不想像母亲一样，但却无法退让。硬着头皮管理的结果就是把公司推到了破产的边缘。母亲知悉后，干脆一卧不起、病情加重了。赵娜很恐惧，一种对失去母亲的恐惧。母亲是她唯一的亲人，没有了母亲，她不知道以后自己如何生存。就是在那时候，她想起了大学同学雷一鸣。雷一鸣是个品学兼优的高才生，是大学的班长。赵娜刚开始是把雷一鸣聘为副总的。雷副总用了几年的时间，不但挽救了公司，而且收获了赵娜的爱情。赵娜的母亲是临走的时候把雷一鸣聘为总经理的，雷一鸣果然不负众望，很快就把公司发展成了本地行业排头兵。赵娜正好省得操心，完全放手不管了。等赵娜发现围在雷一鸣身边的女人越来越多、越来越年轻、越来越漂亮，而雷一鸣越来越远离自己以后，赵娜又重新插手了管理。赵娜无数次为自己辩护，她本来不想插手，是雷一鸣逼她的。这么多年过去了，赵娜对管理仍然一窍不通，她唯一能做的，就是把公司的管理层都变成自己信得过的人。目的只有一个，牢牢地控制住雷一鸣。赵娜没想到，雷一鸣是控制住了，家庭却形同虚设了。雷一鸣就像一只风筝，老想高高在上地飞翔。赵娜觉得雷一鸣的每一次飞翔，都在意图摆脱她的视线，并尝试着挑战她的心理承受力。

雷一鸣在外面有人了是赵娜的一块心病。虽然直到现在赵娜也没有任何证据，但赵娜是女人，女人的敏感不需要证据。有好几次雷一鸣在自己放好的洗澡水里洗舒服了，却对床头在昏暗的光线下等着他的自己不感兴趣、一动不动。这样的日子已经有几年了。几年来，赵娜越来越怕光了，越来越不想出门了。她不但自己不想出门，她更害怕雷一鸣出门。只要雷一鸣脱出她的视线，她就无来由地心跳加快、发慌。有一天赵娜看着镜子里的自己，都不敢认了。她不相信镜子里那个恶毒的女人就是她。自己怎么变成了这样，赵娜认为这一切，都是雷一鸣造成的。有好多次，赵娜都在梦中和母亲吵架：如果没有母亲留下的这个公司，她会是今天这个样子吗？

赵娜又在窗户那儿看了一会儿，雷一鸣的车还是不见踪影。天快要黑了，雷一鸣到哪儿去了？赵娜又觉得全身发抖了。她佝偻着身子，慢慢地缩在沙发里。偌大的房间空荡荡的，赵娜感觉自己快要疯了。母亲已经离开她几年了，她只有雷一鸣了。赵娜想，就是死，也要拖着雷一鸣。她艰难地转过身，目光颤颤悠悠地落在了电话机上。

## *8*

六点一到，雷一鸣就离开了办公室。他知道，在他的身后，不止有一双眼睛盯着他的离开时间，然后打电话的打电话、发信息的发信息。这些，雷一鸣已经习惯了。发动着车，雷一鸣就朝家的方向驶去了。他是一个不愿给别人添麻烦的人。他走了，好多人就能松一口气了，包括公司财务总监赵震天，还有新上任的办公室主任安妮。不多一会儿，熟悉的带有欧式风格的建筑就跃入了眼帘。按时下流行的说法，这是一个别墅区，老百姓都叫富人区。在富人区的大门口，有一个茶秀。是雷一鸣经常光顾的地方。这个茶秀的位置很特别，坐在茶秀靠窗的位置，正好能看到雷一鸣家的窗户。有事没事的时候，雷一鸣都喜欢在这里坐一坐、看一看。他不知道是在看风景，还是在看心情，总之他喜欢坐在这里看一看。

和富人区建筑不同的是，这个茶秀装修得特别简单，并不像想象中的豪华。因为经常来这儿，雷一鸣知道其中的原委。茶秀的装修与否，是和它接待的客人的身份成正比的。经常光顾这儿的，基本上没有一个别墅区的住户。这和这个社会流行的习惯有关。一般来说，人富了，隐私就多了。而隐私是针对熟悉的人而言的。在陌生人面前，隐私就不成为隐私，而成为炫耀的资本了。所以，住在别墅区的人都去很远很远、没有一个熟人的地方消费，经常光顾这间茶秀的，都是一般的普通男女，雷一鸣是唯一一个住在别墅区而经常光顾这家茶秀的社会精英。还有一个原因是，这个茶秀的位置满足了雷一鸣极大的心理需求。也说不上为什么，赵娜越是看得紧，他就越不想回家。他对那个家的兴趣不大就如同对赵娜的身体一样。但他却下不了决心离开。好多时候，雷一鸣都在琢磨这个问题，却一直没有答案，或者说他不愿想清楚这个答案。

他喜欢坐在这里，看赵娜在窗帘后面探头探脑的样子。每到这时候，雷一鸣心里就有了一种奇异的感觉，他的心里也就得到了极大的满足。这就如同猜谜语一样，一个知道谜底的人看着猜谜的人挠头搔耳，实在是一件令人忍俊不禁的事。他希望一直这样下去。这也是雷一鸣临到家门而迟迟不归的原因。

两壶咖啡喝完，赵娜看样子已经心灰意懒了，好久不再掀动窗帘了。雷一鸣知道赵娜又像猫一样地缩在沙发上了。有时候进门的时候，雷一鸣看着赵娜从沙发上射过来的无助却恶毒的眼光，心也会动一下。但也只是动一下，他就被赵娜脸上涌上来的歇斯底里的表情激怒了。雷一鸣的愤怒不在脸上，他只要进了家门，不管家里发生了什么事，他的脸上永远没有表情。但是，他的心却在扭曲、变形、恼怒。

这样的冷战还要坚持多长时间，雷一鸣没想过。他还在等，他知道，要不了多久，就有戏看了。对这样的戏虽然已经厌烦了，但他还是想看看新来的人是什么样的表现。果然不出所料，雷一鸣看见儿子的车快速地驶进了小区，安妮和赵震天急匆匆地下了车，小跑着进了家门。雷一鸣不动声色地笑了笑，然后拔掉了手机电池。这些做完了，雷一鸣又要了一壶咖啡，开始慢慢地品着。今天的咖啡带有一点苦味，雷一鸣加了点砂糖，放在嘴边慢慢地啜着。苦味像心情一样，遍布了口腔。雷一鸣突然觉得这样很没有意思。

和想象的一样，没有多久，赵震天和安妮又出门了，他们俩一边打着手机，一边朝小区门口跑了出来。明知道手机不会响动，雷一鸣还是不放心地看了台布上静谧无声的手机一眼。雷一鸣想，等他们一离开，自己就回家。到回家的时候了，雷一鸣不想做得太过，该看的已经看过了，心里也稍稍舒服一点了。

赵震天和安妮却出现在了面前。

安妮满脸着急，一见雷一鸣就喊道，雷总，董事长急坏了，等着您回家呢。赵震天却一屁股坐在了雷一鸣对面的沙发上，点燃了一支烟，吸了两口，又扔给了雷一鸣一支。

爸，你觉得这样有意思吗？看雷一鸣点燃了，赵震天说。

雷一鸣直视着赵震天，怎么知道我在这儿？

赵震天没有回答，雷一鸣看了安妮一眼，安妮说，看见您的车停在门口。

雷一鸣很认真地看了儿子一眼，他觉得这个儿子要重新认识。他并不是一个只会唯唯诺诺地打小报告的男人。就像雷一鸣坐在窗口看戏一样，儿子其实也一直在看着自己演戏。心事被看透是一件很难堪的事，雷一鸣没有理由再坐下去了。他站了起来，一边往外走一边说，回家。

## 9

那个女人又出现了，笑嘻嘻地看着她，就像一朵向日葵，活力四射。不笑的时候就已经很迷人了，一笑，脸上又多了两个酒窝，圆圆的、深深的，就像两个陷阱，里面装满了男人的贪婪。

那个女人是什么时候和自己有联系的，赵娜已经忘了。赵娜忘不了的是自从那个女人走进了她的视线，一切就变了。变得莫名其妙、变得不可思议。赵娜接手公司以后才认识了那个女人，起初的时候，她只知道那个女人是公司的一个老客户。因为是老客户了，来到公司自然就牛气哄哄的。赵娜最看不惯的就是在自己跟前摆阔的女人。当然就没有给她好脸色。那时候赵娜还不知道自己这样做会带来什么样的后果。她只记得那个女人在她的横眉冷对下，竟然朝她莞尔一笑，走了。走了就不再回来。一个月以后，当库房堆满了库存，公司再也没有流动资金的时候，赵娜才知道自己交的学费太大了。病床上的母亲知道情况后，一气之下，再也起不来了。赵娜那时候也曾想过重新去找那个女人，但她好不容易鼓起来的勇气在拨了几个未接电话之后就消失无影了。

雷一鸣接手的时候，赵娜只有一个感觉，就是尽快地离开公司，走得越远越好。再也不见那些令她头疼的账目、再也不管使她束手无策的市场销量和人事关系了。她每天待在医院看着奄奄一息的母亲以泪洗面。

后来，赵娜才知道，雷一鸣接手后不到一个礼拜，就去北京了。雷一鸣去北京没有多久，那个女人就又回来了。不知道雷一鸣是怎么和那个女人交涉的，赵娜看到的结果是那个女人重新拉走了库房里所有的库存。如果雷一鸣是以很低的价格抛售的，赵娜还能理解，偏偏雷一鸣以原价销售了出去。公司活了，后来赵娜无数次想，就是从那天起，她的心却慢慢死了。因为从那时候起，那个女人就成了赵娜的一块心病。她也曾问过雷一鸣，也许是心虚吧，雷一鸣对北京之行要么闭口不谈，要么含糊其词。只是每隔一段，就要去北京一次。

翻脸是在母亲去世以后。母亲是自己唯一的亲人，母亲走了，赵娜突然从心底涌上来一种深深的恐惧。这种恐惧使她把雷一鸣看成了唯一的救命稻草。要么抓住，要么一起沉没。而抓住雷一鸣最好的办法就是时刻把雷一鸣处于自己的监控之下。换句话说，赵娜可以不要公司，也要使雷一鸣时刻处在在控状态。不懂经营不等于不会行使权力。

赵娜是在一天早晨突然来到公司的，从员工生疏、不习惯的眼光中，赵娜更觉得此次行动的必要性。董事长临时会议是在上午九点召开的，雷一鸣当然不知道会议议题，几次想从赵娜的脸上探个究竟。赵娜的脸冷得就像三九的风，每个人都感觉到了阵阵寒气。就在那次会议上，赵娜任命了自己的儿子为公司的财务总监，并且对公司的财务采取双签制，也就是说，从此以后，公司每支出一分钱，都要雷一鸣和赵震天共同签字才生效。赵娜对自己的儿子有信心，从小到大，儿子一直对自己唯命是从。

几乎所有的员工都认为赵娜的安排虽然鲁莽，但却情有可原。把最重要的岗位安排给自家人，是每个家族企业通常的做法。只有雷一鸣一言不发，满脸不可捉摸的表情。夫妻之间最怕较劲，一较劲，就一个不理一个了。不只是语言上，还有身体上的交流。夫妻不是铁轨，不需要平衡。太平衡了，中间的空隙就堆满了隔阂。时间长了，隔阂堆成一座大山，横亘在两个人之间。虽然遥首相望，彼此却形同路人。尤其是赵娜，一天没有了雷一鸣的消息，心就像跳蚤似的无规则地乱跳，把身体鼓捣得异常难受。难受也是一种心情，需要发泄。偏偏雷一鸣不给赵娜发泄的机会，整天把自己囿于屋子的赵娜就有点歇斯底里。她的心里充满了仇恨，这个仇恨不是把雷一鸣推得更远，而是要牢牢地握在手里。

昨天晚上，赵娜又做梦了，梦见雷一鸣去北京了。偌大的长安街上空无一人，灯光飘忽不定，一个长发女人站在长安街上淡然微笑。雷一鸣就像一个小丑一样朝着那个女人奔去。赵娜当然是大喊一声后警醒的，窗口月光摇曳，照见了躺在床尾的雷一鸣。赵娜全身都湿透了，在黑夜中，她却长长地舒了一口气，对着雷一鸣转过去的背部。

## *10*

早上起来的时候，赵娜的头就开始隐隐作痛了。大夫说，频频做噩梦是身体素质变差的征兆。赵娜不想去医院，她知道再高明的大夫也治不了她的病。她的病不在身体上，而在心里。心病难医，能医的人不想医、不愿医。赵娜只能让头继续痛下去。

门被敲响的时候，赵娜还赖在床上。温暖的被窝是她唯一的依靠，她用被子裹住身体，想着心事。敲门的人很有耐心，声音不大也不小，持续不断。赵娜有些无奈地起床、下楼、开门。门外站着安妮，满脸带笑。赵娜不禁敲了敲自己的脑袋，一周时间过去了，按照自己的要求，今天安妮要给自己交工作报告。

赵娜往后退了退，示意安妮进来。安妮关好门转过身的时候，看见身着睡衣的赵娜已经蜷缩在了沙发里，就像上次见她时一样。也许是没有洗漱，赵娜头发有些凌乱，气色看起来也不像那天那样威严。从赵娜看过来的目光中，安妮感到一种柔弱和苍老。毕竟是临近知天命阶段的女人了。

安妮没等赵娜说话，就一屁股坐在了对面的沙发上，把手里的东西递给了赵娜。赵娜有些异样地看了看安妮，连自己的儿子在自己面前也没有这样放肆与随意。安妮却是一脸没心没肺的表情，睁着一双清纯的眼睛直愣愣地看着她。赵娜没有心情和安妮计较，拿过东西就看了起来。安妮的流水账不错，刚看了几行，赵娜就有了这种感觉。她又看了安妮一眼，看得安妮不好意思地低下了头。雷一鸣渐渐就立在了赵娜面前。安妮记得很细，从雷一鸣进门的步伐、表情，以及由此表现出来的心情，包括安排了什么工作，怎么安排的、如何要求的；安排给谁了，进行到什么程度了，都有详细的记录。更让赵娜意外的是，安妮对每件事都加上了自己的分析，有点有面、全方位立体感很强，在安妮的笔下，雷一鸣成了一个透明人。别说是赵娜，就是任何一个人看了都对雷一鸣的所思所想、所作所为一清二楚、一目了然。看着看着，赵娜的头就不痛了，有了安妮的这个汇报，自己的心就可以归位了，雷一鸣再也没有一点儿隐私了，就是有，也早就被自己抓在手里了。赵娜不想在安妮面前把自己的想法表现得太露骨，毕竟让未来的儿媳妇监视公公不是一件光彩的事。看完了，赵娜没有评价工作报告的质量，而是指了指门边的饮用水说，自己倒水喝。赵娜说完，就上楼去了。头不痛了，就该洗漱了。赵娜刷完牙、洗完脸，换好衣服下楼的时候，看见安妮没走，还坐在沙发上喝水。赵娜从楼梯上看着安妮的侧面，恍惚中，好像看见了自己的影子。一下子，赵娜就有点伤感。为了掩饰自己，赵娜一边下楼一边说，快去上班吧。走到楼下了，看到安妮还坐着不动，一丝不悦明显地挂在了赵娜的脸上。

安妮一脸无辜地看着她，董事长，我想陪您聊聊天。

赵娜很意外，多少年了，从没有人和自己这样说过话，也没有人对自己说过这样的话。记忆中，只有母亲这样说过，但也是在自己小的时候。赵娜虽然有点伤感，却一句话也没有说，只是看看安妮。

我有个建议，董事长，安妮不管她愿不愿意听，自顾自地说道，您别待在家里了，多闷啊。您为什么不去公司上班啊？

这话要是雷一鸣说出来，也许赵娜早就泪流满面了，但不是。赵娜终于感慨地说道，你觉得公司需要我吗？

您是董事长啊，不是需要不需要，而是您愿不愿意。安妮这句话很是中听，赵娜觉得心里的委屈直往外翻。可是，可是后面的话不能给安妮说了，那是赵娜心头的隐痛。

赵娜也曾想去公司上班，尤其是那个北京女人的事发生后，赵娜曾试探着和雷一鸣商量。雷一鸣的语气很是客气，家里的事忙完了，你应该来上班，我也应该走了。赵娜知道公司离不开雷一鸣，她可以换掉公司的管理人员，却无法置换雷一鸣手中的客户。有好多客户，都是在她手中走掉而在雷一鸣手中回来的，所以才有公司今天的规模。赵娜不敢想象，雷一鸣真的走了，她还能留住多少客户，公司是不是又要重蹈覆辙。赵娜不愿意待在家里，但却不能不待在家里。待在家里的时间长了，赵娜就想，如果有一天雷一鸣对自己有了二心，自己就将面临家破人亡的结局。所以，想去公司上班的话她甚至不敢过多地流露。她也曾多次想过自己像雷一鸣一样也去公司上班了，但都是在梦中。这么多年来，赵娜一直在要家还是要公司的矛盾中挣扎。思索的结果是，首先她还是要家。家在，公司就在；家毁了，公司也就亡了。因为，在自己的呵斥声中长大的赵震天不是一个做立柱的材料。但赵娜一直不死心，她一直在努力地挽回。能做的，就是了解雷一鸣，控制雷一鸣，不只在公司经营上，更在感情上。

安妮今天的话唤起了她多年压在心底的欲望，她突然有了一吐为快的想法。面对安妮依然稚嫩的面孔，她强压住了心头的欲望。安妮显然看出了赵娜的想法，她笑吟吟地说，董事长，我听雷总的意思好像也想请您回来。

赵娜的眼睛一下子睁大了。

## *11*

这样的日子什么时候是个头？工作之余，雷一鸣常常这样疑问。每天辛苦、劳作，还要处在层层监视之下，况且是处在家人的监视之下，雷一鸣一想起来就觉得头痛、好笑。自己是为了什么？雷一鸣不怕辛苦，何况，现在只能在无穷无尽的工作之中麻醉自己。这样的日子日复一日、年复一年，就像一潭死水，激不起一点儿波澜。

还是去趟北京吧？

一想起北京，雷一鸣心里就有一种恶作剧般的感觉，这种感觉使他激动、令他沉醉。为什么去北京，雷一鸣也不知道，他只是隐隐觉得，这样的日子太沉闷了，也许，去北京是打破现状的唯一办法。不动的水是死水，重复的日子无异于死亡。和赵娜走到今天，是他没有想到的，到底为什么，雷一鸣反复想过这个问题，想得头都痛了还是不知所措。没有什么大事，好像都是鸡毛蒜皮的事，你不让我、我不让你，就走到了今天。忙了一天，别人回家是寻找一个温馨的港湾，自己回家成了负担。一想起家，雷一鸣就有一种沉闷的感觉。那种气氛太憋屈了，好像一个不会游泳的人沉在了水底喘不上气一样。雷一鸣一直想打破这种沉闷，所以过一段时间，他就想刺激赵娜一下。现在唯一能带给赵娜刺激的就是去北京了。

雷一鸣按响了服务铃，安妮应声走了进来。雷一鸣头也没抬，说道，给我订张去北京的机票？眼睛在文件上瞅着，却一直觉察着安妮的反应。

什么时间？

现在，越快越好。

好的，雷总。安妮一点儿也没有迟疑，应声出去了。

雷一鸣盯着安妮的背影，不动声色地笑了笑。办公室的门在安妮的身后合上了，雷一鸣拿起手机看了看，确认手机处在开机状态，又放在了桌上。雷一鸣一直等着，按他的想法，几分钟后，赵娜的电话就应该追过来了。雷一鸣点燃了一支烟，心里竟有一种兴奋的感觉。一支烟抽完了，手机没有响，又一支烟抽完了，手机还没有动静。雷一鸣有点沉不住气了，拨通了安妮的电话。

机票订了没有？

已经订了，半个小时以后送过来。安妮在电话里说，雷总，需要准备什么资料吗？

不用。雷一鸣挂了电话，心里虽然有些失望，但对安妮突然涌上来一种好感。这种好感就是信任。在公司，雷一鸣已经很少有信任的人了，包括自己的儿子。赵娜现在还没有打来电话，很显然安妮没有告诉她。雷一鸣不想去了，本来去北京他也是想找点儿刺激。他要去了，如果安妮真没有告诉赵娜，安妮以后的日子就不好过了。雷一鸣刚要通知安妮，安妮已经走了进来，手里拿着两张机票。

雷总，票送来了。安妮把飞机票放在了雷一鸣面前。

雷一鸣瞟了一眼，脸就变了颜色。在公司，雷一鸣一般不发脾气，但一旦发起脾气，却没有人不害怕。此时，雷一鸣的眼睛变成了利剑，寒光闪闪地向着安妮刺来。

安妮没有躲闪，不慌不忙地说，雷总，带着董事长一起去吧，董事长心里苦啊。

雷一鸣心想，难道我心里就不苦了吗？雷一鸣强压住了心头的愤怒，我不去了，退了。

安妮站着没动。

退了。雷一鸣终于咆哮了起来。

也许从没有见过雷一鸣发火，安妮吓哭了。但她还是倔强地站着不动，任眼泪一滴一滴从眼眶里滚下来。

从上大学的时候起，雷一鸣什么都不怕，就怕女孩子哭，何况这个女孩子是未来的儿媳妇。雷一鸣烦躁地一拳砸在了桌子上，立起来站在窗户前。窗外，阳光明媚。和雷一鸣的心情一点儿也不相配。

安妮的哭声从身后传了过来，爸，您和妈就别再较劲了。

雷一鸣浑身抖了一下，这是安妮第一次叫自己爸爸，虽然内心剧烈地颤抖了一下，他还是没有回头。

安妮的哭声在继续，爸，我知道，您心里有妈。妈之所以这样，也是怕失去您啊。您是男人，您就不能让着一点儿妈吗？

半天，雷一鸣终于转过头来，声音缓缓地说，好孩子，把票退了吧。

安妮的眼睛里仍然流着泪，她泪眼蒙眬地静静地看着雷一鸣，深深地鞠了一个躬，退了出去。

雷一鸣又站在了窗前，一直看着街上的人群。虽然已经下班了，但街上的暖色不停地透过玻璃往屋里传递。

下午下班的时候，安妮和赵震天都看到，雷一鸣直接回家去了。

## *12*

生日体现着一种心态，越是想过生日的人，必定是年轻的人。而想让别人忘记自己生日的人，肯定是一个意识到了岁月残酷的人。

尤其是女人。

赵娜就是一个想让别人忘记自己生日的人。

这么多年来，唯一令赵娜欣慰的是，没有人拿自己的年龄说事，尽管她心里很惶恐。但这些，都因为安妮进入公司而被重新提起。

这天，赵娜一直没有等到下班归来的雷一鸣。本来已经稍稍平静的心又开始烦躁起来。客厅就成了走道，赵娜不停地在客厅走动。不好的心情使脚步有些凌乱，凌乱的脚步又把心情鼓捣得更加糟糕。

安妮和赵震天进来的时候，赵娜仍然一脸烦躁。赵震天对自己的母亲永远像领导一样尊重。一个领导，是不会轻易让下属知道自己的心思的，所以赵震天一见母亲这样，就很无措。安妮是一个自己把场地分得很清的人，也是在不停地提醒别人的人。现在，在家里，安妮早就把董事长的称呼换成了妈。

妈，身体不舒服吗？安妮问。

赵娜脸色苍白，但还是摇了摇头。

爸让我们回来接你。

赵娜的目光很是疑惑。

今天是您的生日，爸专门在外面订了一个包间，正在那边等你。

年龄虽然残酷，但看什么人惦记。惦记表示着两种意思，一种是心里有，另一种是没有忘记。如果专门庆祝，则表明了对年龄的不在乎，或对人的在乎。赵娜按自己的逻辑在脑子中走了一圈，脸上渐渐有了红色。

安妮恰到好处地用手杵了杵赵震天，赵震天憋了半天，终于红着脸说，妈，我去给您拿外衣。“妈”已经被“董事长”代替多少年了，赵震天的这一声妈。虽然有点别扭，但总算叫出来了。这一声妈，一直叫到了赵娜心里。

一直到酒店，赵娜的头都低着，眼睛也尽量不看任何人。安妮看见，进入酒店的时候，赵娜的脚步有些蹒跚，她急忙伸手搀住了赵娜。

包间里面的雷一鸣已经点好了菜，每个杯子里，也已经有了红酒。餐桌上的硕大蛋糕上，四支红蜡烛已经点燃。很久没有这样在一起了，每个人脸上的尴尬是难免的，安妮恰到好处地唱起了生日歌。大家都唱了起来，安妮注意到，四支蜡烛，有一支赵娜不是用口吹灭的，而是用眼泪浇灭的，不，是用眼泪砸灭的。那眼泪一颗接一颗、豆子一般砸下，安妮觉得好像把自己的心都砸痛了。

那天晚上，赵娜喝醉了。醉得不省人事。几个人好不容易把赵娜扶回了家，看着赵娜睡得很甜、很香，安妮长长地舒了一口气。然后把脸转向了雷一鸣和赵震天。赵震天偷偷地向她竖了一下大拇指，雷一鸣刚回避开安妮的目光，电话就响了。雷一鸣下楼去接电话了，赵震天高兴地在安妮的脸上亲了一口。安妮看着雷一鸣的背影，脸色重新凝重起来。

## *13*

家里的气氛总算融洽了。融洽的表现之一就是，在家里，赵娜和雷一鸣开始对话了。在安妮的坚持下，安妮和赵震天也从外面搬了回来，住在了家里。家，总算活了。每天下班的时候，这个一贯寂静的家里有了笑声，当然，是安妮甜甜、脆脆的声音。家里一旦和办公室区分开来，家就成了家了。赵娜没事的时候，也开始下厨房了。赵娜做饭时，安妮就去帮忙。只是，赵娜实在没有做过饭，尽管做了很多努力，还是一会儿手被烫了一个泡，一会了刀又把指甲给切掉了。

没办法，做饭慢慢就变成安妮的事了。好在安妮做饭的时候，赵娜常去做个帮手，两人一边做饭一边聊天，赵娜在心里就慢慢地把安妮看成了自己的女儿。女儿是母亲的贴心棉袄，赵娜的心思慢慢地就在安妮面前少了掩饰。

这天，两人又在厨房忙活开了。雷一鸣和赵震天坐在客厅下棋。赵震天的中国象棋是雷一鸣教的，赵震天自然就不是雷一鸣的对手。平时的时候，雷一鸣都让赵震天一个车、一个炮。这几天，赵震天的棋艺突然大有长进，雷一鸣已经顶不住了。今天开始的时候，雷一鸣一个子儿也没让，父子俩厮杀了几个回合，雷一鸣还是败北了。赵震天真以为自己的棋艺激进，看着脸色凝重的父亲，没心没肺地傻笑。雷一鸣就不下了，两个人开始抽烟，雷一鸣一边抽、一边往厨房看，一副心神不宁的样子。

厨房里，赵娜和安妮聊得正起劲。赵娜一边把洗好的菜放在案板上，一边说，安妮，你说我现在去公司上班还能适应吗？

安妮回头笑道，办公室我都给您收拾好了，整天待在家里，多闷啊。

赵娜小心翼翼地说，我去了，不会影响你爸的工作吧？

安妮张口就说，您去了，真有事了爸也有个商量的人了。

赵娜又问，你爸不会不高兴吧？

安妮从小就做饭，刀法很娴熟，她一边快速地切菜，一边说，一会儿吃饭的时候，我给爸说。

赵娜不再说话了，两人做饭的速度就加快了许多。

第二天，赵娜坐着雷一鸣的车来到了公司。董事长办公室很宽敞，令赵娜的心情也很敞亮。唯一令赵娜不快的是，公司的人看见她突然出现了，一个个都是一副紧张的神情，以为又有什么大事发生了。这天上班的时候，公司里就很静谧，一丝紧张的气息在空气中弥漫。

采购部长拿着一个申请付款单，来到了雷一鸣的办公室。雷一鸣像往常一样，看了一眼，提笔就写了一个同意。采购部长都走出去了，又被雷一鸣叫了回来。雷一鸣要回申请单，看了看，在同意前面加了一个："拟"，又在后面写上了一句话：请董事长审批。然后递给了采购部长。采购部长不敢说话，只得拿着申请单来到了董事长办公室。

有人进来，赵娜很高兴。身居领导岗位的人，都有一个通病，就是怕没有人找她。找，表明离不开。领导是针对员工而言的，没有员工的领导充其量只是一个"光杆司令"。赵娜看着申请单，感觉很亲切。看着雷一鸣刚劲有力的几个大字，赵娜心里暖暖的，她一点儿也没有在乎几百万的数额，拿起笔就签了几个字：同意雷总意见，请财务办理。采购部长已经出去了，赵娜仍然沉浸在兴奋中。

雷一鸣对手下的员工都有一个严格的要求，就是经他批示的事，都得有一个明确的答复。采购部长从董事长办公室出来后，直接进了总经理办公室。

雷总，董事长批准了。采购部长说。

雷一鸣突然觉得"批准"这两个字很刺耳，他皱了一下眉头，接过了申请单，长久地看着，一动不动。采购部长站在那里，一动也不敢动。

好半天，雷一鸣终于把单子递给了采购部长，同时长长地叹了一口气，然后挥了挥手。采购部长出去后，雷一鸣突然感到头有些痛。他两只手按在太阳穴上揉了揉，痛得更厉害了。雷一鸣用手在脑袋上捶了捶，眼睛移到了窗外。

窗外，一片自由的景象。当然还有别的景象，但雷一鸣从窗外看到的只有自由。

也不知看了多久，雷一鸣收回目光，又把目光落在了手机上。脑中不由自主地想起了那个电话。

## *14*

那天晚上的电话是北京打来的。

北京像一个多情的少女，一直向雷一鸣张开温暖的怀抱。雷一鸣的心情是矛盾的。矛盾不在于雷一鸣的品德，而在于他做人的底线以及对生活的一种取舍态度。一个人肚子饿了，面前摆着一桌香喷喷的饭菜，理智告诉他，饿是暂时的，这是别人的饭菜，不是自己的，不能吃；欲望提醒他，先吃下去再说。让雷一鸣矛盾的是，他还是分得清什么是自己的，什么该吃、什么不该吃。就像北京的东西，好是好，但是别人的。问题是，如果别人玉体横陈，送到你的面前呢。公正地说，雷一鸣几年前经受住了诱惑，没有吃。几年来，他对北京欲罢不能，其实一直在心中自己和自己做斗争。虽然痛苦，但毕竟过来了。但现在他还能无动于衷吗？

敏感是上帝对女人的馈赠。雷一鸣不得不佩服赵娜的敏感。几年来，与其说是自己经受住了诱惑，还不如说是赵娜一次又一次把他从欲望的边缘拉了回来。雷一鸣的心一次次地发热，又一次次地变冷，在这一冷一热中，虽然懊恼、气愤、惋惜，但他还是感觉到了赵娜对自己的不舍。男人过了四十，就把一半交给了感情，一半交给了理智。理智的人善于思考，雷一鸣就是一个爱思考，也会思考的人。这个思考必然和未来联系在一起。北京女人的风情万种，就像元宵夜灿烂的礼花，很热烈、很美丽，但她面对的是所有欣赏或她欣赏的人，不是为任何一个人燃放的。即使专为他燃，也是短暂的、难以长久的。燃的过程无疑是灿烂的、忘我的，但燃完以后呢？雷一鸣认为这就是三十岁和四十岁的区别。三十岁的人，不管男女、先享受过程，结果不想想、也没有时间想。四十岁的人虽然迷恋过程，但更看重的是结果。比如，一个四十岁的男人，在和有家室的女人私会时，更多考虑的不是如何相会，而是激情之后怎么安全撤离。北京女人是个三十多岁的女人，她是在见到雷一鸣的一刹那喜欢上雷一鸣的，并且为雷一鸣丧失了理智，一次性不计成本地吃完了雷一鸣所有的库存。而那次在北京的相会，雷一鸣和她并没有发生实质性的关系。雷一鸣无数次回想那个女人在看到自己的一瞬间眼睛里放出的光彩。那种眼神，就像一个疯狂的粉丝猛然看见了在自己心里暖了几十年的明星。那时候的雷一鸣是冷静的，他借口去洗手间长久地站在镜子前凝视自己：我值得她这样吗？后来的进一步了解才知道原来雷一鸣长得像她以前爱得死去活来而发生车祸死去的男友。雷一鸣就更清醒了，自己，在她心中不过是一个死去的灵魂的复活品。她的全部感情的流露，不是给他这个活人的，而是为了一个死人。所以，尽管她一次又一次召唤，雷一鸣一次又一次徜徉在河边，一直没有下水。

没下水的另一个原因在赵娜。不管赵娜以何种手段对付他，其目的都是维护家庭的稳定。也就是留住自己，有了自己才有了家，这是雷一鸣一直不离开赵娜的原因。

现在不一样了，这一次如果是真的，雷一鸣真有点儿犹豫了。

那天，北京女人打来电话的时候，正是一个家庭步入正常轨道的时候。北京女人为什么那个时候打来电话，尽管她很任性，但晚上不打电话一直是他们之间的承诺。这几天雷一鸣一直在想，也许是天意吧。

电话里的声音很郑重，雷先生，您现在说话方便吗？

赵娜醉倒在了床上，雷一鸣看了安妮一眼，发现安妮也在看着自己，雷一鸣一边离开房间往楼下走，一边小声说，什么事？

这两天您能来趟北京吗？我有急事和您商量。电话那边的声音很期待。

雷一鸣迟疑了一下，说，可能不行，最近公司很忙，走不开。

电话那边停顿了一下，说道，是这样，我先给你说一声，你考虑考虑。

雷一鸣在沙发上坐下，说道，你说吧。

我要走了，电话那边说。

去哪儿？雷一鸣问。

出国，可能一年时间不能回来了。

北京那边呼唤的时候，雷一鸣还有些犹豫，突然听到这个消息，他的心里突然空落落的。好像有一个很珍贵的东西就要丢失了。雷一鸣拿着手机不知道说什么好。

你也知道，我从小就是个孤儿，我在国内再没有亲人了，电话那边说，国内的这个超市只能交给你打点了。

北京女人并不是普通的采购员，而是一个在京都拥有一家大型超市的大老板，这个雷一鸣几年前去北京找她的时候就知道了。虽然他们之间有一种说不清道不明的情愫，但他还是没有想到她会把这么大的一个超市委托给他。雷一鸣的眼前就出现了那个超市的画面，这一切来得太突然了。雷一鸣想到自己为什么坐在办公室的时候老喜欢看窗户外面，现在他明白了，他一直在等待一个机会、等待一个落脚之处。只不过，他还是对缓和的家庭有些犹豫。雷一鸣没有吭声。

那边急了，如果你不要年薪，我给你部分股份也行，希望你打点好这个商场，好给我在国内留个落脚之地。

后面的话雷一鸣再没有听，电话那边说得已经够清楚了。雷一鸣只记住了北京女人给他一个月的考虑时间。也许一切都是机缘巧合，就在雷一鸣犹豫不决的时候，赵娜自己来公司上班了，自己对资本的支配权也要消失了，这是雷一鸣最不愿看到，也一直惧怕发生的事。可能这一切都是定数，尤其当采购部长把赵娜的批示拿给他的时候，雷一鸣想，现在，就是他不想和北京女人发生关系都不行了。

一个月，可以给赵娜一个交代了。雷一鸣想。

## *15*

睡了吗？雷一鸣问。

睡不着。赵娜的声音幽幽的。

天真黑啊。

黑了好。

雷一鸣想，黑了是好，有些话就好开口了。

今天去公司感觉如何？

挺好的，赵娜的声音里有一丝兴奋，感觉特充实。

有一件事想和你商量一下，雷一鸣终于下了决心，我想离开公司。

就像一个小石子掉进了水里，带来了长久的静默。

因为我去公司了？赵娜的声音是咬着嘴唇发出的。

怎么会呢？公司是你的，你不去谁去？

是我们的！赵娜突然大声说，你为什么不认为它是我们的公司呢？

这是感性的说法，雷一鸣顿了顿，这个公司是“公正”过了的，不是我们的共同财产。既然话说开了，雷一鸣就不想隐瞒自己的想法了，我只是一个打工者。再说了，做了多年了，我想换个环境，这样对我们都有好处。

赵娜一阵冷笑，在黑暗中阴森森的，你是对公司腻了，还是对人腻了？

雷一鸣知道，再说下去，就要吵起来了。他不想看到那样的局面出现，所以，他闭口不言了。

赵娜也在极力抑制自己的情绪，去哪儿？北京吗？

是的。雷一鸣小声说。

屈辱就这样涌上了脸庞，和屈辱一起布满脸庞的，还有血液。赵娜感觉自己刚刚复活的心又开始衰竭了。现在，她只有愤怒，遏制不住的愤怒。语言已经苍白得无法表达心情，动作成了发泄愤懑唯一的选择。赵娜把全身的力气凝聚在了脚上，一曲一张之间，雷一鸣的肉体沉闷地落在了地上。床上极软，仿佛天上的云朵，地上太硬，宛如坚硬的石块，雷一鸣无疑一下子从天上落到了地上。疼痛的只是肉体，快活的却是心灵。

夜色仍然充满在屋子的每个角落，黑暗像一块巨大的幕布，遮掩了所有的气愤和表情。雷一鸣从地上翻身起来，一声不吭地开始穿衣服。雷一鸣穿衣服的动作很轻快，仿佛期待已久似的。他终于有充足的理由离开了。

拉开房门的瞬间，赵娜声嘶力竭地大喊道，滚，滚了就再也别回来。

赵娜的话很快让黑夜淹没了，夜色中，雷一鸣像一个满载而归的小偷，快速地离开了家门。

## *16*

北京的天是蓝蓝的天，蓝蓝的天空下有个自由自在的雷一鸣。

再也不用坐在办公室羡慕窗外的风景了，雷一鸣现在就到了窗外。窗外的空气果然清新，狠劲地吸一口，舒坦得不得了，甚至连呼出来的气也是蓝色的。雷一鸣没有马上通知北京女人，他要在这个自由的空间尽量多待一会儿。

街上的行人很多，都像他一样一边走一边东张西望，满眼充满了好奇和新鲜。一看就知道是外地人。本地人都是一副匆匆忙忙的样子，好像后面有鬼撵似的，面无表情、目不斜视，到底是皇城根下的人，好像整个世界都装在了眼里，又好像什么也不放在眼里。以后，自己就要在这一块土地上工作了，雷一鸣想，自己也会和他们一样吗？

没有人注意他，就好像没有人关注从树上飘下的一片落叶，最初的兴奋过后，雷一鸣感觉自己越走越渺小，后来就成了蚂蚁。这种感觉一出现，雷一鸣突然急着要和北京女人联系。在这个偌大的城市里，只有那里，好像才是自己的归宿。雷一鸣越走越没有了底气，他突然觉得会不会丢了自己。

北京女人的公司他当然知道，出租车越来越靠近那个地方的时候，雷一鸣有了一种到家了的感觉。和他想象的一样，北京女人在看到他的那一刻，眼睛亮了，亮得雷一鸣在眼睛里找到了自己。

来了？笑容溢满了北京女人靓丽的脸庞。

来了。雷一鸣脸上挂着尴尬的笑。

想好了？北京女人又问。

雷一鸣点了点头。

先去吃饭吧。北京女人一边说一边出了办公室，雷一鸣急忙跟在后面。

坐在红色的宝马车里，雷一鸣闻见了一阵淡淡的幽香。是什么香味雷一鸣不知道，见面的几分钟，雷一鸣感觉到，这种香味，不管他喜欢不喜欢，以后他只能习惯了。见面时，没有雷一鸣想象的那种场面，北京女人热情但不失矜持，雷一鸣最讨厌这样的女人了。雷一鸣不说话，北京女人也不搭腔，很是认真地驾驶着车辆。直到两人坐在包间里，北京女人才问了一句，想吃什么？随便。雷一鸣说。北京女人轻轻地笑了一下，就开始点菜了。菜都是素菜，但都是雷一鸣喜欢吃的，雷一鸣却吃得滋味全无。北京女人一口也没有吃，只是象征性地喝了一点红酒。雷一鸣终于吃完的时候，北京女人又说，就住在这个酒店吧，房间已经给你开好了。你先上去休息休息，晚上我再过来。

一切都好像做梦一般，雷一鸣糊里糊涂地进了房间，北京女人走了一会儿了，雷一鸣还傻乎乎地站着。房间在五楼，窗外就是大街。看着大街上车来车往，却听不见一点儿声音。雷一鸣有一种和这个世界隔绝了的感觉。离晚上还有三个多小时，雷一鸣洗完澡，实在无聊了，就坐在窗前，看着窗外的世界。同样是大街、同样是人流，雷一鸣却觉得说不出的陌生。并不是所有的陌生都代表着新鲜。雷一鸣就回忆起了他坐在原来办公室的感觉。那种感觉，虽然无聊，但心底是踏实的，不像在这儿，心里空荡荡的没有一点儿着落。

只能如此了，雷一鸣想，他已经没有退路了。

好在后面发生的事又慢慢地和雷一鸣的想法合辙了。晚上的时候，还是在那个包间，北京女人陪着雷一鸣吃了饭，两个人一起进了房间。彼此没有多少语言，只是默默地看着对方。和北京女人在一起，雷一鸣习惯了被动与等待，直到北京女人向他伸出胳膊的时候，雷一鸣才将她紧紧地拥在了怀里。这个时候，语言往往是多余的，很快，两个人就赤裸相对了。也许是紧张、也许是太激动了，雷一鸣却不行了。

后面的事做不了了，北京女人并没有恼怒，她优雅地点燃了一支烟，微笑着看雷一鸣。看得雷一鸣低下了头。

假的就是假的。北京女人突然说了一句。

你说什么？雷一鸣问。

我给你说说我男朋友的事吧，北京女人说，一直以来，我认为你就是我的男朋友。你们长得太像了，简直就是一个娘胎里出来的双胞胎。北京女人嘴里吐出了一口烟，那烟成柱状，直冲雷一鸣而来，在雷一鸣脸上散开了，北京女人的声音也就像那烟雾一样缥渺起来，我们是大学的同学，属于一见钟情式。好像冥冥中早就安排好了，见了就爱了，爱得一塌糊涂。从上大学起，我们就同居了。只要和他在一起，我就觉得太阳还在、月亮还在，呼吸还在、生命还在。也许老天嫉妒我们太幸福了，在我们结婚的那天，他被一辆车带走了，再也没有醒来。那天，我是穿着婚纱跑进医院的，他很安详，好像睡着了一样。我一直认为他还在，他并没有离开我，只是暂时睡着了。北京女人的脸上挂满了泪珠，第一次见到你的时候，我以为他终于醒了，他又回来找我了。你是我的，是我见到你唯一的想法。为了他，我什么事都不在乎，所以，尽管你一次又一次地拒绝我，我都没有在意，包括你把我扔在机场、独自一人离开。我觉得我做得不够好，我一定要把你重新唤回来。

雷一鸣看见，北京女人的脸上显出了圣洁的光，雷一鸣也为这个故事陶醉了。

今天，我终于醒了，我明白你不是他，你也永远做不了他。

见雷一鸣低着头不说话，北京女人接着问，知道你为什么成不了他吗？不等雷一鸣回答，又自顾自地说开了，我和他在一起的时候，他什么都迁就我，就有一个是他决不允许的，你知道是什么吗？

雷一鸣只能摇头。

我知道你不知道，正因为你不知道，你才救了我，也救了你。

北京女人又拿出了一支烟，看了雷一鸣一眼，雷一鸣觉得自己好像陷在了波浪滔天的大海里，身边只有一根稻草了，这个稻草就是北京女人。雷一鸣拿出打火机，替北京女人点燃了烟。北京女人深深地吸了一口又喷了出来，一口烟雾顿时在雷一鸣脸上撞得四分五裂。

他最讨厌我抽烟了，在等他的几年里，我寂寞得难受，养成了吸烟的习惯，内心里我是不喜欢吸烟的，吸烟只是呼唤他的一种方式。我一直在等待，等待一个阻止我吸烟的人。今天，你来了，我不知道你是为我而来，还是为我的资本而来。

北京女人又笑了一下，笑得很诡异也很无奈，看样子，我的理想只能是一个梦了，沉浸梦中的是我自己，梦醒也只能靠自己了。

北京女人不说了，雷一鸣好像被窥到了内心，满脸赧然、半天无语。屋子里，只有浓浓的烟雾在角落里蔓延。

## *17*

雷一鸣站在楼下，出神地看着楼上的那扇窗户。

那扇窗户明显比旁边的大了许多，看起来是那么的耀眼。以前雷一鸣都是从窗户里面往外看，看出了外面挡不住的诱惑。真的站在了外面，和里面没有一点儿关系的时候，雷一鸣才知道，站在外面的人是多么地羡慕坐在里面的人。

雷一鸣就那么站着，久久一动不动。

# 雪花飘飘

## 第一章　上与下

### *1*

早晨出门，天空飘满了雪花。洋洋洒洒的，争先恐后地往仍然干燥的地面上扑，很有点飞蛾扑火的意思。梅媚爱雪，从小就是。家乡铺满雪花的小路上，没少呈现一个红着脸蛋、流着鼻涕的小女孩肆无忌惮的脚印。村里的老人都说，这个丫头，跟个野小子似的，长大了，不管干好事，还是干坏事，反正都是干大事。梅媚现在已经长大了，不但自己长大了，她的儿子也长大了，年龄比当年在雪地里疯跑的那个疯丫头还要大……

今天雪花天气出现得很突兀。梅媚是个计划性很强的女人，对于一切计划外的事情从来没有好感。何况是今天！风挟着雪花好像挟着沙粒一般，迎面打在脸上，不但贼疼，而且生冷。如果，如果订单能像这飞舞的雪花一样，该有多好？但随即她就自嘲地笑了一下，这是不可能的。梅媚躲避开风雪，低头钻进了车内。车厢内温度正好，梅媚赞许地看了一眼司机，目光移到了车外。风势一点儿也没有减弱，雪花像个无头苍蝇似的，在窗玻璃上乱撞。但已经对梅媚没有任何影响了。梅媚呆呆地看着雪花，轻轻地说了一声，走吧。奥迪轿车无声地驶入了更大的风雪中。

和邻近的几个城市相比，梅州无疑是个新型城市。五年前，梅州还是一片荒地，美其名曰经济技术开发区。五年后的今天，高楼大厦像森林一样密集，最有名的要算居于城南的创新工业园了，里面集中了全市实现 GDP 的几乎所有的工业企业。梅媚管理的汽车公司是其中的龙头企业，每年的工业总产值几乎占到全市的十分之一强。这样的企业，不想成为明星企业都不行。作为这个明星企业的掌舵人，梅媚自然是梅州市家喻户晓的人物。阳光明媚的时候，梅媚偶尔会穿上她那件黑色的风衣，在创新路上走成一道风景。创新路七纵八横，南北走向七条大道，寓意产值年年攀新高；东西走向八条大道，象征工业企业年年发发发。就在梅州市创新工业园在经济大道上意气风发，策马扬鞭时，连市里最有名的经济学家也没有想到，市场需求像吹足了气的气球猛然被人扎了一个洞，一下子瘪了。瘪了的结果就是，创新路上再也没有风景可观，人们已经几年看不见梅媚飘逸的黑风衣了。

梅媚乘坐的奥迪车不是电动车，却像电动车一样没有一点儿声息，在无声的落雪中无声地行驶着。路上行人稀少得像订单一样，半天才看见一两个，越发显示出道路的宽阔。开发区没有红绿灯，这就使得司机把市区路当成了高速路，轿车像一支黑色的箭，在风雪中穿行，平时半个小时的路程，今天十分钟就到了。车速一点儿也不体贴人的心情，雪花还没有把路面征服，车已经稳稳地停在了行政中心的广场。司机从后视镜看了一眼，见梅媚仍在发呆，好像看着车外，又好像没有。可恶的风雪天，司机没有说话，车子也就没有熄火，一副整装待发的样子，只要梅媚一声令下，便立即逃离这个是非之地。

市政府的行政大楼矗立在风雪中，楼不高，却很威武，一看就是个衙门。这是梅州市政治经济文化中心所在地。用老百姓的话来说，是这个城市的魂魄所在地。此时，这个城市的灵魂正憧憬在风雪中。雪花似乎更大了，从天空无穷无尽地倾泻。只是一落到地上，就没有了踪影。水泥地面只是变了颜色，连雪花消融后的水滴也没有。梅媚下了车，仰面迎接着飞舞的雪花，立即，脸上就有了一丝冰凉的感觉。这多像本市的工业增长值啊。梅媚一边想着，一边低头向行政大楼走去。

哎哟，我的大老板。安数据在一楼大厅直跺脚，你怎么才来啊，手机也不接，就等你这个财神爷了。安数据冲着梅媚一脸坏笑，不对，是财神婆。

别贫了，安大局长。梅媚见值班保安的目光移开了，一拳杵在了安数据的胸脯上，告诉我，首长的底线是多少？

安数据很受用的样子，再打一下，再打一下我就当叛徒。

你多大年纪了，孩子们都工作了，怎么还像上大学时一样没个正经？梅媚白了安数据一眼，不说算了，会上会说的。

你要做好准备，今年稳增长的压力很大。

梅媚停住了脚步，多少？

30%，安数据压低了声音。

这是稳增长吗？飞速增长也不过如此，梅媚的声音在楼道里有了回音。

小声点，你小声点，我的姑奶奶。安数据脸色都白了。

首长也够狠的，还让不让人活了，梅媚声音虽然低了，继续牢骚满腹。

不能怪首长，安数据不愧是市长的当家人，立即维护起领导的形象，本来首长的目标最多是 20%，只不过有人主动向首长请缨，要求提高考核指标。

谁？梅媚不敢相信地睁大了眼睛，这人有病啊？

安数据不说话，笑眯眯地盯着梅媚的眼睛，我就喜欢你这双凤眼。

这么多年了还没看够？这个老同学，从大学时候起就古灵精怪的，不管和你说什么，上半句还在地上溜达，下半句就跑到了天上，你永远跟不上他的思维，梅媚哭笑不得地说，别开玩笑了，快说，谁这么神经？

我们的老同学乔大拿！

乔运是物流行业，我们制造行业能比吗？梅媚又一次抬高了声调，你这个统计局长不是不知道，这几年物流行业上升了 80%，而制造行业下降了 60%。

安数据的语气不紧不慢，首长说了，要是按照行业增速定指标，随便一个人就行，还要你梅媚干什么？

梅媚低了低头，咬了咬嘴唇，乔运提出增长多少？

安数据的声音里充满了同情，同比增长 50%。

## 2

这场雪来得正是时候！

乔运身体放松地瘫在高背皮椅内，一双大脚搁在大班桌上，眼睛透过两只脚掌之间的缝隙，看着窗外的飞雪，吞吐着烟圈。烟圈从乔运嘴里出来的时候，很小，却呈逐渐放大之势，呈喇叭形向窗外辐射，争先恐后地急着和雪花融为一体似的，像极了乔运此刻的心情：好运来了，挡都挡不住。乔运又吐出了一串烟圈，昨晚刚梦见雪，今天真的就来了。

雪花在乔运眼里，不是雪，而是人，一个女人。这个女人当然就是梅媚。从大学第一眼看见就是，从没变过。那是二十多年前的一个雪天，宿舍的同学们都在兴高采烈地谈论着艺术系的女同学，乔运感觉没有意思，就独自一个人走出了公寓楼，倚在操场的篮球杆上抽烟。雪花飘飘洒洒地在四周飞舞，乔运就吐出一个又一个烟圈，企图套住雪花。雪花没有规律地往下飘着，烟圈有规律地往上冲着，辛苦了半天，不但没有套住雪花，反而让雪花给吞噬了。乔运有点性急，满操场追逐着雪花。结果雪花没套住，却累出了满头大汗。

正当乔运准备放弃的时候，身后传来了一阵笑声。那笑声很有感染力，穿过满天的雪花横冲直撞过来，直入耳鼓。乔运回头，看到了他一生都难以忘怀的一幅画面：操场外围的小路上，站着一位洁白的女神，一件长长的白色羽绒服延伸到了膝下，裤子、鞋子也是白的，在白色的世界中亭亭玉立。她的四周，狂乱的雪花不再没有规律：萦绕着她，在她的头顶、四周翩翩起舞，俨然一副雪花主人的模样，好像这漫天飞舞的雪花都是她带来的。乔运后悔自己在一瞬间站成了雕塑，一动不动，连一点儿反应也没有。但他清楚地记住了那严严地包裹在羽绒帽内的绯红的脸庞，两颗黑玻璃珠子似的大大的眼珠，以及从帽子内挣脱出来，飘荡在脸庞边的那一缕黑发。

我叫梅媚，管理系的。那个洁白的女神轻轻地从嘴里吐出一股热气，在雪花的簇拥下顺着小路远去了。

很长时间，直到那洁白的身影到了小路拐弯处了，乔运才刚刚清醒过来，冲着茫茫雪片大喊了一声，我叫乔运，体育系的。

今天，乔运已经不是站在屋外看雪的人了。他舒舒服服地躺在屋内看雪，任思绪在脑海中翻飞，别有一番情致。乔运又一口浓浓的烟雾吐了出来，一个个烟圈翻滚着争先恐后地向窗户扑去。恍惚中，乔运看见窗外的雪地中，站着一个人，一个浑身上下一尘不染的女人。乔运像一个怕被偷窥到自己不雅坐姿的人，急忙把脚从大班桌上拿了下来，一步冲到窗户跟前。窗外，除了雪花，还是雪花。只不过，现在的雪花已经把整个大地都覆盖了。整个世界一片洁白。乔运皱了一下眉头，喷出了一口烟柱，为什么直到今天，一想起梅媚还是有点紧张？乔运转身回到椅子内，又把脚重重地放在了大班桌上。他很满意自己面前的办公桌，不仅仅因为脚放在上面很舒服、很惬意，更重要的是，它比梅媚的办公桌整整大出了一倍。

仅仅在几年前，梅媚的办公桌在整个创新工业园都是最大的，比市长的办公桌都大。办公桌的大小决定着主人在政府和社会上的地位，因此，梅媚成为首长的座上宾是理所当然的事。乔运很感谢这次市场调控，更感谢政府推行的“三去一降一补”。具体什么意思乔运不知道，乔运能看到的是以往制造业一支独大的局面被打破了，而那个去啊降的都是针对梅媚这样的企业说的，只有补是对自己说的。补短板，现在什么是短板？物流业！当物流业的业务量几年翻了几个跟头之后，乔运的办公楼盖起来了，特别定制的办公桌也拉回来了。这样的桌子果然吸引人，尤其是政府里面说了算的人。乔运的脚在新买的大班桌上搁了不到两个月，市政府主管工业的副市长不但主动找上门，而且双手紧紧地拉着乔运的手说，现在市里正在推行“稳增长”，需要的就是你这样的企业家。这是乔运没有想到的，市长走后几天了，乔运仿佛还在梦中。后来发生的事却不是梦，市政府秘书处的人告诉他，不管什么时候，只要需要政府和首长协调的事，随时可以和秘书处或者首长直接通话。更让乔运自豪的是，现在他进市政府大楼，就像进自己的物流一号库还是二号库一样方便，完全看自己的心情。

昨天，首长在政府接待室亲切接见了乔运。秘书长神秘地碰了碰他的胳膊，你知道首长今天在接待室见你，而安排明天在会议室见梅媚意味着什么吗？乔运佯装疑惑地摇摇头。秘书长的声音压得更低了，这说明咱们这个工业城市的“老大”要换人了。这样的话乔运爱听，也希望多听，他继续一副懵懂的样子。秘书长比以往有了更多的耐心，还不明白？以后，你就代替梅媚成为咱们市工业第一人了。这句话太给力了，一直在乔运的心头激荡，以至于在接待室长满毛的白色地毯上，当首长信任地用一只大手握住他，另一只手拍到他的肩膀上时，乔运脑子中莫名其妙地涌现出了梅媚的身影，他满脸绯红，暗暗地在心中说，我也有今天了。

首长的手握谁，不握谁，目的性很明确。握完手的首长一在沙发上坐定，就直接切入了主题，我后面还有个会，咱们长话短说，明年市里计划制造业增长 20%，你是新兴行业的新兴企业家，能不能带个头，同比增长 30%？

乔运有些紧张，而额头上流出的汗使他觉得自己很没有出息，又不是第一次见首长了，至于吗？但乔运是个知恩图报的人，他的口头禅是您敬我一尺，我还您三丈。首长如此高抬自己，市政府的大门由着他出入，今年又在他的头上戴了一顶优秀企业家的帽子，他不能不有所表示。乔运一着急，就喜欢拍胸脯。此时的乔运，虽然觉得在市政府的接待室里拍胸脯不雅，有点农民企业家的做派，但此刻，实在没有什么比拍胸脯更能表达自己的决心了。乔运握手成拳，在自己的胸前重重地拍了三下，首长这么高看我，我表个态，明年在今年的基础上，我保证增长 50%。

首长闻言又站了起来，又一次握住了乔运的手，感慨万端，我们市的企业家如果都像你这样，何愁我市稳增长的目标不能实现……

想到这里，乔运不禁笑出了声。这次去政府，乔运本来带给首长的礼物是增长 60%，只不过首长的要求太低，再加上他虽然想把梅媚压在身后，但却不想梅媚过于难堪。因为行业的平均增速在 80%左右，作为经常和经济打交道的梅媚来说，很清楚这样的数据。如此一来，市里满意，以后见梅媚也不至于那么尴尬。乔运很为自己把尺度拿捏得如此妥当而得意扬扬。

三十年河东，三十年河西，风水就这样转到自己跟前了。

有一个人站在了跟前，像雪花落地一样，无声。乔运回过头，看见是自己的秘书，不禁有些失落，你是猫啊，一点儿声音也没有。

秘书端着一杯咖啡站在跟前，嗔怪道，你不是一直说我是你的小猫咪吗？

乔运端详着秘书小巧的五官和窈窕的身材，答非所问道，你要是我的雪花就好了。

雪花多冰冷啊，而且见不得光，一见太阳就化了。我不做雪花，我就做你的小猫咪，整天厮守在你身边。秘书的声音有些幽怨。

代沟，这就是代沟，乔运感慨道，我说的你不懂。

秘书把咖啡放在了桌上，揶揄道，懂你的人来了，在会客室等着呢。

乔运急忙把腿收了回来，满脸期待地问，谁？

你的梦中情人梅大美女呗，秘书刚说完，乔运已经出去了，她只能对着乔运的背影嘀咕道，什么眼光啊，一点儿欣赏水平也没有，半老徐娘了，跑那么急让眼角的褶子把你夹死啊。

*3*

下雪了，天比往常更冷了。

流水线成了摆设，死一般寂静。比流水线更寂静的，是一群群围成一圈的员工。车间里有暖气管道，却没有暖气。暖气管道比车间里流动的空气还要冰凉。员工们围成一圈，围着一个小小的电暖气，沉默不言。该骂的话已经骂了，能发的牢骚也都发过了，还是没有骂来生产计划。没有计划就没有活干，没有活干就没有工资，因为车间走的是计件工资，干多少拿多少，多干多拿，少干少拿，不干不拿。问题是，我们没有想不劳而获，更没有想坐享其成，我们都想干活，活儿呢？

没有活儿干了，才真真切切地感觉到有活干是多么的幸福。仅仅在几年前，活儿多得干也干不完，累得人弯着腰直骂当头儿的是吃人不吐骨头的资本家，不，比资本家还黑、还狠。现在，天天盼着头儿再当回资本家，希望却回回落空。设备静默了，人不动了，车间就更空旷了，空得像每个人的口袋。公司只发给基本生活费，还房贷基本上是痴人说梦。不是我们爱厂，只因为我们没有地方去。有门路的早就另攀高枝了，比如，隔壁。汽车公司有多惨，隔壁的物流公司就有多红火。一天二十四小时工作不断。同样是市场经济，为什么人家在登台唱戏，我们却连看戏的资格也没有，只能默默地蹲在一边，羡慕嫉妒恨地旁听？一个人沉默是常态，两个人在一起不说话也能说得过去，几十人甚至上百人肩靠肩、腿碰腿地待在一起一言不发，气氛就有点恐怖、吓人了。

来运受不了这样的压抑，站起来准备走出去。有人说话了，小来，给经常来找你的财务部的那个小丫头打个电话，问问这个月的工资什么时候发？

来运理解工友们的心情，他一言不发地默默地走了出去。车间外已经被雪覆盖了，空荡荡又白花花的停车场上，有几只麻雀正在雪地里觅食。来运看着忙忙碌碌的麻雀，心情更沉重了。技校毕业时，正是汽车市场红火的时候，汽车公司招人的门槛很高，不但要看技术，还要看身高。如果不是安琪儿托自己的父亲给汽车公司打了个招呼，自己根本挤不进来。那时候活儿多得干也干不完，在别的员工累得哭爹骂娘的时候，来运一声不吭只知道干活。一年下来，就凑够了首付。那时候，生活对来运来说充满了憧憬和想象。本来生活就这样下去了，谁能想到，这个帮自己有了月供房的单位又把自己逼到了供不起房的境地。有几个同学已经走了，到隔壁去了，每个月的工资都快赶上自己历史上最好的月薪了。来运还在犹豫，不是来运不爱钱，现在来运最需要钱了。只是，只是隔壁是个民营企业，而自己所在的汽车公司是国有的。虽说隔壁这个民营企业已经给骨干缴纳五险一金了，但在国有企业干了一辈子的父亲坚决反对他跳槽，去给私企打工。已经退休了的父亲语重心长地对他说，国有公司，不管市场咋样，生活是有保障的，不会让你饿死；而民营企业，市场好了，撑死你，市场不好了，饿死你连眼睛也不眨一下。来运刚想给父亲灌输一下“90后”的想法，就被父亲一双眼睛瞪了回来。来运从小就没有母亲，是父亲把他养大的，父亲的想法就是他的想法，即使，很多时候在心里他有自己的想法。比如，他为什么玩命地不惜力干活？就是想早点儿买个大一点的房子，让父亲住得舒服一点。当然，这些都是他心里的秘密，在房子没有到手之前，他还不敢触碰父亲那颗坚硬而又敏感的自尊心，因为，他毕竟是在父亲那间小小的福利房中长大的。

麻雀在雪地里刨了半天，留下一阵吱吱吱的叫声，失望地飞走了。面前除了一片洁白，就是洁白一片，一无所有，寂寞无声。当然，还有那不知人间疾苦的雪花，依然在优雅地飘舞。来运的目光终于落在那堵墙上了。一墙之隔，一边是国有，一边是私营。国企正在按照国家的要求，去产能、去库存、去杠杆、降成本，私企却在按照市场的需求，招兵买马，快马加鞭地补短板。什么是短板？物流行业就是，原来没有，或者需求不大，现在一有，就呈喷薄之势。来运搞不懂为什么。为什么有的不好，有的却那么好，难道仅仅是行业的差别和不同？即使是行业有别，各领风骚，那么，其中的酸甜苦辣为什么要我们这些员工来承受？已经去隔壁的同学发来了短信，像你这样的，只要愿意过去，直接上岗，按成熟员工取酬。这个，可能就是私企的灵活性吧。

自己要是过去了，除了父亲，安琪儿会同意吗？父亲已经退休回家了，自己即使走了，也不会知道。安琪儿可是天天都要来车间的。来运知道，自己前脚走，安琪儿后脚就会知道的。当初毕业的时候，安琪儿可以进事业单位的，就是因为自己羡慕汽车公司的收入，安琪儿愣是放弃了人人羡慕的工作，陪着自己来了。如今，自己弃她而去，有点不地道。来运有点羡慕漫天飞舞的雪花了，自由、潇洒、率性，在墙头探头探脑的，想落到墙哪边就落哪边。

又想翻墙了？安琪儿不知道什么时候已经站在了跟前。

来运躲避开安琪儿的眼光，即使在冬天，安琪儿的目光仍然火辣辣的，康健康来电话了，安琪儿说，最近市场好像有点变化了。

我不想再等了，什么时候市场才能好起来啊？来运看着安琪儿，我不是你们，我等不起啊。

如果仅仅是因为房贷，我希望你留在这儿；如果那边是你的追求，那就义无反顾，安琪儿直视着来运，不过，你别想抛下我，你要过去，我就跟你过去。

这样的话安琪儿已经说过多少次了，来运理解安琪儿对自己的情意，但是，这个世界上并不是有情人都能在一起的，比如他和安琪儿，出生的时候虽然来到了同一个世界，但却是两个世界的人。这话听起来有点儿矛盾，却是事实。冲动的时候可以憧憬，清醒的时候还是要面对现实。只不过自己早已清醒了，安琪儿却一直陷入冲动不出来，这才是来运最头痛的事。猪八戒想嫦娥是因为猪八戒曾经是天蓬元帅，下凡以后就只想高老庄了，因为门当户对。牛郎异想天开，妄想织女，到头来只能天各一方。安琪儿无所谓，是因为她有无所谓的资本，来运却伤不起。想去墙那边，虽然主要是因为薪酬，但躲开安琪儿也是心中隐隐约约的因素之一。如果自己过去了，安琪儿也跟着过去，这动静肯定能传到退休在家的父亲耳内。来运只好把逡巡的目光从墙头收回来。

安琪儿咯咯咯地笑了，笑声像银铃一般在漫天大雪中回响。安琪儿是个快乐的鬼机灵，这个世界好与坏对她都没有关系，她只根据自己的心情和爱好做事，她觉得“90后”就应该这样。现在，她的心思在来运身上，那么，世界在她眼里只是来运。她希望每天都能看见来运，哪怕一句话不说，只要来运在自己的视线内，她就是高兴的。至于来运的房贷，每月的月供还没有父亲给自己的零花钱多，帮来运还房贷对自己来说是分分钟的事。只是碍于来运的自尊心，她只能偷偷地做。做好事还不留名，安琪儿觉得自己挺伟大的。所以，安琪儿在来运面前就很任性，看来运的目光就很有力量感。

其实，市场不好和你有什么关系？安琪儿说，怪也只能怪康健康他们无能。

康健康也是他们的同学，在技校的时候，来运和康健康一个是篮球健将，一个是足球天才，都是不可一世的风云人物。只是后来安琪儿从足球场跑到篮球场后，两人关系就显得有点微妙。技校毕业的时候，来运费尽心思才进了汽车公司，康健康本来也去事业单位上班了，看见安琪儿又转到汽车公司了，随随便便也溜达进来了，就像进自己家一样。后来来运才知道，康健康的母亲竟然就是汽车公司的总经理。同窗几年，康健康一点儿风也没透，这多少让来运对康健康有了一丝钦佩之心。更让来运钦佩的是，康健康进了公司，直接去了销售公司工作，常年在外。在一个国有企业里，什么地方都可以混饭吃，唯有销售公司是个靠本事吃饭的地方。来运有康健康的微信，只是很少说话，但通过微信，销售的甘苦即使远在家里的来运也能感受得到。来运不是不敢去，实在是因为父亲让自己放心不下。在这个世界上，来运只有父亲这一个亲人，他所做的一切都是为了父亲。而安琪儿，在来运的眼里，本身就是一个神秘的人。她是什么身世、背景，不但同学们不知道，来运也不知道。安琪儿在自己面前，也从来不提家庭。但来运能感觉到，在梅州市，好像没有安琪儿办不成的事。比如像进汽车公司这样的单位，安琪儿一个电话就解决了。至于自己和安琪儿的关系，来运越来越意识到这种神秘加大着两人之间的差距。

安琪儿还在眼前叽叽喳喳，来运躲避开安琪儿的目光，又一次向墙头看去。

天空，雪花在墙头处依然飘忽不定。

## 第二章　飞与行

### *1*

会客厅空间很大，茶几、沙发、茶具以及脚下的地毯，都显示着主人的品位和实力，还有墙上的字画，如果不是赝品，那价值肯定惊人。梅媚坐在沙发上，沙发很大，房间很大，人就显得有点羸弱、娇小。她的脸上有一丝倦容，目光迟滞，心事全堆在了脸上。这个地方，乔运究竟邀请了多少次，她已经记不清楚了，但却一次没来。二十多年过去了，大学校园里的阴影至今没有散去。还有，就是几年前乔运出现在这里的时候，她从来没有把这个昔日自己堆放垃圾的地方放在眼里，更没有把这个人放在心上。时光弄人，真是应了那句老话，盘端来不吃，脚踢来却吃了。今天，她自己来了，不得不来。也许是在创新工业园里主人做惯了，今天，坐在这个同样位处创新园的乔运的企业里，梅媚实实在在地感觉到了一种别扭，还有一种压力，一种在做惯了主人的地方变成客人的压力。

客人就得等待，尽管面前的茶几上为她沏的金骏眉热气腾腾，显示着主人的重视与热情，但在一个没有思想准备等待的地方等待，梅媚多少有些不习惯。她却必须习惯。从市政府回来的路上，她就知道，以后，她该习惯的地方会越来越多。

有些往事，过去了就不想再提，但在这个和往事有关联的地方，思绪却由不得自己。根源在于大学校园的那场大雪，从小她就喜欢雪花，更喜欢一个人在漫天雪花里漫步。她喜欢雪花拂在脸上凉凉的感觉，她喜欢听雪花在脚下咯吱咯吱的叫声，她更喜欢雪花把这个世界改造得一尘不染，洁净如婴儿。站在雪地里的自己，感觉一切都是美好的，美好到和雪花融为了一体。所以，当她看到一个男生在漫天飞雪中傻乎乎地追逐雪花的时候，她忍不住地笑了。那时候，她的笑是单纯、由衷的，也是善良的。这种善良、单纯延续到以后没有雪花的日子，只要她回头，都会看到这个男生；只要看到这个男生，她都会想起校园里的那个雪天，还有那些雪花，以及他那傻傻地追逐雪花的样子，她都忍不住莞尔一笑。

直到那个她永远也忘不了的夏天的夜晚，她刚洗完澡，披着一头湿漉漉的长发行走在操场旁边的林荫小道上，身后传来了一阵急促的脚步声，她还没来得及回头，脸庞已被一双有力的大手捧住，一个男人的嘴唇无赖却又重重地吻在了她的唇上。长大以后，被一个陌生男人强吻，还是第一次。应该承认，在那一个瞬间，除了惊恐，还有一种异样的感觉横冲直撞地袭击了她。她无法叫出声，她也没有来得及感受那种异样到底是什么样，那个身影就倏然离开，矫健至极，在远处幽暗的路灯下，几个箭步就不见了踪影。以后晚上出门的时候，她都要喊上几个要好的姐妹，但身后却再也没有了脚步声。

梅媚从遐想中回过神来，会客厅静静的没有一点儿声音，面前的茶水只剩下一丝微弱的气息。梅媚的脸有些臊红，自己主动上门做客，主人却迟迟不到，不能再坐下去了，再等下去以后就没法在创新工业园混了，梅媚焦躁地站了起来，突然看见乔运靠在会客厅的门框上，静静地没有一丝声息地看着她。几十年过去了，她没有正眼看过乔运，即使每次在各种会议上遇见，他从来就没有在自己的眼中停留过。今天，当这个男人无法避免地进入她的视线里的时候，她竟发现，他的目光并没有印象中那么淫邪，温和、宽厚，甚至很纯净。都是不惑之年的人了，一个男人这样一动不动地盯着一个女人，即便是同学，即使不反感，也会让人尴尬、不舒服。梅媚下意识地咳嗽了一声，乔运变成雕塑的躯体才开始血液流动。

抱歉抱歉，委屈老同学了，乔运三步并作两步跑过来，伸出了手，让梅总久等了。

梅媚在乔运的指尖象征性地碰了碰，嘲弄道，站在屋檐下，不得不低头啊。

脸上虽有一丝尴尬，但乔运很快掩饰了过去，梅总大驾光临，必有指教，乔运洗耳恭听。

乔运的话，使梅媚彻底清醒，她重新坐了下来，拿起桌子上尚留热气的茶杯在嘴唇上碰了碰，平复了一下心情，再次抬起头来，梅媚的脸上已是一副宠辱不惊的神情，就像每次参加各种会议一样。这种神情，很自然地拉开了和乔运的距离。

关于今年的市场，我想听听乔老板的分析。

乔运笑了，这正是他的目的，看来自己抛出去的压力奏效了，乔运信心顿增，我觉得今年提升60%没有问题。

梅媚吃惊地看着乔运，安数据说的增长50%已是天文数字，现在又变成了60%，这人不是病了，肯定疯了。

仅仅因为行业平均增速？梅媚嘴角不动声色地动了一下。

不相信？乔运敏锐地捕捉到了梅媚不屑一顾的表情，没有在意，几年来，在各种会议上，只要自己发言，梅媚就是这种表情，他已经习惯了。虽然有些是行业秘密，但在梅媚主动上门的今天，乔运没有打算继续对梅媚保密。其实，也没有必要保密，他在创新工业园办企业，主要就是做给梅媚看的，去年物流行业增速80%，今年少说也有60%，只不过我给自己留了一点儿余地，按50%增速上报的。

行业增速不等于自己增速，汽车市场在逐年去产能、去库存，千方百计地瘦身，你又如何保证你的企业在物流行业中胜出？

听说过联合甩挂没有？乔运终于拿出了撒手锏，现在物流行业80%都是单程运输，满车而去，空车而归，我基本上可以做到满车而去，满载而归。我增速60%都是谦虚的。这个新兴业务就叫甩挂，发达国家物流业都是这么做的。

吹牛，梅媚的底气已经不像刚才，她不甘心地问，你有信息平台？

乔运意味深长地笑了，然后却小心翼翼地问，梅总，我能抽根烟吗？

乔运烟瘾很大，有时候在政府开会的时候，忍不住就对桌子上"严禁吸烟"的桌牌视而不见。每次都是梅媚用笔敲响桌牌，这很是让乔运下不了台。今天地方变了，再加之想知道乔运葫芦里到底有没有灵丹妙药，梅媚撇了撇嘴，虚伪什么，这是你的地盘，想抽就抽吧。

乔运站起来先打开了房间里的换气系统，然后给梅媚续了一杯热茶，才点燃了一支烟，美美地吸了一口，烟雾再从嘴里出来时，只有很少的几丝，更没有喇叭一样从小到大的烟圈。

车联网。尽管乔运极力不想浪费，但一张嘴，还是有烟雾飘出，乔运下意识地移到了离梅媚稍远的一个沙发上，为车找货，为货找车。乔运很认真地看着梅媚，我是车联网俱乐部的会员，我的公司是车联网俱乐部的理事单位。

行业都是有关联的，乔运一说，梅媚就明白了，物流行业和汽车行业有个共同点，就是市场信息，如果乔运参加的车联网有足够的信息支撑，那么，他说的那个甩挂还真可以实现。梅媚很是认真地看着乔运，多少年了，她从来没有这样看过他。她发现，他顽劣的表情也没有掩盖岁月的沧桑，眼角有了两道很深的皱纹，鬓角上也已经有了白发。其实，他也是很努力的，以至于直到现在，竟然一直独身一人。虽然，对他这样的人来说，不结婚和结婚没有多少区别。让梅媚意外的是，这个人居然很有思想。在现在的市场形势下，有思想的人是值得尊敬的，梅媚的目光里渐渐有了一些善意和笑意。原委弄清楚了，不能再待下去了，再待就要颠覆长期以来他在自己心目中的形象了。正好那个漂亮的女秘书走了进来，老板，有您的电话。

梅媚不顾乔运的再三挽留，似笑非笑地从偌大的会客厅走出来钻入自己的车里面，在车窗合上的一瞬间，她看到乔运气急败坏、声嘶力竭地冲着秘书怒吼，不长眼的东西，滚……

## 2

安琪儿的心情坏透了，电话一通，就喊了起来，你天天待在市场上有什么用？有订单吗？为什么车间里面的设备跟死了一样，没有一点儿动静？再这样下去，只有关门大吉了。安琪儿眼睛红红地继续喊道，你还不赶快给我滚回来。安琪儿是个好强的女孩，不会轻易让眼泪从眼角流下来，不等泪水流出，她就用手抹掉了。

电话那边没有往日的劝慰和安抚，一点儿声音也没有。安琪儿还想冲着话筒发泄，一枝梅花从身后伸到了面前，在冰凉的空气里摇曳。看到花的一瞬间，安琪儿的眼泪再也忍不住了，哗哗哗地流了下来。她多想这枝花是来运送的，做梦都想。但她知道不是。回过头，安琪儿的眼睛里已经没有了泪水，她冲着站在面前的瘦瘦高高的男孩大喊道，你怎么回来了，不在市场上跑订单，车间都没活儿干了！

你刚还在电话里让我赶快滚回来，康健康有些委屈地看着安琪儿，发生什么事了？

安琪儿的泪水变戏法一般，说来就来，马上又是眼前汹涌了，来运走了。

去隔壁了？康健康浓浓的眉毛往上一挑，没有骨气的东西。

安琪儿从口袋里拿出一张纸，递了过去，来运写的，托人转交给我的。

康健康接过来，看也没看，揉成一团直接扔进了河里。

冬天的梅河，河水不多。尽管河岸上铺着厚厚的雪花，河水硬是在厚厚的雪花中杀出了一条路，委婉而又无声地流着。纸团在水面上跳了一下，还没有来得及跟着河水漂走，安琪儿一个箭步冲了过去，一只脚踩在河水里，把纸团抢到了手里。所幸河水不深，安琪儿穿的又是皮靴，水才没有进到鞋子里面去。从河岸又回到河堤路上的安琪儿，眼睛里早已没有了泪水，她冷冷地看着康健康，没有说话，手一扬，梅花在空中翻了一个跟头落在了河水中。

下雪的时候，感觉不到冷，雪停了，冷空气像雪花一样，密密麻麻地围裹了全身，康健康看着安琪儿婀娜却又远去的背影，不禁裹了裹身上厚厚的羽绒服，把脖子缩进了竖起的衣领内。梅州市有一条河，曲曲弯弯地从市内穿过。河两岸稀稀拉拉生长着一些梅树，梅树上的梅花争奇斗艳，一直从秋季开到冬季，梅河不但因此而得名，梅花也经过市民网络投票，毫无争议地成为梅州市的市花。安琪儿的每一次喜怒哀乐，都冲着梅河上游的河水发泄。每次离开的时候，安琪儿心情或者由坏转好，或者比以前更好了，总之，都是没心没肺、喜笑颜开地走的。今天却不同，拂袖而去的时候，怒火冲天，这就很让康健康担心。按照惯例，追上去是万万不能的，只能激起更大的怒火。康健康飞起一脚，几块积雪的碎片散乱地落入河水中，没有激起一点儿浪花就无影无踪了。大地一片苍茫，还有些刺眼，只有河岸梅树上的梅花在寒风中目中无人地独自开放着，似乎在嘲笑、鄙视着他。

直到康健康在雪地上投出一个细长的影子时，来运才气喘吁吁地赶了过来。老同学在一个见过无数次面的地方见面，彼此都很尴尬。原来这样，现在更甚。在寒冷的冬天里，来运没有穿棉衣，而是身着一件崭新的工作服。来运从一毕业就穿工作服，但却没有一次比今天更刺眼。那工作服左上边“四海物流”四个字像四支冷箭，刺得康健康哑口无言。男人之间，沉默有时候比大打出手更恐怖。康健康冷冷地看着来运，来运先是顺着康健康的目光，低头看了一眼身上的工作服，有些脸红，但是比脸红更充足的理由促使来运又把头高高仰了起来。空气里立时布满了挑衅的味道。

看不起你。康健康说。

有奶就是娘。康健康继续对来运说。

瞎了眼了。这一句，康健康是说给自己的。说完，还用手在自己的眼睛上拍了一下。

当时是怎样求着琪儿要进公司的？没想到你是一个只能同甘，不能共苦的主儿，有你后悔的时候。康健康又对来运补充了一句，琪儿也瞎了眼了。

说完了？见康健康不再说话，来运开口了。

你以为我愿意走吗？

你们要在市场上有点出息我能走吗?

我们每天要有活儿干我会走吗?

安琪儿要不偷偷地替我还房贷我就是饿死也要饿死在咱们公司。

……

来运的眼圈红了，背过身去的时候，两行眼泪无声地从眼角流了下来。来运用衣袖在眼睛上一抹，又回过了身，你以为人人都能像你，市场不好可以坚守，可以等市场好起来，我能等得起吗?我和你一样，也是个男人啊。来运在河岸上蹲了下来。“四海物流”的工作服是黑色的，蹲下去的来运黑色的身影落寞地印在白茫茫的雪地里，肩头耸动着，好像一个找不到猎物的猎人。

安琪儿不知什么时候又回来了，三个人在梅河岸边构成了一个三角形，康健康刚要张嘴，被安琪儿用手势止住了。就这样，在这个上技校时常来的地方，重复着无数次的一个场景：康健康看着安琪儿，安琪儿凝望着来运的背影，来运低头看着潺潺的河水。

每次都是安琪儿打破僵局，你都知道了?

来运点了点头，没有回头。

算你借我的，康健康说了，市场马上就好了，马上就要有订单了，你们马上就有活儿干了，只要有活干，哪次不是你工资最高，到时候你还我就是了。安琪儿的声音幽幽的，如果你非要走，带着我一起走!

见来运沉默不言，安琪儿看了看康健康，康健康你说是不是?

市场上目前正在酝酿一个重大变化，据说国家要出台一个政策，对我们来说，是一个千载难逢的机遇。在安琪儿面前，康健康说出的每一个字都是认真的。

市场经济抢不来市场，而要靠政策刺激，来运回过了头，我等不起了。

一毕业就从事市场销售的康健康被激怒了，你有什么资格指责我们销售人员，你知道我们每天有多辛苦吗？你知道我们为了一辆订单做出多少努力吗？市场回调是很正常的事，不是只有我们公司市场回落，整个汽车行业都一样。康健康还觉得难以释放内心的愤怒，你就是个叛徒，软骨头，别再为自己的行为找借口了，我还是那句话，有奶就是娘。

来运的脸色由红变紫，由紫发赤，等到安琪儿预感到不妙的时候，来运的脚已经飞了起来，突如其来却又结结实实地踹在了康健康的胸脯上，康健康瘦高的躯体趔趄了几下，还是跌入了冰凉的河水中。康健康虽然瘦弱，却很机灵，手脚并用，立刻站了起来。等他抹掉脸上的水珠时，来运已经从来的河堤路上走远了，狼狈的康健康指着来运的背影大喊道，别走啊，你是男人吗？滚远了就别再回来。你不配琪儿这么多年爱你的心！

河岸上，安琪儿傻了一样，目瞪口呆地站着。

## 3

按照会议通知，梅州市汽车公司的运营会议在上午九点举行。在汽车公司，参加会议是中层管理者最头痛的事情，梅媚葫芦里到底装的什么药，只有在开会的时候才知道。虽然议题是明确的，但议题越明确，会议内容就有可能越具体。更何况，这次内部会议邀请了市统计局的安局长参加，意义更非同一般。

遍布在全国各地的销售经理都赶了回来，一个个风尘仆仆的，一看就是从硝烟弥漫的战场上下来的。回到家了，却没有一点儿兴高采烈的样子，甚至有些垂头丧气。运营、生产、质量、人力资源、财务等管理部门的负责人更是如临大敌，心事重重地坐在会议室，无视不断进来的人流，眼睛不断地往手中的资料里钻，生怕忘了哪一个数据。把主要数据记在脑子里，是梅媚对每一个管理人员的要求。

屋子里面没有开空调，按照梅总的话说，要开一个清醒的会。只有管理部门的人才知道，岂止会议室，每个办公室今年入冬以来就不知道暖风的感觉了。好在天晴了，久违的太阳出来了，窗外的积雪正在融化，虽然会议室比往常更冷，但总给大家带来了希望。会议就在冷冰冰的空气中开始了，按照惯例，各部门逐一介绍情况。

生产当然首先开头，生产部经理看着坐在桌子一角的销售干部，犹豫了一下，还是说道，由于订单严重不足，现在连一个正常班都组织不起来了。

梅媚的眉头皱了皱，生产部经理不说了。

把问题在会议上反映出来，将来责任会小一些，人力资源经理深知其中奥妙，他尽量不看梅媚的脸色，一字一句地说，人员已经开始流失了。

最起码要保住核心人员不流失。梅媚的语气很严厉。

人力资源经理又一次躲开了梅媚的目光，流失的全是核心人员。

这句话一出来，会议室的气氛更加紧张了。核心人员流失，每个管理部门的负责人都心知肚明，这是一个小孩子都能明白的道理，越是核心越抢手。大家都知道人力资源经理说的是实话，但家丑不外扬，何况有市政府统计局长在座。大家的心都悬在嗓子眼儿上。偏偏人力资源经理不长眼，又加了一句，大多跑到隔壁去了。这就使得梅媚苍白的脸上出现了一丝羞赧。

这是一个尴尬的问题，老牌国有企业难以为继了，隔壁的民营企业却是一幅蒸蒸日上的局面。不管你有多么不愿面对，但“国退民进”就像你洁白的脸上的一个痦子，既实实在在又很醒目地摆在那里。

你们是怎么做工作的？虽然是质问，但梅媚的声音显得有气无力。这就让人力资源经理鼓足勇气把后面的话说了出来，隔壁太嚣张了，招工启事都贴到我们公司门口了，声明只要是汽车公司的核心人才，只要去了物流公司，不管原来拿多少钱，薪酬一律翻番。

你们为什么不走？梅媚手指着满屋子的人，突然问。

不瞒梅总，大家私下也议过，不动心那是假话，但大家对企业有感情，对梅总有信心。大家决心等到市场好起来的那一天。只有这一句话，人力资源经理说得理直气壮。

梅媚没有感动，她冰冷的目光移到了财务经理的脸上。财务经理是个认死理的人，性格很倔，他一直认为，只报喜不报忧是对企业的不负责任，尤其是面对企业的最高管理者，由于没有收入和回款，现金流严重不足，银行拒绝新增贷款，仅有的流动资金全用在购买原材料上了。为了缓解资金，我们和人力资源部商量了一下，已向劳动部门申请缓缴社保，即使这样，这一个月的工资到现在也没有筹够。

梅媚最后看了一眼运营经理，得到的回答如出一辙：现状确实如此。

梅媚何尝不知道现状，她做的这一切，也是为了给销售一线的销售经理看。生存靠销售，这是做企业的一条铁律。现在，企业确确实实面临生存问题。但是，信心不能泄。这个时候，信心确实比黄金更重要。梅媚明明知道有时候这就是一句废话，但梅媚现在需要这句废话。

大家都听明白了吧，我们企业现在已经快关门了，但有的行业就很好。几年前，物流公司在隔壁建厂的时候，我们谁拿正眼瞧过？刚才人力资源部说，大家决心等待市场好转，我想问大家一句，市场是等来的吗？

梅媚话中有话，所有人的目光都落在了销售公司总经理的脸上。

大家别看销售，市场不是销售一家的事情，梅媚虽然这样说，她的目光却死死地盯在销售公司总经理的脸上。

会议不管绕了多大的弯，最终还是要回到营销上。销售公司总经理觉得，这就是一个关于销售的批斗会。市场不好，销售业绩自然提不上桌面。销售不了，产品就只能变成库存，而变不成商品。流通了的产品才是商品，才有价值，这是初中课本里就知道的道理。会议到了这个程度，销售公司总经理不能不说话了，虽说目前市场不好，但不是我们一家不好，整个行业都是这样。现在国家大力倡导“三去一降一补”，其目的是让企业按照市场规律运行，但像我们这样的重资产制造企业，运行成本很大，直接导致我们的产品在市场上价格很高，竞争力不强。市场份额就很难上去。

销售经理的话虽然有自我辩解的成分，但坐在会议室的人，每个人都知道说的是实情。市场就是这样，不管你承认不承认，它依然那样冷酷无情地存在着。但对梅媚这样的高层管理者来说，市场残酷是现实，但企业难以为继更是现实。要打破这个困境，销售是唯一的突破口。梅媚的脸上没有表情，会议进入了短暂的冷场，所幸销售公司总经理聪明，发完牢骚之后，立即表态道，大势虽不好，但我们会一单一单地拼，我们有信心完成全年预算目标。

梅媚的身体离开了椅背，腰板挺得笔直，她看了市统计局长一眼。这才是今天开会的最终目的，安数据终于有了说话的机会，他清了清嗓子，一字一顿地说，按照市政府“稳增长”的要求，汽车公司在今年预算的基础上，产值再增加20%。

市场是个强者生存的地方，常年弃家离子，在市场上受尽了委屈的各个分公司的销售经理回到家里再也受不了委屈，他们怕梅媚，却不怕安数据。安数据的话刚一出口，西北片经理就站了起来，你去市场上看看，站着说话不腰痛？

一波骤起，众波汹涌。

政府应该雪中送炭，为何还要雪上加霜？西南片经理的脸也红了。

增加20%也可以，建议政府出台奖励政策，以降低销售成本！华中片经理说话绵里藏针。

政府只关心GDP，能不能为企业做点实事？华北片经理说话直愣愣的。

宏观不调控，微观没有用，华东片经理到底待在大上海，一张口就是大概念。

……

市统计局长再也坐不住了，大汗淋漓地从会议室溜了出来。

别急啊，华中片和东北片经理还没说话呢，梅媚借机跟了出来，你不是非要亲自动员吗?

居心叵测，安数据用手指着梅媚，你成心的。

你自找的。梅媚说。

# 第三章　情与欲

## *1*

时间定在下午三点。

为了显示公平公正，会谈地点既没有在市政府，也没有在汽车公司，更不会在物流公司。梅河上游，山脚下，有一个孤零零的茶秀，平时少有人去，尤其在冬天。茶秀环境优雅，适用于静坐、静思、静谈。主人自称看破红尘，常年流浪，走到梅州，觉得累了，就顺着梅河，在山边用竹子搭起了几间棚子，几年修缮下来，已经有模有样了。好在山里人慷慨，地方是免费的。水是山泉，常年从山上流下来，取之不竭。做饭取火全是从山里捡的柴火，只是没有电，晚上点的是蜡烛，还有炉膛里常年不息的柴火。主人是个很讲究又不讲究的人，长长的头发遮住了脸庞，透着一股神秘。茶秀里面只有山里叫不上名字的茶叶，看起来很土，喝起来味道却不土，有一股清香。去了茶秀，主人只管用柴火烧水，喝什么山茶自己选择，喝完了给多少钱自己决定。给多了主人没有惊喜，给少了主人不会生气，抬起腿拍拍屁股走了，一分钱不给，主人也不会抬起头看你一眼。一切都很随意、自然，就像旁边的山一样，不管你关注与否，它都立在那儿，经历风雨。

这是时隔二十多年后三人的第一次相聚，乔运有点失望。山脚那个茶秀他曾经驱车经过，如果没有茅屋顶上的那个大大的“茶”字，他还以为那是个很漂亮的茅厕。乔运觉得把征服梅媚这么大一件事放在这里举行，简直是对这件事情本身的不敬和亵渎。但地方是梅媚选择，安数据赞同的，自己不能因小失大。

时间还早，乔运有的是征服的时间。

按照惯例，征服梅媚是由征服秘书开始的。乔运躺在床上，打开了射灯，飘摇的灯光像雪花一般，沸沸扬扬地落在洁白的床上，屋内静谧、朦胧、神秘，适合让人产生幻觉而想入非非：在漫天的雪花中，梅媚出现了，她身着一件洁白得和雪花几乎融为一体的护膝羽绒服，整个头颅都被严严地包裹在羽绒帽内，几缕乌黑而又呈盘旋状下落的发丝飘荡在脸颊旁，两颗黑色的眼珠圆圆的，好像洁白世界里面两颗黑色的明珠。现在，两颗明珠对着乔运熠熠发光，那个包裹得严严实实的梅媚含情脉脉地向他一步一步走来。这是在心中珍藏了二十多年的画面，每次看到这个画面乔运都血脉偾张，语言已经多余，行动最能体现此时的心情。乔运一跃而起，动作很是熟练地抓住羽绒服的拉链只用了一点力，洁白的羽绒服就像包在玉米棒外面的玉米皮一样，活生生地和果实分离。洁白的包裹里面仍然洁白，除了洁白，还有细腻、温润、吹弹可破以及火焰。乔运还在痴迷地欣赏，洁白的已经燃烧的身体就迫不及待地和洁白的床单融为一体。在乔运心中，这份洁白一直直立着，二十年如一日，从未跌倒过。现状让乔运迅速清醒过来，主动投怀送抱的不是梅媚，而是那个长得酷似二十年前梅媚的自己的秘书。原版遥不可及，以假可以乱真，于是，两具洁白的肉体在洁白的床上将渴求与欲望演绎得酣畅淋漓。

乔运进行完预热活动，赶到茶秀的时候，发现自己犯了一个不可饶恕的错误。由于自己的延误，竟给安数据制造了和梅媚独处的时间和空间。两个人坐在火炉旁，头挨头，肩靠肩地正在窃窃私语。氤氲在头顶的水汽好像两人之间的话语，缠缠绵绵的。乔运在心里有点看不起安数据，他一挥手，把面前的水汽拦腰砍断，在两人对面坐了下来。梅媚和安数据下意识地分开了一段距离。于是，以火炉为中心，三个人构成了一个三角形。乔运很满意自己的出场，目前的态势，虽说安数据和梅媚的间距比自己稍近，但在可以容忍的范围内。这场二十年前就约定好的公平竞争二十年后仍在持续。不同的是，安数据和梅媚都已经结婚又离婚，只有乔运，像一个信守诺言的傻瓜，一直独身至今。回想起来，乔运很满意自己走过的路。二十年前的那个雪天，成了他一生命运的转折点，那个一尘不染的身影一进入眼帘，就再也挥之不去。无数个跟踪的夜晚，只为了远远看那个背影一眼。直到遇见安数据，乔运才知道，那个白雪公主一样的姑娘早已名花有主。大学时期的乔运并不是一个胡搅蛮缠的人，也曾想到过放弃，无奈那个身影搅得他彻夜难眠。自认为血气方刚的乔运勇敢地向时任学生会主席的安数据发出了挑战。这是二十年前在校园里轰动一时的新闻。这样做的结果是，乔运虽然没有得偿心愿，安数据也没有得逞。而大学毕业后安数据和梅媚的各自安家，更成了乔运发展事业的决心和动力。乔运是从跑运输开始的，从给别人开，到自己买了一辆车挂靠在别人的车队，一直到有了自己的车队，发展成了今天的物流公司。每个过不去的坎儿，都有一个信念支撑着他，那就是，早晚有一天，他要把梅媚据为己有。即使不能拥有，也不能旁落他人，尤其是安数据。

乔运用眼光扫描安数据时，发现安数据正在直瞪瞪地看着他，梅媚谁也没看，眼睛一直看着炉火。炉膛里的柴火正在发出噼里啪啦的响声，橘黄色的火苗在上面跳跃着。乔运想，此时的梅媚一定恨自己不是火苗，否则一定要把他烧死。

你闹够了没有？安数据把目光里的意思变成了语言，够狠！

乔运明白安数据说的是什么，却装作不明白地像前几天接待的老外一样耸了耸肩，摊了摊手。

装什么装？安数据不屑地说，只要是汽车公司的人，不用面试，直接上岗，待遇比原来翻一番，是你的杰作吧？

这个规定，在制定时，乔运就想好了答案，梅总用过的人，不应该有此待遇吗？

这不是乘人之危，有意挖墙脚吗？今天的安数据，已经是有经验的政府官员了，说话滴水不漏，和谐社会，和谐发展，稳定压倒一切。

乔运笑了，笑得意味深长，安局，稳增长是你代表政府对我的要求，我要达到你的要求，就得发展。而发展，就要有人。怎么把错全算到我的头上了？

安数据也不顾身份了，知道把话挑明了大家都不好看，招人没错，发展更没有错，但你是搞物流的，你要按需招聘，不能只要是汽车公司的，什么人都要！这不成心吗？好多汽车公司的骨干，到了你那儿，都成了搬运工，这不浪费人才吗？

乔运的脸红了，他侧目看了一眼，梅媚好像听不见似的，注意力仍然集中在燃烧的柴火上。这让乔运没有想到，话题已经很尖锐了，而个性倔强的梅媚竟然一言不发，这多多少少已经有了认输的意思。让梅媚在自己面前低头，是乔运做梦都想的事。

乔运决定再加一把火，我这是给这些人才提供了重新认识自己价值的机会，像我，你知道，学体育的，现在搞物流，并不比别人差！再说了，人才多了，我就不会扩大一下业务？哪天高兴了，再开个汽车制造公司，也不至于手忙脚乱。乔运是对着安数据说的，眼睛的余光却一直盯着梅媚。

梅媚又往炉膛里扔了一根柴火，终于抬起了头，老安，不怪乔总，怪我自己没能耐。目光紧接着落在了乔运的脸上，乔总，上次去找你，对我触动很大，你的联合甩挂解决了你的货源问题，难怪你的企业发展得这样好。这次找你，我想和你合作，加入你的供应链，能不能以后你需要的车辆都由我们公司提供？

梅媚虽然四十多了，眼睛仍然水汪汪的，岁月并没有在她的脸上留下多少痕迹。如果非要说变化，那就是比原来更成熟了，浑身溢满了诱惑，这也是二十多年来乔运欲罢不能的原因。乔运没想到梅媚向自己认输来得这么容易，而且满脸的诚意，这让乔运很不习惯。乔运在心里苦涩地感叹道：在这个世界上，要想让别人服你，你只有比她强，不管利用什么手段！

表面上乔运却表现得很高调，他挑衅而又得意地看了安数据一眼，见安数据不再说话，然后很诚恳地看着梅媚，一字一顿地说，合作没问题，梅总。细节问题我们深谈……

茶秀的主人毫无觉察地过来，往炉膛里加了几根柴火，又一言不发地走开了。

## 2

来运没有回头，一直往前走。直到确认从安琪儿和康健康的视线里消失了，才在一个角落里停了下来。他从口袋里摸出烟，点了几次都没有点着，风大。本来就没有瘾，只是最近抽得多了一些。没想到烟和酒一样，借烟消愁愁更愁。这一步，他不知道自己走对了没有。在心里，他对父亲，对这个只有他和父亲两个人组成的家庭有一种难以推卸的责任感。从幼年开始，父亲的含辛茹苦，为这个家的付出已经深深地印在了脑子里。如今，父亲的腰板不再挺拔，为了自己，父亲耗去了他的一生。家庭的担子该由自己接过来了，但自己对这个家的努力却不敢让父亲知道。自从到了物流公司，他回家不敢多说一句话，生怕哪一句话露馅，伤了父亲的心。生活对来运来说，只是干活。他拼命地干活，把其他的一切都排除在脑外，包括安琪儿。他努力了，但，真的能放下吗？

来运用身体挡住风，终于点着了烟。深深地吸一口，然后吐出去，没用，满脑子全是安琪儿的身影。安琪儿的敢爱敢恨，安琪儿对自己肆无忌惮的关心，安琪儿的不离不弃，以及每次靠近时安琪儿身上那股若有若无的迷人的气息，都在考验着他，摧毁着他的意志和自尊。来运是个没有生日的人，长那么大，生日对他来说，只是电视里的事。所幸，他连电视也很少看。但是，那个夜晚，却让他把自己的生日牢牢地印在了脑子里。

每年夏天梅河的夜晚，是属于一对对恋人的。来运一直以为，对于像自己这样家庭出身的人来说，上学期间就谈恋爱，只是梦中的事情。那天吃过晚饭，技工学校里瞬间空无一人，来运和往常一样，独自来到教室里看书。八点，也可能是九点，安琪儿风风火火地跑了进来。安琪儿在来运面前，一直爱使性子。那天晚上，安琪儿又使起性子，不由分说地拉起来运就跑。来运被安琪儿拽着奔跑在梅州夜晚的街道上时，吸引了很多看得见以及看不见的目光，并把这种目光一直吸引到了梅河河堤上。那时候，河堤上还没有路灯，照亮河堤的，是由一根根蜡烛组成的生日快乐几个大字。站在黑暗中的来运盯着烛光中大大的蛋糕，瞬间泪流满面。长这么大，第一次有了属于自己的生日蛋糕。

行人散尽后，在那棵梅树下，来运第一次伸出哆哆嗦嗦的手臂，把安琪儿那一头浓密的长发搂在了怀里。安琪儿的两个眼睛，既像河堤上闪烁的烛光，又像夜空中的月亮，温柔、炫目，亮得灼人，使得来运不敢直视。来运最大胆的动作就是把头埋在那堆和夜色融为一体的长发里，让眼泪顺着头发恣意纵流。那天晚上，两个人在河堤梅树下相拥而眠。尽管近在咫尺，伴着河水流淌而来的梦境清晰而又清醒：河水泛滥，自己在水中苦苦挣扎，而安琪儿却在天上微笑着俯瞰着一切。上和下，近和远如此矛盾而又现实地纠结在一起。梦醒时分的来运清楚了自己的地位和处境，他把自己的上衣披在了安琪儿的身上，在黎明时分毅然决然地离开了那一头带给自己无限遐思的浓密长发。

墙角只能挡住视线，却挡不了寒风。缩在墙角的来运知道自己在等待什么，眼前不远处是通往市区唯一的路径，他想知道盛怒之下的那一脚究竟带给自己什么样的后果。等待有时候简直就是房贷，严酷而现实。当安琪儿扶着康健康从眼前的路上远去之后，来运又一次禁不住泪水长流。这似乎是自己冥冥中期望的结果，但当那一幕真真实实地出现在眼前，他还是管不住自己的脚步。深藏在心底的一个声音告诉他，这一次失去了，就永远失去了。依依难舍使来运从一个感情的主宰变成了一个感情的小偷，远远地跟在安琪儿和康健康的身后。他们快，他也快；他们停下来，他就躲起来。风从耳边飕飕地吹过，来运感到裸露的耳朵有些刺痛，这更使康健康那条湿了一半的裤子显得刺眼刺骨。

“梅州人家”名字普通，却是个不普通的场所。在来运的人生中，无数次耳闻，却从未目睹。来运也从未有过目睹的欲望。今天，他却不能不进来，即使亲手埋葬爱情，也要看看这一段刻骨铭心的感情的葬送之处。来运无数次想象过里面的场景，当这一切出现在眼前，来运还是被震撼了。装饰自不必说，单是刚一进门，两排低下去的少女的脑袋就让来运心惊肉跳，和刚刚走进去的安琪儿以及康健康形成了明显的差异。安琪儿从这两排脑袋中走过的时候，目不斜视，充耳不闻；而当那声“欢迎回家”的声音从两排脑袋下震耳欲聋地传过来时，来运下意识地也向她们鞠了一个躬，在一片笑声中抬起头的来运不但面红耳赤，而且大汗淋漓。所幸安琪儿和康健康没有一个人回头。来运在一个人少的地方站定，心里道，这哪是回家？也许，对安琪儿和康健康是；对自己不是。

这种心理让来运很是自卑，从面前经过的人，一个个目不斜视，衣着光鲜。不但无视门迎，也无视其他的顾客。只有来运，小心翼翼地看看这个的脸，再偷偷摸摸地瞅瞅那个的衣。越看越觉得这哪是人来的地方？越瞅越觉得同样是人，人和人硬是不同。这种感觉一直伴随来运进了男部，褪去身外之物，一丝不挂地裸露后，来运才渐渐地有了一点儿自信。来运身高一米八，没有进过健身房，只是长期的劳作让他的身体很结实，凸凹分明。最最明显的是，在别的男人长得像圆球一样的腹部，来运竟以八个棱角分明的肉疙瘩呈现。当整个更衣室男人羡慕而又嫉妒的目光都集中在他的身上时，来运才觉得自己比这些男人更像男人，最起码，肉疙瘩比肉球有力量、顺眼得多。来运现在需要力量。

心理问题解决后，来运开始关注现实问题。现实首先要找到康健康去了哪里，他又在哪里和安琪儿会合。浴场有浴场的规矩，分了男部和女部，没有给有钱的男女直接乱来的机会。但浴场有浴场的暧昧，男部女部之外，又设了公共区。而且对公共区进行了市场细分：公开的，有休息区，男人女人坐在一起，或闭目养神，或玩弄手机，或捏脚按摩；私密的，有休息房间，单间、双人间、三人间，还有套间，不时有年龄悬殊的男女隐身而入，让人想入非非。来运没有在喷头下尽情享受，也没有在浴池中进行浸泡，他做事一直心中有数，知道自己是干什么来的。熟悉环境后，他早早换了浴场露胳膊露腿但不花钱的衣服，潜伏在公共区的工作台旁，抽了三根，或者五根烟后，他看见康健康穿着花了钱的一次性浴服，直接进了一个房间。从服务员对康健康毕恭毕敬而又热情的表情来看，康健康是这里的常客了。在来运头脑一片空白的时候，他要命地看见安琪儿走了过来。来运第一次看见穿浴衣的安琪儿的模样，白皙的肌肤经过水的滋润，显得是那么的白里透红，与众不同。长长而又湿漉漉的头发飘逸在红扑扑、水灵灵的脸蛋上，引来了楼道里所有男人的目光。来运身后，还突兀地传来了一声口哨声。幸亏安琪儿目不斜视，一边走一边打电话。说什么来运不知道，来运不敢靠得太近。他看见安琪儿说着说着停了下来，然后直接进了公共休息区。来运尾随而至，休息区灯光很暗，正好便于来运隐身。来运悄悄地来到安琪儿身后，把自己藏在了柔软的沙发里。不一会儿，借着微弱的灯光，来运看见康健康急急忙忙地跑了过来。

我开好房间了，尽管康健康声音很低，来运还是听得清清楚楚。

我就在这儿，安琪儿说，你别想歪了。

你玩我？康健康的声音大了，不去房间你叫我来浴场干什么？

说你想歪还真想歪了，我是替来运向你赔罪，大冬天的总不能让你穿着湿裤子回家吧。安琪儿竟然笑嘻嘻的，我们在这儿好好休息一会儿，等一下你的衣服干洗完了我们就走。

后面的话来运没有再听，他已经偷偷地起身离开了。来运一直低着头下楼，低着头换好自己的衣服，又低着头来到了一楼。当门迎很有礼貌地拦住他的时候，来运才抬起了头，他竟然不知道，只要换衣上楼，进去不洗也要一百多元。而他，身上一分钱也没有……

## *3*

四十多年了，你终于来了？

我来看看，你是死了，还是活着！

我都这个样子了，你还咒我？

因为你的儿子又在祸害我的孙子！

他敢，我打断他的腿！

来福一急，气就喘不上来，就得用咳嗽调节。一阵剧烈的咳嗽声后，来福终于在病床上平静下来。面前的这个女人，已经没有了四十年前的一点儿痕迹，原来饱满的额头全让皱纹代替了，鬓角也好像没有血肉，只剩一层皮包着，上面青筋凸现，嘴角的纹路又细又密，像猫的胡子。只有眼睛，似嗔还怨，依稀保留着一点儿少时的情意；最醒目的，还是那一头浓发，并没有让岁月冲走，只是变了颜色，雪花一样覆盖在头上，浓密而晶莹。看来，这个在福窝里待了一辈子的女人，心里并没有享福。

来福接过女人递来的一杯温水，润了润嗓子，小梅，你过得还好吗？

小梅？你见过满头白发的小梅吗？梅大妈一边笑着，一边认真地端详着来福，你的头发也全都白了？还好，还和原来一样，一根根直立着，看来，你那臭脾气一点儿没改！

来福点了点头，改不了了。

终于受到惩罚了，躺在床上起不来了？嘴上这样说，手却不由自主地给来福掖了掖被角。

就这一个动作，一下子搅动了来福的心思，来福觉得，这一辈子的奋斗、坚守与等待，值了。来福有了一种冲动，久违的冲动，他想把这个满头白发的老太太抱在怀里，哪怕是一瞬。来福的手伸了伸，看了一眼直到今天也看不清楚的老太太深邃的眼神，佯装挠头，又缩了回来。躺在医院病床上的来福在满是苏打水味道的病房里，不再说话，只是用眼睛死死地盯在老太太雪白雪白的头发上……不是恍惚，来福觉得眼前瞬间雪花飘飘。

那是四十年前少有的一场大雪，铺天盖地。除了雪花，还有狂风。雪花很软，风却很硬，刀刀割在来福的脸上、身上。即使缩进屋子，也不管用。屋子四处透风，来福只能用一床厚厚的被子，还有身上所有的衣服取暖。晚上睡觉的时候，来福还在庆幸，石棉瓦和牛毛毡铺成的屋顶竟然抵挡住了风雪的蹂躏，虽然摇摇欲坠，呼呼作响，可毕竟还是待在该待的地方。工作了一天，又去拉了几个小时的纤，当了几个小时的城市纤夫，来福太累了，累得一钻进被窝就进入了梦乡。

来福是被冻醒的。浑身冰凉的来福睁开眼睛的时候，已是第二天上午。风好像已经完成了使命，停了。雪花还在彻天彻地地垂落。躺在床上的来福看着漫天飞舞的雪花，先是缩了缩身体，然后不由得叹了一口气，屋顶还是没有经受住风雪的侵袭，落在了自己的身上。石棉瓦和牛毛毡的分量在自己身体所能承受的范围内，只是用来支撑的一根手指粗的钢筋直接压在肚皮上，把腹部压得有些难受。好在四面土坯围成的墙壁还在，也幸亏围墙结实，否则来福估计自己的身体承受不了这些土坯的重量。只有脑袋露在外面的来福觉得自己就像一个坐井观天的动物，看着方方正正的天空以及沸沸扬扬的雪花。头发已经被雪花覆盖，脸上虽然冰冷，仍然没有让雪花在上面落脚。屋顶落下来已经不是第一次了，去年秋天的一个雨天，伴着狂风，屋顶以同样的方式落在了身上。当时，来福惊出了一身冷汗。这是第二次，只不过换成了冬天，雨水也换成了雪花。

后来来福不止一次地想，雪花比雨水好，能给自己带来好运。

来福只是缩了缩脖子，不想动。他的眼睛往四周转了一圈，发现全是厚厚却又洁白的积雪，活像厚厚的一层棉被。来福不想动，更是因为围墙外面传来了嘈杂的话语声，还有急匆匆的脚步声。虽说自己已经习惯了，但现在这种狼狈的情景让别人看见毕竟不好，尤其墙外还有年轻女孩关切的尖叫声。

围墙只有一人高，平时来福待在里面直不起腰来。没有了屋顶的墙壁更起不到遮挡目光的作用。来福还没有来得及把头缩进去，墙壁上就露出了一个女人的头脑。那时候，来福只有二十多岁。在来福二十多年的人生中，还从来没有看见过如此漂亮的女孩。那个女孩的脸蛋红扑扑的，眼睛水汪汪的，头发长溜溜的，眼睫毛在漫天的风雪中惊讶地一张一合，小巧而圆润的嘴巴一张开，就吐出了一股温软的热气。

真的有人？女孩满脸的惊慌，有人被压在下面了。

瞬间，围墙四周就围满了形形色色的脑袋，每个人都一副惊慌失措的神情。

来福这时候才知道，不是来得及来不及的问题，而是整个身体都被固定住了似的，脑袋根本就缩不进去。在四十年前那个雪花飘飘的冬天早晨，来福就像动物园新来的动物一样，被无数的目光打量、关心、嘘寒、问暖。来福只记住了一双目光，那是二十多年来第一个投向自己的来自女性的关切的目光。

老年痴呆了？梅大妈见来福的眼睛直愣愣的，轻轻地在来福的胳膊上拍了一下。

想起四十年前的事了，来福收回目光，尴尬地笑了笑，那场雪，真大！

梅大妈的目光转向窗外，不知什么时候，窗外飘满了雪花。雪花在空中打着旋儿，在窗外那棵巨大的梧桐树杈中穿插。几十年过去了，雪花还是同样的雪花，人却已经不是原来的人了。

早知道这样，就应该永远把你压在雪花下面，不救你出来！梅大妈咬牙切齿地说完，又笑了，头顶的白发也跟着跳动了起来，真要把你压在下面，可怜的来运怎么办啊？

没变，一点儿也没变，还是四十年前的那个小丫头。一只毛毛虫摇摇晃晃地爬上了心头，把心头摇晃得舒坦极了。来福满脸的皱纹挤在了一起，眼睛也眯缝了起来。躺在床上的人笑了，坐在床边的人的眼睛里却蓄满了泪水，真是苦了你了。

不说伤心事了，梅大妈用手在眼角抹了抹，来运是不是和小康同岁？

是同一年的，来福看着窗外的雪花，梅媚生康健康的那天晚上，我从梅河边上的雪地里抱回了来运。

那天晚上的雪真大啊！梅大妈说。

那天晚上的雪真大！来福说。

两个人都不知道下面说什么了，直到今天，那场在心里压了四十年的积雪还没有融化。来福每到关键时候，就沉默不语。现在，他把花白的头发侧在一边，又不说话了。梅大妈恨不能拿一个起子，撬开他的嘴。

这么多年了，为什么一直一个人？

来福不说话。

梅大妈又问，难道你真要瞒我一辈子吗？

来福不看梅大妈，终于叹了一口气，我们从认识那天起，就是两个世界的人。就因为你租住的房屋塌了，而我是房屋管理员？

更因为我只是一名普通的工人，而你是干部。

梅大妈看着来福，竟然笑了，今天看来，这是多么可笑、多么荒唐的借口！

对了，来运把康健康怎么了？来福突然从床上坐了起来，看我不收拾他！

# 第四章　兴与衰

## *1*

来运站在床头半个小时了，来福还没有睁开眼睛。

来运知道爸爸醒着，只是不愿意睁眼看他。这次来医院的时候，来运是挺着腰杆走进来的。长这么大了，来运从来没有觉得像今天这样活得硬气。以前，他都是躲着医院的大夫和护士，每次只要被他们发现，来运的脊梁就弯了。今天，他主动找到值班护士，缴清了所有的医药费，才拎着大包小包的营养品进了病房。进门的一刹那，他明明看见父亲期盼的眼睛一直盯着门口。但在看见他的同时，父亲转过了身，不但留给了他一个后背，而且闭上了眼睛。来运没有打扰父亲，先是认真地削了一个苹果，然后才一口一个爸爸地叫着。来福好像听不见一样，用力地闭着眼睛。来运看见，一行眼泪从父亲紧闭的眼角挤了出来，歪歪斜斜地落在了枕头上。

父亲伤心了，来运心里忐忑极了，他不知道父亲为何伤心。从小到大，父亲没有动过自己一根手指头。只有在气急了的时候，才不搭理自己，一个人默默地流泪。来运宁愿自己哭，也不愿意让父亲流泪。在这个世界上，他只有父亲这一个亲人，比亲的还要亲。父亲已经躺在了病床上，他不能再让父亲伤心了，来运一声不吭，默默地跪在了父亲的病床前。他看着这个一辈子为自己操碎了心的男人，这个在自己心目中像山一样的男人如今蜷缩在床上，昔日挺拔的身体像虾米一样弱小、弯曲，眼泪直往眼眶里冲。来运从小没有母亲，很小的时候，他整天哭闹着要妈妈，慢慢长大了，他才知道，正是为了自己，这个男人孤独了一生，而且无怨无悔。来运常常看着熟睡的父亲想，要怎样伟大的爱才使这个男人如此的苛刻自己。来运是不幸的，但来运觉得自己又是最幸运的，幸运就在于他一来到这个世界上就遇到了这个伟大的男人。也许在别人眼里，这个男人是可怜的，甚至常常被人看不起，但来运却觉得这个世界上再不会有别人能像他一样伟大，即使现在他躺在床上，来运同样觉得他是那样的令他尊重与崇拜。来运经常在心里恨自己不争气，没有让父亲过上好日子。这样想着，来运的眼泪就一滴一滴地流了出来。为自己，为父亲。

父亲终于动了一下。

来运泪眼蒙眬地叫了一声，爸。

起来吧，父亲仍然不愿意睁开眼睛。

来运跪着没动，他不能起来。只有一件事才能使父亲如此对自己失望。来运突然明白父亲生自己气的原因了。如果真是因为这件事，那么，来运觉得自己可能第一次要违背父亲的意愿了。

爸，您知道我离开汽车公司的事了？

父亲终于睁开了眼睛，孩子，我们就是不治病，就是永远住在小破屋，我们也不能做背叛汽车公司的事啊！

爸，您别生气，来运看着父亲的表情，一字一句试探着说，离开汽车公司，我不后悔。

父亲又闭上了眼睛，孩子，没有汽车公司，哪有今天的你啊。你从小吃的每一口粮食，都是用汽车公司发的工资买的。汽车公司在最困难的时候，从银行贷款给大家发工资，现在又遇到难处了，我们可不能忘本啊。

爸，我们不欠汽车公司的，它是在最困难的时候给我们发钱了，但您已经把自己的一生都奉献给了它，它发给我们的，是您应该得的。来运还在尝试着说服父亲。

运儿，父亲突然叫了一句来运的小名，自从来运上技校后，父亲就一直没有叫过他的小名，你如果还念我养了你二十多年，你现在就回去吧。我听说了，因为你走了，好多骨干都走了。

来运不知道说什么了，父亲一生老实，只知道辛辛苦苦地干活儿，他突然喊出自己的小名，是给自己最后的通牒了。来运知道不能再违背父亲的意愿了。父亲还在病床上，不能再让父亲生气，来运从地板上站了起来，对着父亲说，爸，我知道了，您先把苹果吃了，吃了我就回汽车公司上班。

来运往病床前靠近了一点，一条腿着地半跪在父亲的床边，先把削好的苹果切成一个个小块，然后用勺子盛了一块送到了父亲的嘴边。父亲跟个老小孩似的，脸上有了笑容，他伸出手拍了拍来运的裤子，张开了嘴。父子俩不再说话，来福的目光慈爱地落在来运的脸上，来运的目光却不停地随着小小的苹果块移动，每送一块苹果到父亲的嘴里，来运就高兴地一直盯着父亲的嘴和蠕动的喉咙。父亲的嘴刚一停下来，来运就再盛一块放进父亲的嘴里。在来运的记忆里，父亲把所有的一切都给了他，而对自己却非常苛刻。来运小的时候，最喜欢吃苹果了，父亲只要有了钱，就不停地买苹果给他吃。来运从小就是个很懂事的孩子，不管再好吃、再爱吃的东西，第一口都要父亲先吃，否则他不会吃的。只有苹果，不管他怎么喊叫着让父亲先吃，来福却连一口也没有吃过，原因是父亲最不喜欢吃的就是苹果了。直到有一天，来运无意中看见父亲在啃自己吃剩的扔到地上的苹果核，来运才知道，父亲和他一样，最喜欢吃的就是苹果了……

往事像电影，一幕幕从来运的脑子中闪过。现在，他终于可以让父亲吃个够了。房贷他已经一次性还清了，父亲欠的医药费他不但缴清了，而且把以后治疗的钱也预交了。来运最后看了看，口袋里的钱还可以买几斤苹果。他没有在医院门口买，那里的苹果不新鲜，还贵。他多走了一里路，专门在菜市场买了最大最好的苹果，然后才来到了父亲的病房。看着父亲一口一口地吃着，来运像个孩子一样笑了起来。多少年了，来运都没有这样笑过了。来运希望时间停止在这一刻，永远停止在他喂父亲吃苹果的这一刻。因为在这一刻，笑容同时在他们父子俩的脸上荡漾。

来运正喂得起劲，父亲的嘴突然不张了。来运把目光移到父亲的眼睛上，父亲的嘴突然又张开了，孩子，你也吃。

来运说，爸，我吃过了，你吃吧。

父亲笑了，笑得像来运小时候一样，孩子，爸爸用过的招数你就不要再用了，咱们一人一口，父亲热切地看着他。

来运眼睛一热，点了点头，他盛出一块苹果又送到父亲的嘴边。父亲说，这一块是你的，你吃了我就吃。来运把苹果放进了自己的口中，又盛出一块的时候，看见父亲早早就张开了口等待着。

来运强忍住眼泪，和父亲你一口我一口地吃着苹果。在勺子在两个人嘴边移动的时候，来运又一次在心里暗暗发誓，爸爸，我一定要让你过上好日子。

来运觉得这句话既是对父亲说的，更是对自己说的。

## 2

又是一个下雪天。

雪变成了工具，冻住了天，冻住了地，也冻住了应该冻住的人。乔运抬头望望，低头看看，天是银色，地是白色，整个天地成了银白色，这是金银的颜色，没有任何时候对金钱的理解比这时候更让他兴奋。有了金钱，可以上没有了天规，下没有了戒律，什么伦理道德，法律法规，都见鬼去吧。天地间只剩下了他和梅媚两个人。梅媚躺在雪地上，宛如一只羸弱的小羊，身上被银白色的一层厚厚的冰雪束缚住，动弹不得，任他宰割。从认识到现在，梅媚什么时候这样无助过，这既让乔运欣喜若狂，又有些不好意思。原来随心所欲的感觉这么好，乔运兴奋得想喊，扯开了嗓子却喊不出声来；没关系，他仰面朝天，漫天飞舞的雪花都成了他的仆人，以翩翩起舞的优雅姿态表达着他现在的心情。过去有多么渴望，现在就有多么挥霍。让乔运感觉没有意思的是，他已经习惯了梅媚的故作清高和冷漠，而现在，在自己面前的梅媚竟向他投来了渴望的目光。在两人的交往中，这种目光一直是他乔运的专利。你也有今天，乔运对着雪花终于喊出了一声。你越是渴望，我越要慢慢享用。乔运不着急了，他以梅媚为圆心，在她四周绕成了一个圆周。乔运围着梅媚，越走越快，越走越急，密密的脚步变成了一条粗粗的绳索，紧紧地囚禁住了梅媚。终于，乔运累了，觉得该干正事了。乔运想，梅媚的肉体应该也是白色的，白白的肉体躺在白白而又松软的雪地上，该是怎样的一幅美景。而这个美景，是为他乔运准备的。乔运又一次朝天大笑，漫天的雪花顺从地在天空一阵狂舞……

乔总，您怎么了？

乔运睁开了眼睛，满眼全是白色。白色的墙壁，白色的家具，白色的地毯，以及雪白的被褥，还有秘书那白嫩得耀眼的身体。唯独没有白色的雪花。

乔运一个翻身，仰躺在床上，一边用被子擦着额头的汗珠，一边莫名其妙地问，下雪了没有？

乔总，您真是神人呢，老天爷的事都瞒不过您。秘书的语气显得夸张而又轻松，昨晚就下了，铺天盖地的，好像要把人给埋了。

乔运不再说话，从床头摸出了一支烟，秘书急忙拿起打火机点燃。乔运狠狠地吸了一口，眼睛移到了厚厚的窗帘上，脸上的表情突然非常烦躁。好在秘书乖巧，立即从床上跳了下去，光着身子拉开了窗帘。天已经亮了，只是窗玻璃上蒙了一层水汽，这使得窗外的雪花朦朦胧胧的，每一朵雪花都带着光晕，绮丽异常。隔着玻璃看雪花，对乔运来说，不是第一次了。但哪一次都没有这次让乔运感到亢奋。乔运又一次把自己的身体平躺在床上时，才意犹未尽而又不无遗憾地叹了一口气。屋子里很静，使得叹气声显得很夸张。这种每次欢愉之后，就准时而至的叹气声不但刺痛了秘书的耳膜，更极大地伤害了秘书的自尊。如花似玉的年龄，无怨无悔的陪伴与等待，竟然比不过一个临近风烛残年的老女人。与往常不同，她将自己的身体藏在了温暖的被窝中，第一次给了面前这个爱恨交加的男人一个后背。自从心甘情愿地和乔运在一起后，她从来没有违背过他的意思，所以，当她一气之下转过身去的时候，她一瞬间被自己的行为吓住了。她不知道自己的这一个动作，等来的是一个什么样的结果。

令她想不到的是，自己都转过去半天了，乔运那边却没有一点儿反应。这种无视比勃然大怒更让她难以接受。慢慢地，委屈替代了恐惧，她把被角咬在嘴里，肩头开始不停地抽动。

手机铃声是什么时候响起来的，乔运又是什么时候接电话的，秘书都不知道。这种不知道让秘书的心情瞬间好了许多，也许，电话早就接上了，而自己一味沉迷于自己的小情绪，竟然没有听到。不管自己有多么委屈，接电话对乔运来说，就是工作。工作中的乔运是最让她痴迷和仰慕的，她悄悄地用被角拭去眼角跃跃欲试的泪珠，轻轻地转过身面对着乔运，屏住呼吸一动不动。

乔运的电话接了很长时间，虽然没有说话，但脸上的表情却在不停地变换，先急，再怒，后来汗水就从脸上流了下来。那时候，秘书还不知道自己的老板流出来的是冷汗，她已经顾不上自己的委屈，诧异一个电话怎么接出了满头大汗？

电话没有接完，乔运的手一扬，手机先是直线出去，快到门口时变成了弧线，优美地落进了灯光通明的鱼缸里。鱼缸里一群红色的热带鱼正在水中漫步，优雅得活像市政广场上甩臀扭胯的老太太，突然遭到不明飞行物的袭击，没头苍蝇似的一阵乱窜。

不得不承认，乔运的动作总是一气呵成的。几乎在手机脱手的同时，乔运有力的大手就抓住了秘书裹在身上的被子，用力地一摔，雪白的被子就像一块巨大的东北二人转使用的转帕，在空旷的房间上空转了一个圈，然后平平地落在了地上。没有了被子的床上只剩下两具肉体一览无余。只不过一具狂躁得像头大狼狗，一具惊慌得像只小白兔。

昨天下午北京联络处是不是有份报告？乔运的眼睛都红了。

秘书缩成了一团，惊恐地点了点头。

报告里是不是说，GB××××正式出台了？

报告里确实有这么一句话，下午刚刚接到的时候，秘书就打了乔运的电话，电话却罕见地关机了。晚上看见乔运进门的时候，秘书还想着一定要告诉他。没想到乔运像打了鸡血一样，异常的亢奋，没有给她开口的机会……乔运对她已经很久没有这样渴望了。秘书脸色绯红，心跳加剧，就把这事给忘了。看样子闯了大祸了。秘书不敢说话，看着乔运的眼睛小心翼翼地点了点头。

你害死我了。乔运的声音有点歇斯底里了。

卧室的茶几上，放着一个皮包，皮包里的合同上装载着乔运的全部身家性命。而就在昨天下午，这份合同刚刚签订。乔运颤抖着手从床头柜上摸出一支烟，一扬胳膊打掉了秘书递过来的火苗，自己拿起打火机，打了几次才点燃了烟。乔运几乎用尽了所有的力气狠狠地吮吸，一口气几乎吸燃了半支烟，好像中了邪一样，目光开始变得不舍和迷恋，不舍地逡巡着屋里的一切，直到秘书从他手中拿走快要烫手的烟头，他才把目光呆滞地移到了窗外。

外面不知道里面发生了什么，雪花仍然没心没肺地漫天飞舞，表现出一副与己无关的随性与轻盈。乔运终于叹了一口气，这口气感叹出了他所有的以往和过去，事情发展到这种程度，不管他承认与否，他这辈子，确实被女人坑了！

*3*

尽管兴奋得一晚上没有合眼，梅媚仍然觉得精神百倍。多少年了，交警和路政部门的执法标准终于统一了。统一说明之前没有统一。用户上路，符合交通部门的法规，就违反了路政部门的政策；而按照交通部门的要求，又不符合路政部门的规矩。用户两头作难，违不违规，全在运气。当然，也有用户有意在两个执法部门之间钻空子，见了交警说路政，被路政查出了又把责任推到交警身上。而对企业来说，统一意味着将有很大份额的车辆面临更新，否则不是运营成本太高，就是无法上路。更新就意味着新的市场需求。制造企业再也不用按照用户要求在两个部门之间大打擦边球了。况且对于长达五六年萧条的国内经济来说，GB××××，简直是雪中送炭，降临得太是时候了。

消息来临的时候，梅媚抬头看了看天。毫无疑问，这是她命运中的一次重大转机，她很奇怪天气到现在还没有丝毫下雪的迹象。这一辈子，她注定是和雪花结缘了。认识男人，是从雪地上开始的；孩子是在下雪天出生的；企业会不会也从雪天开始解困呢？老天板着脸，看不出晴，更看不出阴，梅媚当时就有一些遗憾。尽管如此，梅媚还是兴奋得睡不着，她知道，这个政策的颁布，对行业意味着什么？如果不出意外，有可能几年来的晦气就会一扫而尽。市场经济不靠市场，而靠政策，让梅媚有些不好意思。但毕竟是个重大利好，对企业来说，也是个重大的市场机会，她得提前做好应对。反正睡不着，梅媚就在屋子里开始酝酿反扑市场的方案。会议通知已经发出去了，对她来说，就等天亮了。

天还未亮，梅媚如愿以偿地等来了一场大雪。在窗户射出的灯光下，雪花好像在空中织网一般，拉成了斜线。梅媚悄悄地来到楼下，像楼下那棵树一样，仰起脸，迎接着雪花。直到自己变成了一个雪人。梅媚感觉浑身燥热而充满了力量，一股久违的女强人的力量。她迈开了腿，在雪地里奔跑起来。到了最后，她感觉自己和雪花一样，都飞起来了。

时间专门和人作对，你越不留意它，一瞬间，它已经跑出去了很远；你越是关注它，它越是慢慢腾腾的，蜗牛一般地移动。梅媚感觉时间差不多了，拿出手机一看，离上班还有近两个小时，她实在等不及了，给司机发了个短信，今天不用接我了。然后，回屋化了淡妆，急急出了门。踏雪而行，是她多年的习惯。小区离公司近十里路，五千米路对她来说有些远，十里雪路对她来说却不算什么。尽管漫天飞舞的雪花是洁白的，却并没有把天空照亮，夜空黑黝黝的，好在还有彻夜不息的路灯。听着雪花在脚下吱吱作响，看着雪花在头顶翩翩飞舞，梅媚感觉到说不出的美妙。雪花像个调皮的孩子，不停地扑在脸上，让梅媚更加清醒和兴奋。从昨天晚上开始，各地办事处的电话都快被打爆了，订单真的像雪片一样蜂拥而至。谁能想到，前一阵还冷淡的市场突然一下子如此火爆。早知这样，她就不用低声下气地向乔运低头了。梅媚想，既然开口了，乔运也答应了，就要说话算数，首先满足乔运的需求。

路上不停有早行的车辆在雪地上打滑，幸好，只是打滑，司机调整好方向，又慢慢远去了。梅媚越走越觉得脚下亮堂，亮得能看见雪花的形状和晶莹。自己是第一个在雪地上踏出痕迹的人，梅媚回头一看，洁白而平整的人行道上，只有一行脚印，这行脚印，是自己一脚一脚踩出来的。这让梅媚更加兴奋。还有让梅媚更加温暖的事，回头的一瞬，梅媚看见，不知什么时候，司机开着小车，一直慢慢地跟在身后，为她照亮着前方的路。虽然连来运那样的优秀员工也走了，但毕竟还有像司机这样默默追随的人，梅媚眼睛一热，尽管她还没有在雪地里过足瘾，她还是低头钻进了车内。

车进公司的时候，梅媚看见会议室的灯已经亮了。看来，还有比自己早到的人。梅媚上楼直接进了办公室，踏进门的瞬间，眼睛里又有热热的液体涌动，难以抑制。按说年龄大了，自控力应该更好，梅媚还是把一只已经伸进门里的脚收了回来，站在楼道，用纸在眼睛上沾了沾，跺了跺脚上的雪迹，整了整外套，重新跨进了会议室。会议室梅媚的座位对面，坐满了人，却连一点儿声音也没有。梅媚一进去，所有人的目光落在了她的身上。目光里有饥渴、有期待、有跃跃欲试的泪光，更有摩拳擦掌的野性和豪气。梅媚又一次拿出纸巾，沾了沾眼睛，重新抬起头来的时候，梅媚的眼睛里恢复了很久没有出现的坚定。

我们终于挺过来了！梅媚大声喊道。

会议室顿时沸腾了。

毕竟是雨雪天，气温很低。沸腾过后，人们很快冷静了："三去一降一补"推行一年多了，公司已经没有一点儿库存，由于长期生产不饱满，骨干员工基本上都流失了，按照目前的市场需求，公司已经由过去的供大于求变为供不应求，远远不能满足市场需求。企业出现了最为尴尬的局面，有产能时没有需求，有需求了产能又不足。仅仅昨天一天接到的订单，即使开足马力两班倒，交货期也得半个月。后面的订单怎么办，摩拳擦掌的各个竞争对手能给喘息的机会吗？蜂拥而至的用户有耐心等吗？多年的经验告诉梅媚，企业最愚蠢的事就是不停地触摸用户的底线，考验用户的耐心。如果不能迅速提升产能，那么，好不容易等来的市场机遇又得拱手让人了。

不仅仅是产能的问题——

从昨天开始，原材料已经供不应求，开始涨价了。采购部经理说。

不但价格上涨，而且全是全款采购，即使保证供应，现金流也不足了。财务部经理说。

从昨天开始，各个竞争对手都提高了用工薪酬，我们如果不增加工资，人员还得继续流失。人力资源部经理说。

没用的话说了也没用，销售部经理终于一吐几年来的闷气，我理解，用户能理解吗？我现在就要明确的交货期，否则我跟用户没法交代，后面的订单我也无法保证。

这些情况，即使没有人说，梅媚也知道是客观情况。市场连续数年萎靡不振，企业已经大伤元气。就像一个长期走路都很困难的人，有一天突然要登上一座高山，而且要在规定的时间内完成。其结果不是缺氧就是体力不支。但再难也得干，干了，企业就有希望；不干，连一点儿机会也没有。

又是一次抉择，梅媚已经忘了自己抉择过多少次了，关于事业、关于人生、关于爱情，今天她又得抉择了。每次开会，所有的人发完牢骚，眼睛都会习惯性地落在她的脸上。

在产能不足的情况下，我们首先要保证四海物流的需求，梅媚终于下了决心，虽然这批订单价格比较低，但毕竟是在政策没有明朗前确定的，我们首先要有信誉。

梅媚刚说完，销售经理就喊了起来，梅总，您还不知道，四海物流拿我们当傻子，涮了我们，明着答应我们的订单，昨天却瞒着我们，以更低的价格买了一批二手车。这次政策出来后，他们买的车辆全在严格控制的范围内，全都上不了路，四海物流基本已经破产了。我们就是按协议给他供货，他也一分钱没有了。

梅媚惊讶地看着销售经理，她不相信乔运会这样做。

千真万确，销售经理说，我们怕您伤心，就没告诉您。四海物流想害咱们，却搬起石头砸了自己的脚。

很奇怪的，得到了肯定的答复，梅媚却没有伤心，更没有气愤，她长长舒了一口气，一下子觉得浑身轻松了许多。

如果不考虑四海物流的订单，我们可以保证供应，梅媚看着大家不信任的目光，斩钉截铁地对人力资源部经理说，你还坐在这儿干什么，既然隔壁已经破产了，总不能让从我们这里流失的骨干员工失业了啊。如果他们都回来了，我们的产能还有问题吗？

国有企业，只有产能和市场是自己的事，产能问题解决了，市场上订单又爆满，精得像猴一样的银行会嗅不到发财的味道？即使还有顾虑，政府也会担保。笑声又一次在会议室骤然响起，这一次，是真正的大笑，笑声形成的声浪推着窗外的雪花纷纷改变了方向，向着隔壁卷去。

# 第五章　走与留

## *1*

这是入冬以来唯一有阳光的一段日子。背阳处的雪迹还在，但已经结成一块块雪片，也不再洁白，有灰尘在上面驻足、侵蚀。好在阳光还很干净，透过窗玻璃斜照在病床上，照在来福兴奋的脸上。来福已经很长时间没有这样高兴了，因为——

听小梅说，来运回去上班了。梅大妈站在病床前，窗外的阳光落在她的头发上，使得她整个人在来福眼中都很有活力。

我知道，他向我保证过了，来福满脸都是笑，这个孩子，说过的话不会不算数的，是个有心的孩子。

谁说不是呢，梅大妈坐在了病床前，给来福掖了掖被角，他一回来，很多走了的骨干全回来了，小梅高兴坏了。

这么多年了，来福第一次眼睛直直地大胆地看着梅大妈，我总算做了一件对得起你的事了。

你不是对不起我，梅大妈把来福干裂的手掌捂在自己的手心，幽怨地看着来福，你是对不起你自己啊。

来福笑着说，我愿意。

来福在这个几乎牵挂了一生的女人面前，一直笑着，笑容定格在了来福的脸上。直到来运闻讯赶到的时候，还很惊奇，从他记事起，他就没有见过父亲如此舒心、满足的笑容。从看到父亲的这般笑容以后，来福再也没有笑过。

丧事是在五天以后举办的，五天来，来运一直跪在父亲的灵柩前，不吃不喝不睡，第三天就晕了过去。一瓶液体没有挂完，一睁开眼睛又跑到灵柩前跪了下去。刚开始的时候，还有眼泪，后来眼角只剩下了眼屎。忙前忙后帮着张罗的安琪儿实在看不过去，就忙中偷闲拿了条热毛巾，想给他擦擦脸，也被来运打飞了。好在安琪儿没有在意，待在屋角心疼地抹了抹眼泪，就又忙着联系殡仪馆去了。

按照梅州市不成文的风俗，五天以后，来福的灵柩被抬上了面包车，来运一步不离地跟上了车，又跪倒在了车内。安琪儿含泪和康健康一起，想把来运拉起来，或者在他的膝盖下放一个棉垫子，也没有成功。这样的情景又出现在了殡仪馆，因为来福的丧事，汽车公司专门调整了休息日，所以来的人就把火葬场围得水泄不通。来运车间所有的同事都来了，好多技校的同学也来了，车间、分厂的领导也到了，梅媚扶着梅大妈也来了。不管谁到了，来运都不理不睬，泪已经流尽了，嘴巴也无力张开似的，紧紧闭着，一句话不说。可能意识到和父亲待在一起的时间越来越短了，来运跪在父亲的灵柩前磕头，一个，又一个，每一个头都和水泥地板碰出了声音。那个头磕得惊心动魄，活生生磕出了所有人的眼泪，就连殡仪馆的工作人员也回过了头，不忍再看来运额头上和地板上的血迹。因为灵柩被花墙隔开了，梅大妈无法靠近来福，只能坐在地板上，用手拍着水泥地，老泪纵横，来福，你这一辈子，有个来运，不亏了……你安心享福去吧。说完就被梅媚抱到屋外去了。

来运的最后一个头没有磕给父亲，等仪式结束，参加葬礼的人都走出去的时候，来运在所有人身后，跪了下去，对着密密麻麻的人群重重地磕了下去。三个头还没有磕完，来运就晕了过去。

这次来运在医院躺了一个星期，和前面不同的是，他除了睡觉，就是要吃要喝。整天把在旁边轮流照顾的安琪儿和康健康忙得团团转。三个人在一起的时候，来运有说有笑的，只要有一个人不在了，来运就沉默寡言，半天没有一句话。尤其和安琪儿单独相处的时间，来运一直回避安琪儿的目光。每次面对安琪儿关切而又怜爱的眼睛，来运就把目光移到窗外。安琪儿说得多了，来运就会莫名其妙地说一句，怎么还不下雪呢？安琪儿再问，来运就又一言不发了。安琪儿很多次看见转过头去的来运眼睛里蓄满泪水，她知道她还在他的心里，所以一切的付出更是无怨无悔。梅大妈来过几次以后，曾经私下里对安琪儿说，苦命的孩子，千万别像奶奶一样，耽误了自己。安琪儿再问，梅大妈也不再说话了。安琪儿就觉得年龄大了的人对什么都多愁善感的，独自笑笑，又围着来运忙活去了。

在来运住院治疗的几天内，医院外面的事情通过安琪儿和康健康以及前来看望的同学们的口陆陆续续传进了来运的耳朵：汽车公司一派热火朝天的景象，订单多得干不完；与此同时，物流公司正在忙着转让土地和资产，正在想方设法地还银行的贷款。梅总经理又成了梅州市的风云人物，走到哪儿都引人瞩目；乔大老板已经彻底破产，虽然从人们的眼中消失了，却成了梅州市每家每户茶余饭后的谈资。这样的结局，来福和梅大妈早就预料到了，私人怎么能干过国有？但安琪儿和康健康等年轻的一代却偏执地认为，这种结果，是市场经济运行不规范造成的。市场没有按自身的规律运作，而是靠政策的刺激来拉动，肯定有许多民营的企业就成了牺牲品。不管何种说法，梅州市“稳增长”的目标已经十拿九稳了。所以，报纸、电视上一派繁荣的景象。这种景象让每个人脸上都笑嘻嘻的，整个梅州市的上空飘满了喜庆的气氛，热烈的程度足以消融背阳处还在残留的积雪。

来运的心情也明显好了起来。他对自己在汽车公司危难之时投入物流公司的行为闭口不提，安琪儿怕伤了他的自尊，每次聊天都小心翼翼地避开这个话题。由于安琪儿最近的心思都在来运身上，所以来运的一举一动她都一目了然。来运貌似对物流公司漠不关心，但当有人无意中提起时，安琪儿发现来运立即变得凝神静气，有几次安琪儿还看见来运的耳朵不动声色地在动。但来运不问，安琪儿也不说。有时候病房就很安静，看着阳光随着苏打水的味道在屋子里流动，安琪儿一动不动地看着同样一动不动的来运，总觉得看不够，她总有一种要失去来运的感觉。这种感觉让安琪儿不知不觉眼泪就流了下来，她突然觉得命运对来运太不公平了，从小就被父母抛弃，长这么大没有享受过母爱。现在，相依为命的养父又离他而去了，安琪儿常常想，来运以后可怎么办啊。安琪儿这样想着想着，心中就涌出一种责任感来。

身体恢复好了以后，来运走出了医院。面对医院外刺眼的一切，来运有一种重生的感觉。站在医院门口，他大口大口地呼吸着没有医院味道的空气，感觉到从来没有过的畅快和痛快。他没有回家，直接去了公司。路过物流公司的时候，来运甚至没有再看一眼，连余光都没有，尽管他知道，这块土地现在已经成了汽车公司的资产。来运一头钻进了车间，加入了正在大干中的人流。干了半天了，他才抬起汗津津的脸，看了生产流水线一眼，来运很是高兴，原来跟着他走了的技术骨干全都回来了，自己对汽车公司再没有什么遗憾了，也对刚走不远的父亲有个交代了。

来运拼命了，每天，他都是最后一个下班；第二天，他又是最早来到车间的人，来了就一言不发地干活，默默地干，不停歇地干，他浑身好像有用不完的劲儿。虽然很少说话，但他对每个人都笑嘻嘻的，带动得整个车间都沉浸在了快乐中。

来运怎么了，好像要把一辈子的工作几天干完似的？工友们私下嘀咕道。

## 2

你走吧。

我不走！

乔运已经没有力气发火了，他抬起头，看了秘书一眼，眼皮又垂了下去，你傻啊，我破产了！

我知道，秘书说。

我已经没钱给你发工资了，乔运说。

你先欠我，以后有钱了再还我。秘书僵硬地站在乔运面前。

我不想欠！乔运粗着脖子大喊了一声。

把所有的资产处理完，还没有还完银行的贷款，乔运躺在床上，不吃、不喝、不说话，把白天变成了黑夜，门窗紧闭，厚厚的窗帘把阳光遮挡在了外面，又将自己的身体用被子紧紧蒙住，不知道是睡着了还是醒着，反正半天都一动不动；直到真正的夜晚来临，才拉开窗帘，打开玻璃窗，眼睛一直看着窗外的天空。从合同受骗的那场雪后，一个多月过去了，持续的晴天已经将前几次降下的大雪消融殆尽，雪花都跑到了天上，星星一般布满了夜空，遥远又不可企及。有时候，乔运看着看着就走出屋门，站在屋外，一会儿抬头看天，一会儿低头看地，好像在考虑自己是在天上还是在地上。每到这个时候，是秘书最紧张的时候。四海物流公司还在，却已经成了汽车公司的全资子公司，这个结果，是乔运经过安数据向市政府请求而获批的。乔运在走投无路的时候，他也不知道为什么会向汽车公司求救。按照几十年来对梅媚的了解，他没有抱任何希望，但梅媚却意外地答应了。虽然因为梅媚的支持，他解困了，但却一无所有了。一无所有的人不配站在阳光下，只剩下在夜晚偷偷看星星的资格了。星星闪闪烁烁的，在天空扮着鬼脸，一会儿连成一片，酷似公司的模样，一会儿又孑然而立，不可思议地幻化成了梅媚。每到这个时候，乔运都轻轻地叹口气，不管是公司也好，还是梅媚也罢，乔运知道这两个他此生最看重的东西都永远地失去了。

雪花比星星好，或者，星星没有雪花好，这是乔运在看了无数次星星以后的感悟。

没有什么值得留恋了，在被窝中，在夜幕下，乔运已经想好了去处，而且义无反顾。只是跟随了自己好多年的秘书成了他最头痛的事。不管他怎么呵斥，怎样驱赶，秘书就是不走。乔运实在没有办法了，只好把身上仅存的一点儿钱全部给了她，反正以后也用不上了。秘书脸上没有表情地看着薄薄的一沓钞票，不相信似的用手捏了捏，放进了自己的口袋。然后转身进了厨房，不一会儿就端出来了两碗面条，以后得过苦日子了，秘书一副女主人的派头，在乔运面前放了一碗，自己也端起一碗吃了起来。秘书的吃相很是夸张，一点儿也不讲究，以至于发出的声音很大，吃到最后，竟然连碗里的汤水也一滴不剩地全喝了下去。吃完，看见乔运一口没吃，说道，吃不？不吃我吃了？说着就伸手来端乔运面前的碗。秘书吃面条的响声带出来的香味，刺激了乔运，乔运也确实饿了，一把将碗抢在了手里，几口就吃完了。乔运觉得这可能是他这一生吃得最香的一碗饭了。放下碗的时候，还用嘴舔了舔嘴角，意犹未尽，却看见了秘书讥讽的笑容。秘书把碗端进了厨房，出来的时候手里拿着一条毛巾，递在了乔运的手上，乔运这才知道他已经好多天都没有洗脸了。走到今天这个地步，已经没脸了，还洗它做什么？乔运象征性地用毛巾在脸上擦了擦，说道，谢谢你的最后一碗面，这辈子可能没法还你了，你走吧。

秘书看了他一眼，这么点钱就想打发我，没门。说完鞋也没脱就躺在了床上，背对着乔运。

我只有这么多了！乔运说。

我不信。

我所有的资产都还账了，你是知道的。

你现在是没有，但你可以给我打欠条，以后有了还我。秘书说。

我什么都没有了，以后也不会有了。乔运感觉自己的声音是那么的有气无力，我真的不想骗你了。

你人还在，秘书说，只要有你人在，我就不怕你赖账。

乔运很感激秘书还对自己抱有希望，但是，我以后不想再做企业了，真的，不想做了，我累了。乔运想了想，又加了一句，就是想做也有心无力了。

我遇见你的时候，你就是今天这个样子。后来不是一样做大了。秘书转过身，你别想骗我！

乔运张了张嘴，却没有说出一句话。他转过身，眼泪突然涌了上来。乔运第一次有点怕秘书了，他站在窗前，任眼泪从脸上流下。

真的不想走？

不走，秘书的话硬邦邦的，我跟着你的时候，还是一个姑娘，现在，姑娘不是姑娘，媳妇不是媳妇，我到哪里去？

秘书真把这儿当成了家，不一会儿竟然睡着了。和她在一起快十年了，乔运一直不知道她睡觉竟然打呼噜。今天，秘书的呼噜声很大，整个屋子都是，像冬天的风一样，呼呼直响，听起来却是那样的踏实，安详。

乔运正陶醉在这个声音中，就感觉浑身一个冷战，他下意识地往窗外看去，起风了，外面星星点点的坠落，渐渐地飘成了雪花的模样。

该走了。

乔运开始收拾东西。其实，除了随身换洗的一些衣服，屋子里已经没有可收拾的东西了。这个屋子连同屋子里的家具都已成了汽车公司的资产，乔运之所以一直没走，他不知道他在等催账的人，还是在等这场久违的雪。抑或，两者都有。现在，乔运已经没有任何遗憾了，他毕竟等来了一样。秘书早就从床上爬了起来，一言不发却又乖巧地收拾自己的衣物。乔运看了看她，说，你可以等到天亮再走的，晚上没有人来撵你。秘书不理乔运，只是低着头忙活。等到东西收拾完毕，已经是零点以后了。乔运打开门，和预想的一样，地上铺满了积雪，厚厚的足以留下脚印。冰凉的雪花落在脸上，乔运觉得这么多年来他从来没有这么清醒过。回过头，他又看了看屋子，留在屋子里的记忆全被埋在了雪花里，这个屋子，还有这座城市，以后就永远地从心里抹去了。起步之前，他又看了秘书一眼，跟我走？秘书点了点头。

走了就再也回不来了？乔运说。

跟你走就是为了再次回来。秘书说。

乔运忽略了秘书眼中的泪水，不可思议地笑了笑，就跨出了离开这个城市的脚步。每一步，乔运都踩得狠狠的，他很奇怪自己的这种矛盾的做法，不知道是为了悄悄地从这儿消失，还是为了证明他曾经来过这个地方。雪花忠实地记录着他的足迹，一步一个脚印地伸向远方。秘书先是一步不离地跟着他，走着走着手就挽在了他的臂弯里。乔运迟滞了一下，没有像以前一样甩掉秘书的手臂。雪夜里，两个人孤苦地行走着。风很大，雪更大，一切都黑魆魆的，透着恐怖。秘书越来越紧地贴着他，尽管如此，最后身体还是抖了起来。乔运也不敢回头，慢慢地，他的身体也颤抖了起来。他抓紧了秘书的手，将两只手都塞进自己的衣袋里，加快了脚步。

没用，他们快，后面的声音也快。他们慢了，后面的声音也慢了下来。乔运感觉到秘书手中全是冷汗，这种冷汗刺激了他，使他觉得自己还是个男人，现在已经一无所有了，他还怕什么呢？乔运下定了决心，猛地回过了头，离他不远的地方，站着一个人，一个像他们一样背着包裹的人，正在一步一步地踩着他的脚印跟在他们的身后。幸好，是个熟人。

为什么跟着我？乔运问。

为了还债！那个年轻的身影说。

我说过了，那笔钱是奖励你的，乔运直视着这个不速之客，你不用可怜我。

我是不想可怜自己，年轻的身影说，我跟着你离开，是为了跟着你更好地回来。

乔运看了看身边紧紧拽着自己的秘书，再看看身后站在雪地里的那个人，久违的笑容在脸上荡漾出了自信，我还会回来的！

乔运原来是向山脚的方向走的，现在突然换了个方向，大步流星地往前走去。雪夜里，三双脚走成了一排，把雪压得吱吱直叫。

## 3

瑞雪兆丰年。

这一场大雪，给整个梅州市笼罩上了一层喜气。雪花带着心情，在空中欢快地飘荡。有风刮来，就调皮地在空中翻上几个跟头，或者跳一段交谊舞，再款款地落下。雪花飘得率性，落得洒脱，行走在冰天雪地里的人心情就很愉快。几年来，梅媚从未有过的轻松。所有的烦恼、惆怅，都消融在雪花中了。积雪很厚，每一步下去，半个脚脖子都没有了，梅媚的脚步却很轻快，一点儿也没受到影响。走得高兴了，梅媚学着空中飞舞的雪花，转几个舞步，感觉整个身体都要轻快地飞起来。要不是路上的行人停下了脚步观看，梅媚真想一直这样踏着舞步走下去。

司机已经习惯了，只要是下雪天，梅媚都要在雪地里走上很久。而踩着舞步踏雪，司机还是第一次看到。司机觉得在漫天雪花中开着车慢慢地行驶在梅媚身后，简直是一种享受。可惜好景不长，走了不到一里路，梅媚就停下了脚步，站在路边向自己招手。司机轻踩了一脚油门，车慢慢地停在了梅媚面前。梅媚没有上车，只是用手敲了敲玻璃，司机打开玻璃的瞬间，梅媚的话语就和雪花一起飞了进来。

不用跟着了，直接去公司等我。

您今天不是去政府开会吗？司机提醒道。

你先到公司等我，我一会儿就到了。

等到车辆被雪花淹没了，梅媚四下看了看，附近没有熟悉的面孔。她来到梅河边，顺着河边的路向山中走去。河水中间，一条黑色的水流弯弯曲曲地流淌，酷似大地的血液一般，除此之外，一切全被雪花覆盖了。早晨的河边没有一个行人，这就使得梅媚的每一个脚印都是独一无二的。梅媚喜欢在没有脚印的地方踩出自己的脚印，这种感觉很是奇妙，除了一种莫名其妙的心满意足，还有一种敢为人先的成就感。到了总结自己成绩，画一个句号的时候了，梅媚回过头，看着自己留下的脚印，发现自己踩出的足迹竟然和河水的轨迹惊人的相同。原来一切都是上苍安排好的。梅媚是个无神论者，此时，在风雪中，她确确实实感到冥冥中好像一切都是注定好了的。就像现在，她要去的那个地方，一直是自己的一个梦想，只不过，她一直不能去，或者没有办法去。因为，她的肩上，担着责任，担着期望，担着未来。而放下这一切，清清爽爽地做回自己，是多么惬意、轻松的一件事。

河水弯弯的，一直向山脚伸去。梅媚知道，她每跨进一步，就与原来的生活拉开一步的距离。随着脚步的越来越快，昔日很是陶醉的一切就随之被她抛在身后，而一种更为期待的生活不停地在向她招手。那是一种内心很憧憬、很向往的生活，她之所以一直没有付诸实践，是她觉得自己欠现实一个交代，准确地说，是自己欠现实对自己的期待一个交代。现在，她可以无忧无虑地走了。今年交出的成绩单，上下左右都很满意。满意就代表着可以全身而退，自己一直等的不就是这样一个机会吗？但是，真的能走得了吗？梅媚不敢想，也不愿再想，她只想加快脚步，以逃离的方式远离。

手机一直在响，在风雪中很刺耳，好像这个声音不是从口袋中发出来的，而是来自一个很遥远的地方。现在，除了眼中的雪花，还有耳中的风声，梅媚不想也不愿听到别的声音，她想把这个声音抛在身后，但是，没用，声音一直顽强地往耳朵里钻。雪越来越厚，脚印早就变成了脚窝，一步一个深深的脚窝，就这样走了很久，梅媚才看到那个在风雪中飘荡的“茶”字。好长时间没来了，当那个一直在心中的字出现在眼前的时候，梅媚好像终于到了目的地，长长地舒了一口气。那从屋顶烟囱冒出来的热气使梅媚感到一种久违的烟火气，这种感觉一直到她掀开厚厚的布帘，一种热浪迎面扑来的时候更甚。

茶屋的主人见她进来，很奇怪地露出诧异的神情。

梅媚直接在火炉边坐下，看着那长长的头发说，很奇怪？

长长的头发在空中晃了一下。

为什么？梅媚低下头，看着争先恐后往上扑的火苗问。

为什么是你？长头发说道。

梅媚抬起了头，为什么不是我？

这个地方是为被生活抛弃的人准备的，长头发反常地笑了笑，你又没破产，而且正如日中天。

梅媚的眼角跳了跳，乔运要来？

你来了，他就不会来了，长头发又笑了一下，他来了，对你来说也许是件好事。

梅媚抬起头，不解地看着茶屋的主人。

他来了，以后就只有做你的观众的资格。

他要不来呢？

以后自然还是你的对手！

梅媚不再说话，长头发也不再说话，屋子里只有柴火在炉膛里的燃烧声。梅媚觉得气氛有点压抑，多少年了，这儿一直是自己全身心放松的地方，而今天，她却有一种坐立不安的感觉，压迫、亢奋、期待，抑或紧张。手机铃声在停歇了一会儿后，又响了起来。这种声音打破了寂静，显得很是刺耳，梅媚迫不及待地拿出手机，安数据的声音随即冲了进来，你在哪儿呢？太不像话了，整个市政府的表彰大会就等你一个人？

梅媚一句话没说，挂掉了电话，呆呆地看着炉火，电话铃声又响了起来。

回去吧，长头发又说话了。梅媚抬头，满屋子却看不见长头发的影子，而那声音分明在耳边回响，你们都不属于这儿，回到属于你的地方去吧。

你们的战争还没有结束。这是长头发留给梅媚的最后一句话。

梅媚推开布帘，屋外的风雪更大了。从雪中来，到雪中去，梅媚踏出屋门的时候看了看通向山下的路，曲曲弯弯的路面上，雪花像迎风飘展的绸缎一样波澜起伏，没有一个脚印，好像她不曾来过；迎着狂风，梅媚往前走了一段，再次回头，风雪汹涌，山脚下苍茫一片，那个在空中飘荡的大大的“茶”字和整个茅屋已被吞没在了风雪中，踪影皆无，好像她不曾去过。手机铃声又响了，梅媚只得硬着头皮，迈开脚步。

前面，是更大的一场风雪。

# 门里门外

## *1*

那辆车又来了。

车装得满满的，用很粗糙的布包着。已经有几个民工在库房门口等着了。王涉世知道今晚又有事做了。老黑的消息真准，车还在路上的时候，就来了电话，让王涉世好好盯着，车一来马上电话通知。

王涉世仔细地看过司机的派车单后，打开了大门。车停在库房门口之后，王涉世才转身进了值班室，拨通了老黑的电话。货到了，王涉世压低了嗓门，满满一车，全是上好的铜，肯定能卖个好价钱。老黑笑了笑说，得手了少不了你小子的好处。摸清了没有，晚上有没有人加班？王涉世看了看窗外，摸清了，和你掌握的情况一模一样，有一个班组的人加班，全是女的，晚上十二点下班。明天没有早班。真乃天助我也，老黑文绉绉地说了一句，随即语气恢复了惯有的果断，凌晨一点动手，我去安排人手，你小子给我机灵点，有情况马上通知。

挂掉电话，王涉世出了值班室，很精神、很忠于职守地站着。已经是下午了，太阳马上就要落山了。王涉世发现快要落山的夕阳很美，美得照在自己的身上，把自己全身都映得光灿灿的。王涉世就心情很好地想起了娟子。娟子是从小一块玩到大的伙伴，好像是缘分似的，从小学到高中，王涉世和娟子一直是同桌。让王涉世很自豪的是，小学的时候，娟子一直是他的跟屁虫。那时候，王涉世让娟子干什么，娟子就干什么。那时候，王涉世从来就没有把娟子放在眼里。娟子的要命是从初中开始的。王涉世一直想不通，那个小时候脏兮兮，一天到晚连脸也洗不干净的丑小鸭，怎么会在一夜之间突然变成了白天鹅呢。更要命的是，自从王涉世发现娟子成了白天鹅后，就不理自己了。不管王涉世如何，娟子总是冷冰冰的。

一直到高中毕业。

一直到两人双双落榜。

一直到王涉世顶替父亲成了线束公司的门卫。

再后来的事想起来就让王涉世心里很甜蜜。王涉世想着想着，就忍不住又进了值班室，拨起了娟子的手机。让王涉世失望的是，娟子不在服务区。娟子现在在干什么呢？王涉世知道这样的想法没有结果，管她呢，只要这样的机会再多几次，用不了多长时间，就可以把娟子娶回家了。

王涉世心情很好地又站在了门外。

太阳已经落下山了，下班的时间到了。员工们三三两两地从王涉世身边走过，有的一边走一边笑嘻嘻地看着王涉世。王涉世也笑嘻嘻地回望着。脚步渐渐远了的时候，王涉世就听见了员工的议论，站得挺直的，活脱脱又一个王老实。

笑容僵在了王涉世的脸上，他感觉心情一下子受到了破坏。好在人已走光了，天也黑了。公司里一下子变得很安静。厂房、办公楼，甚至绿化带里的树木都像死了一样，黑黝黝地默然无声。

王涉世突然有一种不寒而栗的感觉。

## *2*

天说黑就黑了。

王老实关好门，打开了所有的灯，房间里立时亮如白昼。好像不放心似的，王老实又在屋子的四周仔细地看了一遍，确信没有其他人了，才小心翼翼地打开了柜子。柜子很破旧，上面的油漆已经快掉光了，在灯光的照射下，更显得破旧不堪。就是一个这样破旧的柜子，在整个屋子里也算是一个“高档”的家具了。因为，除了这个柜子，整个房间里再也找不出可以称得上是“家具”的东西了。王老实不在乎，王老实在乎的是柜子里的东西。王老实在线束公司当了一辈子门卫，也穷了一辈子，虽然穷得连老婆都没有留住，成了村里人的笑柄，但王老实却从来没有后悔。老婆走后，王老实节衣缩食地和儿子相依为命。儿子好不容易养大了，王老实的背也驼了，人也老了。让王老实自豪的是，在他当门卫的三十年间，从没有出过任何差错。也正因为如此，他年龄大了以后，工厂给了他正式工的待遇，让他“退休”了，而且让他的儿子顶替了他的岗位。这让王老实很是在村子里神气了一番。所以，王老实就更是看重柜子里的东西了。

小心翼翼地摸了半天，王老实终于从柜子里面摸出了一个用红绸子包住的东西。看着手里的东西，王老实脸上的皱纹更多了，他的脸上堆满了笑容，混浊的眼睛也好像突然间亮堂了许多。仿佛手捧着熟睡的婴儿，王老实用手轻轻地摸了一遍又一遍，那一瞬间，王老实的眼睛里竟然有了一丝圣洁的光芒。直到把东西放回了柜子里，王老实的眼睛里仍然亮堂堂的。怎么能不亮呢？没有它，儿子能离开农村进公司吗？没有它，那个好看得像花一样的娟子能成为儿子的对象吗？它是他所有的骄傲与自豪，更是王老实心中一直坚守的一块阵地。

想起儿子，王老实就有了一种说不出来的感觉。甚至有时候，王老实感觉有点对不住公司。儿子接替了自己的岗位后，刚开始的时候还挺负责，公司几乎没有出什么事情。可近日以来，公司的物资经常被盗。每次出事后看着儿子紧张、害怕的神情，王老实埋怨儿子的话语几次都没有说出口。虽然事情不断，但最让王老实头痛的事情，也就是儿子的婚事进展得还算不错，多多少少给了王老实一些安慰。尤其是最近以来，娟子对儿子越来越好了。每次看着娟子甜甜的笑容，王老实比儿子还要高兴。儿子大了，到了该娶媳妇的年龄了。为儿子早日把媳妇娶进家门是王老实最后的心愿了。为了实现这个心愿，在家“无所事事”的王老实偷偷地捡起了破烂儿。他知道，门卫这个岗位，虽然非常重要，但工资一直不高。要不，当年儿子的母亲也不会因为受不了贫困而跟别人走了。因为贫困，好不容易养大的儿子也在人前抬不起头来。儿子虽然没有说什么，但回家的次数越来越少，话也越来越少。王老实知道，大了的儿子和村子里的人一样，看不起他。不是儿子不孝顺，而是现在的社会，贫困本来就让人看不起。王老实暗暗地憋了一口气，自己就是累死，也要让儿子成了家。为了不再让儿子难堪，王老实从来不在自己的家门口捡破烂儿。每次都是天不亮就出门，天黑了才筋疲力尽地回到家。将就着吃完晚饭，王老实就摸黑把钱压到床下，然后就打开屋子里所有的灯，拿出柜子里的东西看了又看，摸了又摸。很奇怪似的，每次身上所有的疲倦就在这种一看一摸中消失得无影无踪。第二天，王老实就又早早地出门了。柜子里的东西已经成了王老实的精神支柱。王老实知道，自己一生的财富，除了儿子，就是它了。

柜子里的东西和儿子孰轻孰重，王老实没有想过这样的问题。

王老实也不敢想！

*3*

猴子，少喝点，别误了大事。说话的是一个脸上长满了横肉的彪形大汉。他的脸上除了横肉，还密密麻麻地布满了胡子。胡子不长，但很硬，一根一根在脸上张牙舞爪着。奇怪的是，他的头顶上丝发全无，在灯光下闪着硬硬的光。

说是猴子，其实比猴子还瘦。瘦瘦的猴子又端起一杯酒倒进了嘴里，黑哥，放心吧。今晚万无一失，都已经安排好了。再说，还有王涉世这个傻瓜给咱们放哨呢。

不许这样说人家。旁边一个姑娘不愿意了，不管怎么说，他还是我的男朋友呢。这个姑娘真美，在酒精的刺激下，脸庞粉中带红，发着迷人的光芒。更美的还不是她的脸蛋，而是那双眼睛，水汪汪的活像一眼泉水似的，看你一眼，就让你滋润得受不了。

瘦瘦的猴子贪婪地看了一会儿，又端起一杯酒倒进了嘴里，狠狠地将唾沫和酒一起咽了下去。娟子，咱哥们儿在一起，你蒙谁啊。将来啊，还不知道谁是你的男朋友呢。猴子一伸手就在娟子的腿上实实地捏了一把。

娟子看了彪形大汉一眼，明显地生气了，你管得着吗？我跟谁也不会跟你。你呢，癞蛤蟆就别老想着吃天鹅肉。一边说，一边给杯子里加满了酒，两手端给大汉，黑哥，您说是不是啊。

就你，想跟我我还不要呢。猴子的酒已经喝得有点多了，脸上红中带紫，一生气就显得有点可怕。他瞪圆了被酒精烧红的眼睛，猛地站了起来，有什么了不起，破鞋一个。猴子还想说点什么，看见老黑的脸色变了，就又坐了下去。但是，已经够了，泪水已经从娟子红红的眼睛里流出来了。

哭什么啊，都是一家人。老黑不能不说话了，他冲猴子眨巴了一下眼睛，伸出熊掌一样的手在娟子脸上抹了抹，然后一巴掌拍在了桌子上，内讧啊，不想赚钱了?! 一帮乌合之众，能干什么大事。

猴子低下了头，又开始往杯子里倒酒。娟子也停止了哭泣，只是，泪珠停在了脸上，更显得楚楚可怜。老黑看着，目光里竟有了一丝温柔。只是，这种温柔在这张脸上铺散开，有一种说不出的滑稽。老黑一伸手，娟子就委屈地坐在了老黑的腿上。老黑搂着娟子，目光却落在了猴子的身上，老头子那儿不会有问题吧？

不会。猴子回答得斩钉截铁。

还是小心点，老黑不自在地摸着自己的光头，不知道咋搞的，今晚我的心一直在瞎跳。

猴子又把一杯酒倒进了嘴里，然后将酒杯狠狠地摔在了桌子上，黑哥，你怎么婆婆妈妈的了。怕什么，就是出事了，也有我家老头子顶着呢。

老黑看着猴子，不好意思地笑了，猴子，你家老头子上辈子肯定亏了人了，不然，怎么会生出你这么一个不肖子孙呢。

猴子笑了。

老黑笑了。

靠在老黑怀里的娟子也破涕为笑了。

夜已经很深了，外面黑乎乎一片。老黑站在窗口看了一会儿，转过身面色凝重地对娟子说，时间差不多了，你该去了。打开手机，随时保持联系。

娟子温顺地点了点头。

## *4*

王涉世又到车间巡逻了一圈，看了看上班的人数，又和加班的职工闲聊了几句，进一步明确了下班的时间，发现没有任何异常，才放心地回到了值班室。

公司大门早就关上了，离动手还有一段时间，王涉世就又想起了娟子。娟子是什么时候又和自己好上的，王涉世知道是在自己进了公司之后。那天，也是一个晚上，也是自己进公司后第一次发生失窃的事。小偷很小心地在线束库房动手了，但还是被王涉世发现了。气急的王涉世随手抄起一根铁棍就追了出去。负重的小偷无奈之下，把偷的东西全扔了，王涉世仍不罢手，眼看就要追上了，王涉世听到身后有一个声音在喊他。那声音绵绵的，就像天籁之音，透着说不出的诱惑，诱惑得王涉世再也迈不开脚步。他回过头，果然就看到了日思夜想的娟子。娟子为什么在深夜来到了这里，王涉世是后来才知道的。当时的王涉世，内心充满了狂喜。要知道，娟子已经五六年不理自己了。五六年来，娟子只在梦中对他笑过。眼前的娟子，娇喘吁吁却又含情脉脉的，让王涉世难以相信自己的眼睛。结果当然是王涉世忘记了自己的职责，不由自主却又迫不及待地和娟子回到了值班室。没有多长时间，值班室的灯就黑了。黑暗中，王涉世被娟子引导着完成了作为一个男人的第一次。灯亮的时候，王涉世知道这一生再也离不开娟子了。激情褪尽的娟子却显得出奇的冷静，真的喜欢我？王涉世的头立时点得像啄米的鸡似的。你养得起我吗？娟子满脸的不信任。王涉世想了半天，才蹦出了一句“只要有我一个馒头就一定有你半个”这样感人的话。没想到娟子不屑一顾，半个馒头就想养活我。你要想娶我，就要挣很多的钱，就要盖楼，我不可能进你那个穷家让人笑话的。还有，我也不可能和你那个穷了一辈子的父亲一起生活的。王涉世的脸上有了难色，他想了想，还是坚定地说，你等着我，我一定攒够盖楼的钱。还有，我爸最喜欢我了，只要我提出来，他什么都会答应的。王涉世嘴里虽然这样说，到底什么时候才能攒够盖楼的钱，连他自己心里也没有底，所以，他的声音也就越来越小，小到连自己说了些什么都不知道。漂亮的娟子不但漂亮，而且很聪明，她像看穿了王涉世的心思似的，一脸的嘲讽，你以为你是谁啊，你一个破门卫一个月才拿多少钱啊，等你盖好楼，我早就老了。即使我愿意等，那时候你愿意娶吗？王涉世没有话了，但还是不甘心，那你说怎么办啊？娟子也意识到自己太冲动了，她的语气平缓了许多，其实，我一直都很喜欢你，但我实在是受不了你家的穷日子。办法不是没有，就看你愿不愿意做了……

王涉世正在想入非非，值班室的门响了。他疑惑地拉开门，娟子扮着鬼脸走了进来。已经有一段时间没有单独相处了，两人都有些激动，很自然就紧紧地抱在了一起。王涉世的手就有些不老实，轻车熟路地伸进了娟子的衣服内。酒气就在这时候进入了王涉世的鼻孔，王涉世的手停住了，怪不得手机打不通，是不是又和老黑喝酒去了？娟子没有回答王涉世的话，软乎乎的小手像蛇一样在王涉世的皮肤上滑动。王涉世忘记了刚才的疑惑，嘴里一边呢喃道，还没有下夜班呢，今晚老头子带班……

值班室的灯黑了。

## *5*

在厂里干了一辈子了，工厂早就变成公司了，眼看快退休了，事情却一桩接着一桩，问题到底出在哪儿了？老头子又在车间转了一圈，一边往办公室走，一边想，事情也太蹊跷了，小偷好像长着眼睛似的，每次刚一进货，铜料还没有在库房焐热呢，就被小偷临幸了。而且小偷每次光临的时候，恰恰都是在公司不上班的时候。要知道，线束公司的销路非常好，全天二十四小时都有人上班。偶尔休息一次，不是原材料供应不上了，就是要检修设备了。小偷好像是整个公司的调度似的，总是在库房没有人的时候动手。还有，小偷对每次进货的时间掌握得非常清楚，每次都是轻车熟路地专偷值钱的铜料。这每次进货的时间、品种，只有自己一个人知道，自己从来没有在别人跟前提起过，小偷怎么会那么精确地获悉呢？他曾经怀疑是从供货厂家那里泄密的，但经过这么长时间明查暗调，事实证明厂家没有问题。厂家没有问题，那问题就在公司内部了。内部会是谁呢？从途径上说，只有自己最清楚了，因为自己是采供科长，直接经手铜料采购。尤其是发生了几起事情以后，对于一些重要的品种，他甚至怕办公室隔墙有耳，都是在自己家里打电话安排的。自己已经是小心又小心了，问题应该不会出在自己身上。那么，还有谁能获知呢？从流程看，第一个接触铜料的应该是王涉世了。但小王和自己是一个村的，是自己看着长大的，况且，他的父亲是鼎鼎大名的王老实，那是一个几十年如一日把公家的东西看得比命还要重的人，他的儿子怎么会是小偷呢？况且，王涉世的所作所为已经证明他是一个像他父亲一样的人。全公司的人都知道王涉世手持铁棍勇追小偷的事。再有，就是库房的库管人员了，但他们都是老实巴交的人，也是公司多年的老职工了，再说，也不具备作案的条件啊。那么，问题还是在自己身上啊。想着想着，老头子感到冷汗从背上渗了出来，他不由自主地打了一个冷战。不是身冷，而是心寒。

老头子点燃了一支烟，极力稳定着情绪。今天又到了一批货，全是上好的铜。一切就像往常一样，就像往常被盗时一样，老头子不动声色地让车间主任没有安排后夜班，他想证明一下自己的猜想，也想证明一下退休以后自己的灵魂能否安宁。当然，事关自己，他没有告诉公司领导，只是把自己的怀疑告诉了一起共事了三十多年的老哥们儿王老实。刚才，他进值班室和王涉世聊了几句，王老实乘机偷偷溜了进来。

老头子又拿出一支烟准备抽的时候，王老实突然抢了过去，自顾自地点燃，但只吸了一口就剧烈地咳嗽起来。老头子默默地看了王老实一眼，王老实是老烟枪了，烟瘾很大，饭可以不吃，烟却不能不抽，尽管抽的全是不值钱的劣质烟。前些年老婆离开之后，日子那么困难，也没有戒掉。王老实戒烟是近几年的事，别人不知道为什么，老头子却清楚是为了攒钱给儿子娶媳妇。王老实今天突然抽起烟来，更奇怪的是，王老实手里紧紧地握着一个红绸子，那是王老实的命啊，红绸子里面的秘密连他的儿子都不知道。看着瘫在椅子上的王老实，老头子知道王老实的心里和自己一样沉重。两个人都没有说话，只是你看看我，我看看你，再看看表，互相都感觉到了彼此的心脏在凝结的空气中跳动、再跳动。

零点了。

外面传来了杂乱的脚步声，夜班的职工下班了。两个人的脸色都变了，都不敢相互看对方了。老头子站起来拉灭了电灯，屋子里一下子被黑暗吞噬了，偌大的办公室只剩下两个火星在一明一灭地闪动。

## *6*

下夜班了，王涉世意犹未尽地出去了，值班室里只剩下了娟子一个人。透过值班室的窗户，娟子看见下班的职工有说有笑地从立得笔直笔直的王涉世身边陆续离去，她很奇怪自己竟然懒洋洋的，什么也不想做，甚至连电话也不想打了，一点也没有了前几次临战前的亢奋与成就感。她点燃了一支烟，靠在了值班室的床上，回想着刚才和王涉世亲热的情景。和王涉世交往已经有一段时间了，每次委身于王涉世，都是为了更好地控制他，以完成老黑交代的任务。所以，娟子一向是麻木的。今天却不同了，见到王涉世的一瞬间，她觉得全身的筋骨好像被人抽掉了，身体软得支撑不了了，她必须要有一个依靠，而王涉世就是自己的依靠。一刹那，她竟希望时间永远地停滞。晚上加班的人本身就少，人不一会儿就走得差不多了。加班的工人走了，但老头子还在。老黑曾经交代过，只要老头子在，宁可放弃行动，也不许轻易出手。娟子很奇怪自己为什么没有把这么重要的信息及时传递给老黑。娟子知道，只要老头子在，今晚动手肯定会出事，她希望老黑出事吗？想到老黑，她不禁全身一颤。和老黑接触还是在初中的时候，在一次放学回家的路上，老黑就过早地让她经历了成年女人才能经历的东西。老黑虽然夺走了她的第一次，但却极大地满足了她的虚荣心，使她从一个不被人注意的丑小鸭一跃而成为人人羡慕的小天鹅。对老黑，她不知道应该感谢还是憎恨。她只知道自己怕老黑。老黑除了供她吃、供她穿，只是把她看成了一个工具，对王涉世这样，对猴子也一样。猴子对自己越来越放肆了，就是因为老头子是他的父亲，是老黑发财的信息源，老黑从没有考虑过她的感受，经常睁一只眼闭一只眼，由着猴子在自己的身上捏、摸、揉、掐。和老黑相比，王涉世是老实而软弱的，和他在一起的日子无疑是平庸的。但是，王涉世却把她视为生命的全部。娟子觉得自己的年龄也不小了，和老黑这样下去何时是个头啊。她也知道，老黑只要她的现在，不会要她的将来的，更不会对她的将来负责。她觉得自己真的该为自己想想了，也许，王涉世软弱而又真诚的肩膀就是自己最好的归宿。至少，王涉世是自己可以放心的依靠。只要是为了她，王涉世什么事都敢做、都愿意做。她知道，正是因为她，王涉世才走到这一步的。

王涉世的本质是好的。

但是，悬崖勒马还来得及吗，老黑能放过他们吗？还有那个猴子，是个比老黑还心狠手辣、六亲不认的人。前几年的时候，有一次为了争地盘，她曾亲眼看着老黑和猴子把一个活生生的人打残。在对方已经跪地求饶的时候，猴子更是眉头也不皱一下地用刀剁下了对方的两根手指。那滚到土里还在蠕动的两根断指至今想起来还让娟子有些后怕。算了，做完这次再想办法吧。娟子拿出手机拨通了老黑的电话。老黑已经有些急了，情况正常吗？娟子犹豫了一下，说道，一切正常，就等你们来了。挂掉电话，娟子都不知道自己刚才说了什么，她更不知道，她的一念之差造成了多么严重的后果。

下班的职工走完了，王涉世虚掩上大门，兴冲冲地进了值班室。等干完这一次，我就可以盖楼了。王涉世的脸上全是笑，我马上就可以把你娶进门了。

娟子不敢看王涉世的眼睛。

## 7

时间过得太慢了。

时间好像和人作对似的，你越是着急，它越是慢悠悠的。从下午到现在，也就几个小时，王涉世却觉得有几个月长。自从第一次在值班室和娟子的关系有了实质性的进展之后，王涉世觉得离多年的梦想只有一步之遥了。娟子是否喜欢自己，他不知道。他只知道娟子已经成了他生命的全部。为了娟子，他什么都敢做、都愿意做，哪怕付出自己的生命。在娟子不理自己的那段日子，他觉得自己都快要疯了，做什么都没有了心情，所以，高考落榜是必然的事。他却从来没有后悔过。每天，他只要能看娟子一眼，浑身就有了使不完的劲。他没有想到的是，娟子竟是偷盗团伙的一员。从心里说，王涉世是很珍惜自己的工作的。第一次跟着父亲来到公司的时候，漂亮的厂房、绿绿的树木，还有车间那有条不紊的工作情景，使从小在农村长大的王涉世感觉来到了天堂。他曾经那么羡慕地看着一个个忙碌的工人，感觉他们就像生活在天堂里的神仙。他曾经是多么地渴望能成为他们之中的一员。梦想终于成真的时候，他兴奋得几天都没有睡好觉。他常常笔直地站在公司的大门口，一会儿看看公司里面，一会儿又看看公司外面。离公司不远，就是他生活了二十多年的村子。他觉得两者虽然近在咫尺，公司里面无疑是天堂，而公司外面，却无异于地狱。他暗自庆幸自己终于成了天堂里的人。生活在天堂里的人就有条件追求娟子了。机会说来就来了，由于自己的工作岗位，娟子自己找上门来了，并且很轻易就让他真正地成了一个男人。那种美妙的感觉王涉世一想起来，就愿意为娟子去拼命。一定要把娟子娶到家成了王涉世矢志不渝的追求。这种追求很快就动摇了王涉世最初的观念，他觉得公司里面好是好，但公司里面没有娟子，对他而言，哪里有娟子，哪里才是天堂。所以，当娟子介绍他和老黑见面的时候，尽管他不喜欢老黑这个人，为了娟子，他还是答应了。答应之后，他心里就有了一丝不安，他无法向父亲交代。在父亲一把屎一把尿地把他拉扯大的十多年间，他深知父亲的品行。他不敢见父亲，不敢回家。偶尔回去一次，也是一言不发，生怕父亲觉察到什么。几次轻易得手后，老黑说到做到，每次都给他一大笔钱。王涉世对父亲的负疚之心才逐渐消失。对父亲，王涉世一直有一块心病。他原以为，自己是父亲的全部，后来他才发现自己错了。父亲有一个秘密，那个秘密锁在柜子中，王涉世早就发现了。还在他上学的时候，有一天晚上，家里的煤油灯倒了，屋子里面着火了，从熟睡中醒过来的王涉世睁开惺忪的睡眼，伤心地看到父亲首先抢救的不是他，而是柜子里面的东西。从那时候起，他对柜子里面的东西有了一种敌意，虽然不知道是什么，但他的心里却和父亲有了距离。尽管，父亲为他付出了一切。后来他和老黑协定，每次作案的时候，不动声色地让公司的大门虚掩，除了为娟子，心里也隐隐约约有一丝对父亲的报复。好在干完这一次，盖楼的钱已经差不多了，他也不想再提心吊胆了。等到把楼盖好了，把娟子娶回家，再给娟子做做工作，让父亲轻轻松松地安度晚年。工作上自己还会像原来一样尽职尽责的。那时候，自己可就真正过上天堂般的生活了。

想着想着，王涉世就笑了，笑得正在旁边发呆的娟子吓了一跳。只是，娟子不明白王涉世为什么笑；王涉世也没有分辨出娟子到底是在笑，还是在哭……

## *8*

门当然是虚掩的。

老黑和猴子带着三四个人，一闪身就进了线束公司。门是开着的，灯是黑的，路是熟悉的，老黑和猴子就像进了自己家一样，几下就窜到了库房门口。老黑看了看四周，拿出了早就准备好的钥匙，铁锁无声地开了。老黑一挥手，猴子带着人钻了进去。铜板很沉，几个人抬出来时，已经气喘吁吁了。老黑来到库房侧边，随手推过一辆三轮车。车子装满的时候，几个人都已经累得上气不接下气。歇会儿吧，黑哥，猴子一边擦汗，一边说。赶快离开，也不看看这是什么地方。出去了有你歇的。老黑的声音在黑暗中分外严厉。怕个球，猴子不以为然，弟兄们都快累死了，王涉世这个王八蛋也不来帮忙，这回分钱时……猴子说到一半就停住了，他惊慌失措地看见两个人已经站在了面前，他愣了愣，还是硬着头皮喊了一声，爸。

老头子显然已经怒火中烧了，果然是你这个兔崽子，我怎么会有你这么个儿子。

老黑稳了稳神，急忙掏出了烟，大叔，我是黑子啊，下次我们不敢了，你放了我们这一次吧。

你们还想走？王老实的声音有些颤抖，他显然已经气愤到了极点，你们到派出所去忏悔吧。

老黑的声音变了，真的不放？

别做梦了。王老实好像换了一个人，他的声音很大，在黑暗中斩钉截铁、底气十足。

老黑慌了，得罪了，他恶狠狠地说了一句，动手。

猴子听了，急忙抱住了老头子。其余的人都扑向了王老实。两个老人哪是他们的对手，没有几个回合，老头子和王老实就被捆得结结实实。老头子的嘴里还被自己的儿子塞了一块破布。老头子气得不停地挣扎。老黑这才笑了笑，吩咐道，猴子，你蹬车，其他人都帮着推，赶快撤。

三轮车上装得满满的。车子一动，车轮就吱吱呀呀地响，响声凄厉、细长。几个人更慌了，急急忙忙地推着车就朝大门走去。没有想到的事就在这时候发生了，这件事源于王老实的喊声，快来人啊，抓小偷啊……这一声很大，大得不像是从王老实瘦小的身躯里发出来的，这一声在黑暗中异常浑厚，久久回荡。这一声喊得老黑吓破了胆，这一声也喊出了老黑的杀气。他丢掉三轮车，猛地扑向了王老实。也就一眨眼的工夫，王老实的声音就戛然而止。王老实再发出声音时，王涉世已经泪流满面地跪在了他面前，王老实的声音已经断断续续，涉世，别管我，你要真是我的儿子，就快去抓小偷，拼了命也要抓住，咱不能再让公司受损失了……

王老实死了。

王老实是死在娟子怀里的。

王老实死时，他的身边除了一摊鲜血，还有紧紧握在手中的红绸子。在笼罩的夜幕下，红红的绸子浸泡在红红的血液中。

## *9*

快上班了。

职工们三三两两地走进了公司的大门。大门口一边一个站着两个保安，身着崭新的浅灰色的保安服。朝阳下，两个保安站得笔直笔直的。

大门外面不远处，有一个年轻漂亮的女人，手捧着两个一模一样的黑色的相框，一动不动地痴痴地看着门口的保安。她的胳膊上戴着黑纱，但相框里却不是遗像，而是两张奖状。一张好像放了很久，纸张都已经泛黄了，另一张却好像墨迹刚干，亮灿灿的。奖状除了名字不同，内容一模一样，都写着“护厂卫士”。只不过一张上蒙着一块红绸子，一张上没有。

大门里面，平静如初。

# 寻找支福

## 支福

车刚到路口，红灯就亮了。支福踩住刹车，不耐烦地盯了红灯一眼。红灯老不由黄变绿，支福脚就酸了。妈的，怎么这么长啊？支福随口骂了一句，脚仍然在刹车上踩着，点燃了一支烟。旁边朱天听了，皱了皱眉头，随即又无奈地舒展了。

好漂亮的女交警。朱天赞叹道。

支福顺眼看去，乐了。十字路口，站了两个女交警，英姿飒爽的样子。支福看得很认真，红灯已经由黄变绿了，支福的脚还牢牢地踩在刹车上。后面，喇叭声一片。朱天用手杵了杵支福，老毛病又犯了？支福回过神来，由衷地赞叹了一声，真靓。

一名女交警的手直直指了过来，动作很标准。支福一直向着女交警驶去，到了十字路口，支福一个刹车，紧张得后面的车差点追尾。趁女交警走过来的机会，支福已经按下了窗玻璃。女交警一个标准的敬礼，还没说话，支福头已经伸出了窗外，笑容满面地开口了，交警同志，请问红旗公司怎么走？

女交警看了支福一眼，哭笑不得地说了句，前面左拐。支福在说谢谢的同时就轰了一脚油门，车猛地往前一窜，就把女交警甩在车后了。车已经走了有一段路了，副驾驶座上的朱天才长长地出了一口气，身体慢慢地靠在了椅背上，不由自主地摇了摇头。

支福吹着口哨，开着车很娴熟地来到了红旗公司的门口。电动门老远就打开了，支福进门的时候，两旁的保安立正、敬礼，标准得就像十字路口的女交警。支福停住车，保安又是一个敬礼，说道，老板，您有什么吩咐？

支福想了想，说，去，给我打听打听，正在十字路口值班的女交警的情况。说完，一脚油门，走了。

进了办公室，朱天直到坐在宽大的皮沙发上，才很认真地说，支哥，你可不敢乱来啊，那是警察。支福半个屁股搁在大班桌上，点燃了一支烟，美美吸了一口，说道，我乱来了吗？支福看了朱天一眼，笑嘻嘻地说，即使我乱来了，有你这个法律顾问，我怕什么？

朱天有点急了，艾雯的事还没有结果，你又要惹事？

艾雯的事你会处理好的，支福冲着朱天喷了一口烟雾，老弟，你别怪我。我就是喜欢漂亮的姑娘，你不是不知道我有软骨病，见了漂亮姑娘我走不动啊。

手机响了，支福看了一眼，笑嘻嘻地递给了朱天，老弟，你的事来了。工作吧。

朱天接过支福的手机，不用看就知道是艾雯打来的。自己惹的事就好像跟自己没有关系似的，朱天轻轻地叹了一口气，谁让支福是自己的委托人呢。既然签了协议，作为律师，就要想尽一切办法为委托人服务。

朱天的眼中就出现了艾雯的身影。那是一个纯洁得近乎脱俗的姑娘，白白静静、文文弱弱，静的时候就像一朵白玉兰默默地挂在枝头，除了浑身散发出幽香，一点儿也不事张扬；动的时候也只是像一只鸽子从身边飞过，声音不大，却能吸引无数的目光。支福就是被艾雯这样吸引住的。不，准确地说，艾雯就是因为脱俗出众而被支福在茫茫人海中发现的。

朱天接通了电话，艾老师吗？

话筒那边，艾雯的声音像蚊子一样细，朱律师，我找支哥。

朱天看了支福一眼，支福对着他挤眉弄眼。朱天只好把自己的谎言进行到底，支哥出国了，还没回来。

到底什么时候回来啊？艾雯有点急了。

不知道啊，我也联系不上他，朱天说道，支哥走的时候交代我了，你要有事了让我去办。要不，我们见个面吧，你定时间、地点。朱天看见支福鼓励地点了点头。

我不会见你的，艾雯的声音很清晰，除了支哥，我谁也不见。

朱天冲着支福无奈地摇了摇头，挂断电话的瞬间，朱天眼中的余光在支福得意的脸上扫了一眼，叹道，难怪你会上当。像我这样为你们提供保护的人你不见，而像支福这样“流氓”成性的人倒好像勾了你的魂。

手机接通的时候按了免提，所以朱天不用向支福重复谈话内容。支福已经站在了窗前吞吐云烟，朱天看不见支福现在脸上的表情，朱天也不想看到。一支烟抽完，支福转过身，脸上似乎有了一丝凝重，这事你想办法摆平。

朱天耸了耸肩，你也听见了，她不见我。

支福急了，我不管，怎么见面是你的事。

朱天面红耳赤的说不出话来。

对了，支福接着说，别在钱上吝啬。她要同意了，可以多给点钱补偿一下。

朱天试探性地说，支哥，你又没有成家，艾雯又这么喜欢你，能不能……

打住，支福不耐烦了，你烦不烦啊，说了多少次了。

朱天自言自语道，多好的一个女孩啊。

支福不屑地说，你喜欢你拿走。

面对支福，朱天再无话可说。拿起沙发上的包，走了。

支福有些懒散地把身子陷在了椅子里，电话铃响了。支福拿起电话，公司大门口保安的声音就传了过来，老板，情况摸清了。

支福的眼前浮现出了女交警的影子，身子立马就坐正了，快说，什么情况？

保安的语气兴冲冲的，那个高个长得一般，我就没有打听。那个低个子，名叫温雪萍，是外地人。除了一个姐姐，家里再没有人。

支福赞赏地说了一句，就是她，有联系方式吗？

有她的手机号。保安说。

行啊，小子。支福高兴了，怎么搞到的？

保安可能自参加工作，从没有和老板说过这么多话，语气很兴奋，温雪萍是我警校的同学。

是吗？支福没想到幸福来得这么容易，手不禁在桌面上摩擦了一下。

保安很机灵，我已经约她晚上一起吃饭。

在什么地方？

江岸大酒店。

嘿嘿，嘿嘿嘿，支福笑了。

老板，晚上七点，333号包间，别去晚了。保安说。

你呢？支福有意问道。

我晚上还有事，陪不了老板了。

那也行，支福很干脆地说，下午下班前到我办公室来拿奖金。

放下电话，支福仍很兴奋。他从椅子上一跃而起，在屋子里转了几圈，自言自语道，这件事办完了，就再也没有遗憾了。

## 朱天

当初怎么会做了他的法律顾问？

朱天一边下楼一边悔恨，但签在白纸上的字如同泼出去的墨，收不回来。收不回来就得履行承诺。思绪很乱，把朱天的脚步催促得很急。朱天不承认自己已经堕落到助纣为虐的地步，之所以勉强答应，除了工作，白净文弱的艾雯深深吸引着自己也是一个主要原因。

朱天第一次看见艾雯的时候，眼睛就像一个失明多年的人突然重见光明，不但太亮，而且灼人。那种灼伤是一种热，通过眼球传输给中枢神经，然后反射到咽喉，致使嗓子眼儿很干燥，干燥得朱天一连咽了好几口唾沫。那时候，朱天和支福坐在市十一中校门对面的咖啡屋里，在蓝山咖啡略带苦涩的味道还在喉咙里缠绵时，隔着洁净的窗玻璃等待着艾雯的出现。那时候，艾雯在朱天心里只是一个符号，这个符号就是“女人”。那时候，朱天对艾雯所有的直觉就是同情。朱天想，这个倒霉的女人该是怎样一副模样？

一个高个子女人走了出来，朱天问，是她？

支福鼻子不屑地“嗤”了一下。

又有一个更漂亮的走了出来，随着她的出现，朱天看到两边的行人（不管男人，还是女人）都在回头观看。

朱天说，这个肯定是了。

支福端起茶杯嘬了一小口，脸色不易觉察地讥笑了一声，我的眼光有这么差吗？

还能出来什么样的女人，朱天赌气不问，心中却不服气，对着支福无声地说了一句，我看你还能变出一朵花来。尽管如此，艾雯走出来的时候，朱天还是禁不住问了一声，是她！

支福这次笑着点了点头，满脸得意的神情。

朱天在大学学的是法律，法律不允许夸大、要求准确，所以朱天对艾雯的描绘只能用“柳叶眉、丹凤眼、小巧的鼻子、玲珑的嘴”来形容，别的朱天再也说不上什么了，因为艾雯的美是一种天然的、不加任何修饰的、透着淡淡玉兰花气味的美。尽管隔着厚厚的玻璃，朱天感觉自己能闻出来。

真是她？朱天不相信。

支福不说话，好像不屑于回答。

这样的姑娘你也舍得？

你觉得好你拿去，只要把事给我摆平。可能是习惯了，支福对女人，从来都是“拿”来“拿”去，女人在他眼中只是一个东西。“东西”也分好坏，对艾雯这样的女人也用“东西”这两个字，要不是支福是他的委托人，朱天真恨不得踹他一脚。凡事都有一个“但是”，拿人家的手短、吃人家的嘴软，拿人钱财、替人消灾，给人办事，就得按人家的眼色行事。

真想好了？朱天又问了一句。

哪那么多废话。支福不耐烦地嚷嚷了一句，看那表情，就好像艾雯是一块一次性的鞋布，在鞋上胡乱擦了一下，随手就扔了。

朱天越想越气，真是“男人不坏、女人不爱”，像艾雯这样的姑娘，怎么会看上支福这个好色之徒呢？他又很庆幸，幸亏支福捧着金饭碗要饭，有眼无珠，不知道珍惜。要不，自己到哪里去认识这样美丽脱俗的姑娘。

但艾雯却一直不给他直接见面的机会，尽管他打了一次又一次电话。朱天只能让自己作为一个路人，在校门口默默地看着艾雯从身边飘然而过。他怕被艾雯误解，甚至不敢尾随她。那个时候，朱天又很佩服支福。支福见了喜欢的姑娘，只要对上了眼，就勇敢地“搭讪”。而大多时候，那些美丽漂亮的姑娘好像更喜欢这样的“冒犯”。但朱天没想到，支福竟然到了连警察也敢“调戏”的地步。今天在十字路口，朱天是故意说的，目的就是告诉支福，漂亮姑娘哪儿都有，也不是仗着有钱，就能对谁都敢“下手”的。

虽然支福已经对十字路口的交警“下手”了，但朱天却一点儿也不担心，朱天想，一个连自己都保护不了的人民警察，如何能保证行人和车辆安全？现在朱天只担心艾雯。

朱天出了支福的公司，就给艾雯发了一个短信。要不是支福威逼，朱天是不敢这样冒犯艾雯的。朱天说，支福老板出事了，我要马上见到你。果然没过一会儿，艾雯就回信了，支哥怎么了？他现在在哪儿？我到什么地方去见你？看得朱天既高兴又难过，朱天在学校的时候，学过心理学，他知道艾雯的心理，可他一直不想这么做。但不管怎么说，终于有了一次和艾雯单独见面的机会，朱天的心莫名其妙地跳了起来，欢快得像个孩子，蹦蹦跳跳把胸膛撑得很胀很满。离约定的时间还有近一个小时，朱天进了理发屋。他要剪个发，刮个脸，让艾雯看到一个青春有活力的男人形象，也让艾雯知道，并不是天下的男人都死光了，只有支福这个“坏蛋”一个。艾雯是中学老师，应该有这个分辨力。

有时候，近看不如远看，比如山水；有时候，远看不如近看，比如艾雯。坐到朱天对面的艾雯让朱天惊讶得连呼吸都快停止了。那是一种什么样的美啊，朱天真的难以形容。他只是觉得自己原来在一个阴暗的谷底，暗无天日，突然，光线有了，四周的小草绿了，小鸟的欢叫声也出现了。艾雯就好像绿影中的百合，静静地开放在自己面前，眼睛水盈盈的，宛如一眼山泉，汩汩地流淌。诱惑得朱天干涸的心灵越发燥热。

支哥怎么了？艾雯说话的时候，朱天觉得天亮了，鸟儿不叫了，泉水也变成了一幅山水画，静默无声了。这样圣洁的一个姑娘，时刻牵挂的却是支福这样一个“色棍”。

支福死了。话一出口，朱天自己都觉得有些过分了。

你骗人，艾雯的脸色果然变了，好像白嫩的豆腐上撒了一层粉。

是死了，朱天干脆将错就错，人没死，心却死了。

支哥得了心肌梗死？艾雯更急了。

朱天不忍心看着艾雯这样，虽然，他们是第一次见面。

怎么会呢？艾雯不理朱天了，前一段支哥身体还好好的，怎么会呢？艾雯看了朱天一眼，好像在问朱天，又好像在自言自语。

忘了他吧。朱天狠了狠心。

听了这话，艾雯的眼睛直了，漂亮的眼睛一旦直了，就有了怒色，你骗我，你不是支哥的朋友?!

朱天不恨支福了，他不但为自己悲哀，更为艾雯悲哀。支福为什么能屡屡得逞？就是因为像艾雯这样单纯的姑娘太多，被人卖了还帮人数钱。

知道支福让我来做什么吗？朱天决定撕开真相，是来跟你分手的，支福已经不爱你了。

艾雯静静地看着朱天，看得朱天不知所措。半天，艾雯才移开了目光，支哥从来就没爱过我。是我爱他，想嫁给他，他不要啊。

朱天傻了，他不要你你为什么还要怀他的孩子？

艾雯的眼泪像豆子，一粒接一粒滚了出来，支哥，我真的离不开他啊。

## 温雪萍

小六走过来的时候，温雪萍正在十字路口忙活。还不到下班的高峰期，车就多得像满街五颜六色的豆子，滚来滚去。温雪萍不停地走动、转身、挥动手臂，再加上敬礼。又一个冒着侥幸心理闯红灯的，温雪萍果断地做出了靠在路边的手势。司机是个小伙子，见了温雪萍不停地赔笑脸、道不是。温雪萍看不见也听不见，一个标准的敬礼之后，说道，驾照。司机还想再说，温雪萍又敬了一个礼，又说了一句，驾照。司机就乖乖地拿了出来。温雪萍收了驾照，开了罚单，刚要返回岗位，看见小六一脸坏笑地站在旁边。

有事？温雪萍问道。

好事，请你吃大餐。小六说。

就你，温雪萍不屑一顾，想吃大餐就明说，老同学了，用不着来这一套。

真的，这次绝对是真的，小六有点遗憾地说，不过不是我，是我们老板请你。

你们老板，温雪萍眼珠子转了一圈，刚从我的眼皮底下溜走，少了罚款，吃一顿大餐也不亏。

说定了。小六叮咛道。

放心吧，温雪萍说，我倒真想会会他，看这个有名的花花公子怎么个花法。

下了岗，温雪萍像往日一样，简单地收拾了一下，就来到了江岸大酒店。江岸大酒店的菜并不怎么好吃，因为贵，就成了身份的象征。请客人吃饭，不到江岸，请的人没有面子，吃的人面子也不大。温雪萍往里走的时候，感觉大酒店到底不是大马路，处处都透着别扭。因为别扭，心里也就没有了底气，就不像站在十字路口那般威武、理直气壮，走得很是小心翼翼。到了包间，底气就更不足了。包间里豪华得吓人，房间很大，饭桌却很小，小到三个人不够，两个人正好。看见支福从桌子边站起身来，温雪萍竟然有了一丝心虚的感觉。

小六呢？温雪萍自欺欺人地问了一句。

小六有事没来。从温雪萍进了包间，支福的眼睛就没有从她的身上移开。

我们认识吗？温雪萍到底是警校毕业的，很快就变被动为主动了。

认识，第二次见面了。支福哈哈笑了。

我们有再见面的必要吗？温雪萍继续维持着主动。

有啊，支福竟然很认真地说，我是给你交罚款来了。

说着，支福真的拿出了一叠钞票放在了桌上。

温雪萍的脸红了，支福这个人，她早就听同学小六说过，是个很色的人。温雪萍是个好奇心很强的人，她一直很想知道支福到底是靠什么骗了一个又一个姑娘。而被骗的姑娘还一直对他死心塌地。现在她知道了，支福像这个世界上所有世俗的男人一样，靠的就是有几个臭钱。温雪萍有点看不起支福了，她也看不起那些被骗的姑娘。有钱也许能让鬼推磨，但在我这儿，却行不通。

温雪萍的眼睛有些斜了，目光里充满了鄙视。

支福到底是久经江湖的人，他一点儿也不在乎温雪萍的态度，微微笑着说，你们姐俩在外地，不容易啊。

一句话引起了温雪萍的警觉，看来支福对自己做过调查。自己有个姐姐，好多同事都不知道，支福是怎么知道的呢？温雪萍不像姐姐，姐姐多愁善感，温雪萍却是一个性格开朗的人。尽管有时候温雪萍也会想，自己开朗的性格是建立在姐姐的忧愁上的。别人怎么对她无所谓，姐姐却是她的依靠和命根子。要是没有姐姐，刚刚失去双亲的姐俩是怎么也没有上学的学费的。温雪萍是需要钱，但却不需要支福这样的臭钱。

你是怎么知道我有个姐姐的？温雪萍问得很认真。凡是涉及姐姐的事她都很认真。

支福笑了，吃饭吧。菜都上齐了。

温雪萍余光一扫，疑惑不解，坐在这样高档的包间里，支福只要了一份凉菜、一份热菜，两碗粥，外加每人一碗米饭。菜是温雪萍在学校就吃腻的风味豆角和酸辣土豆丝，粥是极普通的苞谷粥，这就是小六口中的大餐。温雪萍和同学在一起，吃得也比这个好。

支福说完，好像没有了温雪萍这个人，低头很快地吃开了。支福吃得很香，故作简朴的样子。看着支福大口大口地吃饭，声音很响地喝粥，温雪萍的心渐渐凉了。姑娘大了，心思比桌上的粥还稠。温雪萍早就知道红旗公司的老板到现在还是个钻石王老五，除了钱多，人也长得很帅，还经常做些公益事业，比如给图书馆捐书、给贫困山区建个学校啊，就是有一个缺点，做人有点“花”，见了漂亮姑娘就走不动路。

“花”温雪萍不怕，上了几年警校，有的是对付这类男人的办法，要命的是，温雪萍一个人独处的时候，脑子里冷不丁就冒出了支福的影子。这个影子当然是电视里常出现的影子。今天在十字路口的时候，她早就认出了支福，没想到真人比电视里帅多了，传言一点儿也没错，就是多了一分“流”气。不知为什么，她给支福敬礼的时候，脸竟然红了，结果竟让支福从自己的眼皮底下溜走了。这是温雪萍当班以来第一次让“肇事者”跑掉。

温雪萍盯着眼前这个男人，这个一见面就用钱开道的男人琢磨，这到底是怎么样一个人呢？

支福很快就吃完了，抬起头竟然冲温雪萍笑了笑，单我已买了，这个钱是给你姐姐的，问她好。温雪萍还没有反应过来，支福就走了，走得无影无踪了。

温雪萍看了钞票一会儿，拿起了电话，小六吗，你赶快到饭店来。

## 朱天寻找支福

朱天自以为是个很聪明的人，但他没想到，他被支福涮了。一直压在他心灵上的十字架是支福有意钉上的。他原以为他告诉艾雯真相后，艾雯会彻底醒悟。后来他才知道，他根本就不知道真相。他一直以为的真相原来是彻彻底底的假象。朱天和艾雯分手后，一个人走在路上。他甚至觉得无颜抬头，他怕周围的人都向他投来嘲讽的目光。和支福合作快一年了，他竟然不了解支福。

他终于知道艾雯离不开支福的原因了。很纯很纯的艾雯对很花很花的支福满腔真情，这是他没有想到却亲眼看到的。离开艾雯的时候，他突然对艾雯有了敬意。

艾雯没有怀孕，这是艾雯告诉朱天的。艾雯之所以说自己怀孕，只是为了留住支福。艾雯是以怀孕为借口要嫁给支福，当然不仅仅是为了钱财。朱天觉得，把艾雯和金钱相提并论是一件多么滑稽的事。

好多年前，艾雯父母就去世了。父母出事走的时候，什么也没有留下，只留下了两个考上大学的女儿。直到现在，艾雯对自己和妹妹都考上大学耿耿于怀，因为，正是因为她们的优秀才把父母逼上了绝路。艾雯的父母是支福出钱掩埋的，艾雯两姐妹上学的学费是支福出的。学成的艾雯没有忘本，工作之余就是寻找支福。支福却一直躲着不见。其实艾雯知道，支福一直在后面看着自己，只是不愿意走到她的面前。艾雯还能感觉到，支福是爱她的。爱她的支福为什么躲着她，是艾雯一直想不通的事情。

后来，艾雯就知道了那件事。艾雯没有悲伤，而是铁了心要嫁给支福。再后来，艾雯就把这件事告诉了朱天。朱天没想到事情真相竟然是这样，朱天甚至为自己当初的那些想法感到羞愧。

朱天和艾雯分手后，就开始发疯似的寻找支福：他要重新认识支福。他去和艾雯见面的时候，支福把自己的手机给了朱天。朱天只想到了支福有意躲避艾雯，却没想到支福就以这样的方式把自己丢失了。所有寻找支福的电话都打到了这部手机上。朱天觉得自己好像成了支福。

朱天是先来到支福的公司寻找的，所有朱天认识的人都告诉他，老板出差了。去哪里了？所有告诉他的人都说不知道。朱天把自己认识的支福的朋友都找遍了，却没有一丁点支福的下落。朱天快疯了。

事实是，朱天还没有来得及疯，红旗公司的电话就一个又一个打过来。他们不是打听支福的下落，而是向朱天请示工作。还有更多要报销的、需付款的也都像朱天寻找支福一样发疯似的寻找朱天，他们要找朱天签字、审批。电话多了，朱天就有点丈二和尚摸不着头脑，我又不是老板，找我签字有什么用？员工们和公司的高管们却都笑着说，支老板说了，他出差期间你就是老板。朱天就更糊涂了。

莫名其妙而又筋疲力尽的朱天拿出钥匙打开了支福办公室的门。支福是什么时候把办公室的钥匙交给朱天的，朱天已经不记得了。朱天拿出钥匙转动锁孔的一瞬间，才觉得这是一个蓄谋已久的“阴谋”。阴谋也好，阳谋也罢，朱天觉得自己掉进了支福早已挖好的“陷阱”里。支福虽然不在，但支福在的时候营造的现状使朱天不得不坐在支福的座位上。

虽然和支福交往快一年了，朱天还是第一次坐在支福的位置上。坐上去之后，朱天才知道支福的位置舒服是舒服，却不好坐。朱天屁股刚一落座，请示、汇报的人就挤满了屋子。好在朱天对公司的业务很熟悉，他就按照支福以往的处理方式应付了。两个多小时下来，朱天说了多少话、签了多少字已经记不清了，只觉得口干舌燥、手腕酸痛。他在应付最难缠的经济官司时也没有这样狼狈过。

人都走了以后，朱天才喘了一口气。这活儿不是人干的，必须得马上找到支福。但能找的地方都找了，能问的人也都问过了，支福仍然踪影全无。无奈的朱天拉开了一把没有上锁的抽屉，好像支福就藏在了里面。抽屉里当然没有支福，只有一串钥匙，每个钥匙上都标了号码，用途一清二楚。还有一封信。朱天看见信的时候，眼睛才亮了，信封上清清楚楚地写着朱天亲启。

朱天打开信的时候很紧张，支福已经失踪好多天了，秘密就要揭开了，朱天拿信的手有些紧张和颤抖。

朱天：

我最亲爱的兄弟！

当你看到信的时候，别找我。因为你根本就找不着我。你我虽然相识不足一年，但要找一个人，找一个最信任的人，一年的时间足够了。我找到了你，也选择了你。公司经营方面的知识一年来我有意无意地都告诉了你，我也知道，你已经掌握了。别问为什么，你只要知道，从现在起，你就是红旗公司的老板了。只有一点交代你，把公司经营好，因为还有一百多人靠它吃饭；每年只要留够发展的资金就行了，其余的都捐给需要它们的人。另外，替我照顾好艾雯。

支福叩首

## 温雪萍寻找支福

电话已经打了很久了，小六还不到。温雪萍的火气慢慢地上来了，平时不找小六的时候，他像只苍蝇似的在自己面前飞来晃去，有事了，倒喊不动了。温雪萍又打了一次电话，小六的手机竟然关机了。这是从来也没有过的事。温雪萍赌气似的一次又一次地拨，没想到手机里的提示音比她还有涵养，不管你火气多大，总是用一种很耐心的语气告诉温雪萍，您所拨打的手机已关机。温雪萍气得把手机扔在了饭桌上，但她不能走，也走不了。

那叠钞票面无表情地、静静地躺在桌面上，一动不动。钞票不动，温雪萍就没法动。动了，就说不清了。这个支老板和姐姐是什么关系呢？不用说，他们不但认识，而且关系不一般。否则，这个男人就是再有钱，也不会眼也不眨一下地就把十万元扔在桌上。

钱虽无语，但在温雪萍眼中，躺在面前的金钱无疑在用静默嘲讽着她。本来今天温雪萍是想教育教育支福的，因为她多次从小六的口中听说过这个人，也从媒体上了解过这个“花花公子”，更从好多女性朋友羡慕的交谈中对这个男人充满了一种天生的“不满”，这个不满源于对女性尊严的维护。所以她一直想找机会认识认识这个人，让这个男人也知道知道这个世界上的女人并不都是围在他身边的那些女人的样子，女人中还有一种像她这样自尊自爱的人。

但今天见面的结果仍然是这个男人用金钱羞辱了她。温雪萍从来没有对金钱像现在这样憎恨。她要找小六来，让小六把钱还给他。她要让他知道，她的姐姐和她一样，虽然很清贫，但贫得有骨气，是金钱收买不了的。

饭店里的服务员一会儿进来一次，看着饭桌上的钞票，服务员就用一种很异样的眼光看她一眼，然后一句不说就又走了出去。温雪萍就有了如坐针毡的感觉。她明白服务员眼中的意思，服务员一定把她看成了那种女人。要不，一个小小的服务员凭什么用“异样”的眼光看她，那种“异样”里分明带着鄙视。这个鄙视更加剧了温雪萍的屈辱。幸好倒霉的小六赶到了。之所以说小六倒霉，是因为他正好成了温雪萍的出气筒。温雪萍把在支福那里、服务员那里受到的气一股脑儿全撒在了小六的身上。气出了，心情就好一些了。温雪萍的目光这才落在小六的身上。小六的不寻常是温雪萍在气出了之后发现的。在她蛮横无理地呵斥小六的时候，小六并没有像平时那样对她左哄右劝，而是一言不发。呆呆的、傻傻的，眼睛看着前方，好像没有感觉到温雪萍的存在。

怎么了？温雪萍并不是蛮不讲理的姑娘，她知道肯定有事发生了。

老板失踪了，小六喃喃地说了一句，声音里竟带着哭腔，老板不要我们了。

失踪？温雪萍听了缘由，笑了，这样的老板失踪了才好呢。

小六竟瞪了温雪萍一眼，老板给公司里每个人都发了奖金，就不见了。公司里没有一个人能联系上他，有不少人都哭了。

小六说着，眼睛也红了。

这样一个人走了，也许是出差了，竟然有人哭，这个世界真是乱了。温雪萍不高兴了，你就是为这事儿伤心的，你以为每个人都像你一样稀罕钱啊，温雪萍回瞪了小六一眼，去，把这些钱还给你的老板去。

小六这才看见了桌子上的钱，眼睛亮了，这是老板给你的，你一定知道老板去哪里了？

温雪萍没好气地说，给我姐的。我不会要，我姐也一样。

那你姐一定知道老板的下落了？小六的眼睛更亮了，我陪你去找你姐，你姐要真知道老板的下落，你们姐俩就是我们全公司的恩人。

温雪萍不禁感慨万端：一卷卫生纸就看放在什么地方了，放在卫生间，就是擦屁股的，放在餐桌上，就是擦嘴的。温雪萍没想到这样一个“垃圾”，在公司竟然有那么高的人气。温雪萍知道不能让小六办这事儿了，只好去找姐姐了。天已经黑透了，温雪萍也不敢拿着这么多钱一个人去找姐姐，只好让小六陪着去了。

姐姐的门敲了好半天才开，温雪萍一眼就看见姐姐的眼睛红红的，显然刚哭过。一定有人欺负姐姐了，温雪萍气冲冲地进了屋，却没有看见其他人，看样子，姐姐是在暗自垂泪。

出什么事了？温雪萍问。

没什么事，姐姐掩饰道，这么晚来有事吗？

温雪萍随手把一袋子钱扔在了姐姐的床上，你认识支福吗？

温雪萍看到，姐姐红红的眼睛立时瞪圆了。

温雪萍进去的时候，小六想跟着进去，却被温雪萍关在了门外。夜已经很深了，一个男人进女孩子的闺房显然不合适，小六只能站在门外干着急。门里的话有一句没一句的，小六听见不一会儿姐俩就吵起来了。好像，温雪萍还被姐姐抽了一耳光。小六常陪温雪萍来姐姐这儿，从来没见过姐姐动手打温雪萍。但那一声耳光小六却听得真真切切。小六凑近刚要听个究竟，门就开了，温雪萍流着眼泪跑了出来。小六听见门在温雪萍身后合上的一刹那，温雪萍的姐姐声嘶力竭地吼道，狼心狗肺的东西，滚，我没有你这个妹妹……

温雪萍不说话，在黑夜中一直往前走。小六只好紧紧地跟着。温雪萍一直来到了护城河边，才停了下来。

死水静默。没有一点儿波澜。

温雪萍突然回过头，流着泪的两只眼睛好像两只暗夜中的灯笼，想娶我吗？

小六茫然地点了点头。

找到支大哥，温雪萍突然哭了，找到支大哥我就嫁给你。

## 艾雯嫁给了支福

都说穿上婚纱的女人是最漂亮的，艾雯不穿婚纱就已经漂亮得夺人眼球了，穿上以后就更不敢看了，谁看谁怜惜。

但艾雯却分明笑着，笑得很甜。

今天，是艾雯和支福成婚的日子。朱天成了主婚人，没有证婚人，本来朱天要求两件事一起干，艾雯却不同意。艾雯说，她和支福的爱只有他们自己知道。小六是伴郎，温雪萍成了伴娘。幸福的艾雯此刻眼里只有支福。支福一身西装打扮，显得比平时庄重了许多。到底是自己大婚的日子，自然不能再流里流气的了。他目光炯炯有神，棱角分明的脸上挂着永恒的微笑。小巧玲珑的艾雯小鸟依人地依偎在身材高大的支福身旁，幸福的眼睛里流出了泪光。

艾雯的眼泪一出来，温雪萍就再也忍不住了，"哇"地一声大哭了起来。婚礼很快就进行不下去了，小六哭了，朱天的眼泪也流了下来。艾雯刚开始还勉强笑着，不一会儿就掩面浑身颤抖了。只有支福，在和他真人一样高的画框里笑着。

那是一张素描画，是艾雯一笔一画地把从这个世界上消失的支福找回来的。找回来的时候，支福因为癌症晚期已经躺进了骨灰盒里。现在，他被小六捧在了手里。

温雪萍越哭越厉害了，那源源不断的眼泪就变成了话语。

姐夫，温雪萍哭道，我对不起你，我误解你了。是你，一直供养我们姐俩上学，是你，安葬了我们的父母。没有你就没有我们姐俩啊。

支福在画框里笑着。

温雪萍哭倒在了支福面前，姐夫，你一路走好啊。

艾雯擦掉了眼泪，扶起了妹妹，小萍，傻丫头，你怎么糊涂了。你姐夫没有走，你姐夫一直在。艾雯看着温雪萍，笑着说，你姐夫不会走的，他一直在我心里陪伴着我们……

# 无法左右

*1*

仪式一结束，龚一的脸上摆满了矜持，施山也立即将脸上的笑纹展平。只有杨左右，一直将笑脸挂住，直到最后一个人离开。

半小时前还人声鼎沸，欢声笑语。现在由于只剩下了三个人，就没有了气氛。龚一好像想找回刚才的氛围，又笑了一下，只一下，就拉下了脸，杨总，来，我们三个人合计一下。龚一说完，很随意地坐在了主位上。杨左右本来打算在龚一的对面坐下，见施董事长站着不动，很知趣地往旁边挪了挪，坐了下去。

龚一的目光落在了施山的脸上，施董，坐啊。

施山把正在燃着的半支烟在烟灰缸里摁灭，走了过去坐在了龚一的旁边。杨左右侧目，感觉一切都是天意。不偏不正，三个人坐的位置虽然不一样，但距离却相等。杨左右想，如果把三个人用线连起来，就是一个等边三角形。三角形不但有稳定性，更重要的是，还有互相限制和势均力敌性。从小就很喜欢几何的杨左右很喜欢这种图形。虽然心里高兴，脸上却不表现，只是低头看着桌面。

龚一开口了，杨总，公司已经成立了，剩下的就是你的事了。

杨左右认真地点着头，我知道，龚总。

有困难了别硬撑，还有我们这些股东嘛。龚一用手轻轻地拍着桌面，吸引着杨左右游离的目光，你是经营层的代表，要知道，董事会是公司的最高权力机构，遇到重大事项可不能擅自做主啊。

杨左右继续点头，我知道，龚总。心里却想，这句话不仅是对他说，也是对施山说的。

施山果然开口了，杨总啊，董事会就把这一摊交给你了。你可要对董事会负责啊。

杨左右持续点头，我明白，董事长。

施山接着说，我和龚总商量好了，我们公司实行的是董事会领导下的总经理负责制，你可要明白自己的权限范围。施山看着他，笑道，这点，可写进公司的《章程》了。

我已经看过了。杨左右说。

施山还想说点什么，龚一打断了他的话，施董，说点实际的吧。龚一的目光移到了杨左右的脸上，说说你的打算吧。

杨左右的眼光只得又从施山的身上挪到龚一的脸上。龚总，我是这样想的。杨左右字斟句酌地说，咱们这个公司，是由民营资本和国有资本合资组建的。按照股权，民营控股，杨左右看见施山微微点了点头，继续说道，但是，按照《公司法》，又要保护中小股东的权益。尤其是在有国有股权的情况下，不管大小，国有股权可是重中之重。杨左右发现龚一的脸色缓和了，趁机说出了观点，第一，两个股东，不管大小，在我心中，同等重要。我为双方股东负责。第二，希望两位股东代表信任我、支持我，赋予我经营中应有的权利。

不愧是职业经理人啊。我支持。龚一满意地站了起来，看着杨左右，我还有个会，先走了。龚一绕过会议桌，在杨左右的右肩膀拍了一把，我相信你。

龚一走了好长时间了，施山都没有说话，脸上的表情越来越难看。杨左右站起来扔给施山一支烟，很自然地在施山正对面坐了下来。在企业工作的人都知道，会议桌上，坐在哪儿，都表示在谈工作。只有坐在对面，那就只有一个意思，是在汇报工作。杨左右更明白，作为职业经理人，要想凌驾在股东之上是不可能的，最成功的就是在股东之间找平衡，和股东形成等边三角形的态势。现在，龚一走了，三角形不存在了，杨左右只能摆正自己的位置。

杨左右坐正了位置，施山的脸色慢慢地好转了。直到一支烟抽完了，施山才语重心长地说道，杨总啊，我这个人时间长了你就了解了，喜欢把丑话说在前面。

杨左右一副很认真的表情。

施山看了杨左右一眼，接着说，首先，公司是我绝对控股，我是公司的法人；其次，我拿的是自己的钱、真金白银。不像龚总，代表的是国家的股份。我的股份是自己的，国家的股份是谁的？顾名思义，是国家的。国家是谁的？是人民的。人民的是谁的，谁的也是、谁的也不是。你是董事会聘任的，一句话，要为董事会负责。其余的，我就不多说了。

施山站了起来，对着杨左右笑了笑，绕到他面前，在他的左肩上拍了拍，也走了。

会议室只有杨左右一个人的时候，愁容才慢慢地爬上了他的脸庞。他拿出早已准备好的工作规划，呆呆地看着。那是他花了整整一个月的时间完成的，他很满意这个施政大纲，但他没想到，竟然没有一个股东能完整地听他说说。杨左右看着工作规划，就像看着一堆废纸。

看来，在国退民进这盘棋中，仅仅干好工作是不够的，还要处理好那尽管烦人但却有趣的三角关系。

## 2

杨左右又看了一遍施政大纲，确认没有问题，才伸了伸懒腰。确实累了，但这种累是必须的。新公司刚成立还得按照原有的制度往前推动。至于推行多长时间，就在于自己对流程的熟悉和掌控程度。经过一天的推敲，杨左右基本上了解了目前的管理现状，症结也找到了，但药不能下得太猛了。离开办公室的时候，杨左右想，先按老的办法推行一段时间。效果不明显，更说明了改革的必要性。效果显著了，自己也能落一个管理出效益的名声。更重要的是，两个股东是什么意见，他一点儿也不知道。他必须在摸清他们的想法之后再行动。

室外的空气格外清新。九月的夜空，已经有了凉意。风从暗中摸过来，鼓捣得全身一阵惬意和轻松。对着夜空，杨左右真想敞开喉咙大喊几声。前后左右看看，只好屈指成拳，在夜空中挥出一个有力的弧线。杨左右喜欢直线，直线符合他的性格。但是，现在还不是画直线的时候。尽管如此，杨左右已经很高兴了。难是难点儿，但在这种体制下，哪儿都一样。杨左右心里有一种冲动，一种跃跃欲试的冲动。这种冲动在他的心里憋得太久了，憋得他异常难受。

手机响了。不用看，就知道是龚一打来的。龚一霸气，杨左右给他设定了一个很轻柔的铃声，是邓丽君的歌声。杨左右想，霸气十足的龚一哼着靡靡之音该是怎样一副模样？……接完电话，杨左右刚要掉转车头，刘欢的高音直往耳朵里钻。施山内敛，心里想什么，表面上却不显山不露水，杨左右专门给他整了个很豪放的《好汉歌》。从心里，杨左右不喜欢施山这种有点“阴”的男人。电话还得接。施山和龚一一样，火急火燎地召他。杨左右对着话筒笑得很热情，董事长，我晚一会儿到，行吗？不等施山回答，接着又说，我媳妇病了，很重，我得急着送医院。挂了电话，杨左右拔掉了手机电池，直奔“大香港”。

“大香港”位于二环路上，是这个城市最好的饭店了。能把这儿当成自己的家一样随便出入，龚一算是当之无愧的一个。杨左右想，什么时候施山也能像龚一一样在“大香港”花钱不皱眉头了，事业就干大了。

进了包间，杨左右见除了龚一，还有两个人。这两个人，杨左右都认识，一个还是往日的同事。龚一见了杨左右，脸上露出了难得的笑容，小杨，怎么搞的？不在服务区了？杨左右冲龚一欠了欠身，龚总，不隐身不行啊。要再不关机，就脱不了身了。龚一看了杨左右一眼，哈哈大笑，不错不错，小杨不错。四个人坐定了。龚一端起酒，都是熟人，今晚不醉不归。几杯酒下肚，龚一的兴致更高了，拿起一个大玻璃杯，倒了满满一杯，小杨，再喝一杯。杨左右直起脖子，酒没入了喉咙，脸瞬间红到了耳根……龚一看看差不多了，点燃了一支烟，小杨啊，明天要开董事会了，副总经理的人选找好了没有？龚一说这句话的时候，没看杨左右。等了一会儿，不见杨左右回答，扭过头才发现，杨左右已经趴在桌子上了。不光杨左右趴倒了，他带去的两个人也都不省人事了。龚一又倒了一杯酒，一边慢慢地品着，一边看着面前三颗脑袋。直到把一杯酒喝完了，才笑了一声，酒风体现工作作风，一桌酒都陪不下来，工作能干好吗？龚一站起来，独自离去了。

过了好一会儿，杨左右迷迷糊糊地睁开了眼睛。他呆滞地看了看面前的两个阴阳头，也摇摇晃晃地走了。离开酒店很远了，杨左右才把步子迈正了，一步一个脚印地走得很踏实。一边走着，一边拿出手机看了看，手机屏幕是黑的。杨左右想了想，又把手机装进了口袋。

杨左右敲开了施山的家门。家里除了施山，还坐着两个人。这两个人杨左右也认识，有一个也是昔日的同事。杨左右见施山拉着脸不说话，就冲着那两个人点了点头，坐在了施山对面的沙发上。

爱人病好了没有？施山问。

没事，杨左右很轻松地说，去医院看了看，没什么大碍，刚送回家。

施山意味深长地看着杨左右，手机没电了？

杨左右说，有电啊，离开办公室的时候我还看了，电是满的。说着拿出了手机，手机怎么关了？当着施山的面，杨左右打开了手机。短信的提示音就响了起来。杨左右看过，满脸歉意，董事长，我不知道你发信息了，我也不知道手机自动关机了。

施山从鼻子里“嗤”了一声，本来想给你介绍两个人，今天太晚了，明天再说吧。施山站了起来，很明显地下了逐客令。

杨左右还想说点什么，施山已经不听了，杨总，回去吧，下次来的时候，尽量少喝点酒。满嘴酒气，不好谈事啊。

杨左右的脸红了，好在脸本来就发烫。他想，喝酒误事，我怎么把满嘴酒气带来了。好在施山没有摊牌，明天开会的时候，不至于太被动。杨左右走了，走得灰溜溜的很没有面子。

他刚进家门，媳妇就喊道，跑到哪儿喝酒去了，施董事长派人到家找你呢。

杨左右怔了怔，呆呆地看着媳妇，你怎么说的？

媳妇回答，我当然不知道了。

自以为演技不错，原来老奸巨猾的施山一直像看一只猴子一样不动声色地看他表演。一瞬间，杨左右有一种被脱光了的感觉。媳妇看他脸色不好，知道说错话了，溜进了卧室。杨左右一声不吭地进了卫生间，擦了擦脸，来到了书房。书桌上，摆着一个用积木搭成的三角形，是等边三角形。杨左右盯着看了半天，很不情愿地拿掉了一段积木。再次组合好，还是一个三角形，只不过成了一个锐角等腰三角形。杨左右知道，从今天晚上开始，三角形两个相等的“腰”距离近了，两个“腰”的距离越近，作为底边的自己就越短。换言之，生存的空间也越小。现在，自己唯一能做的，就是争取不让两个相等的“腰”合并、重叠。要真那样，自己刚到了这个位置，还没大干一场就“消失”了。

杨左右懊恼地坐在书桌前，想，明天这步棋，到底应该怎么走？

## 3

董事会定在上午九点，议题只有一个，聘任经营班子成员。按照《章程》，副总经理由总经理提名，董事会聘任。就像西方国家各党派争取议员席位一样，会议还没有开始就充满了火药味。在场的人心里憋劲，口中不说，脸上都阴晴不定。

昨天睡得太晚，杨左右的头有点痛。是那种由里往外的痛，痛得他不停地用手在太阳穴上使劲。眼睛恰巧被手掌挡住，正好谁也不看。他一直用手按着，等待会议开始。会议却一直没有开始。虽然九点已经过了，董事长施山不说话，人们就忘了会议时间。

施山一直在寻找杨左右的眼睛，由于杨左右的眼睛不但闭着，而且挡着，施山干着急没办法。施山看见龚一的目光也不停地往杨左右的身上飘，两双有些失落但更多的是恼怒的目光汇集了。施山冲着龚一笑了笑，龚一扔过来一支烟。两个人推让着点燃了，嘴里随即喷出了浓浓的烟雾。

龚总对经营层人员有什么想法？施山问道。

一定要选拔优秀人员进入经营班子，龚一回道，施董想必胸有成竹了？

哪里哪里，龚总肯定心中有数。施山哈哈大笑，我对提名人选一无所知啊。

龚一也笑了，彼此彼此，我到现在也不知道杨左右葫芦里卖的什么药。

施山笑得很宽容，这也不能怪杨总，咱们既然聘了他，就应该相信他。

那也不能由着他乱来，我们这些股东兼董事，都有监督之责。龚一见施山很镇静，心里有些发慌。心急了，话也就搁不住了。

龚一手里的烟燃到烟屁股了，施山立即递过去一支烟，打火机也随即跟了过去。龚一摆了摆手，自己点燃了。施山又笑了笑，龚总，这里太吵了，我们到小会议室去坐坐。

龚一又看了杨左右一眼，见他仍在假寐，一甩手走了出去。两个股东离开了，会议室更热闹了。会议室越热闹，杨左右的头越痛。刚才龚一和施山的对话虽然没有听清楚，但从他们的举止中已经有所预料。杨左右又想起了书桌上那个等腰三角形。现在，相等的两个腰越发靠近，留给自己可操作的空间越来越小了。有一点杨左右认识得很清楚，股东之间再有矛盾，却对经营结果不负直接责任 。真正对结果负责的，只有自己。所以对班子成员的选择显得尤为重要。他曾经在改制前的公司工作过，所以对人员情况很熟悉。本来想通过提名的方式，把真正能干的人放进班子里。从现在看，已经不太可能了。班子的任命不可避免地成了股东势力的较量。如果自己一意孤行，两种对立的势力就有可能变成同一种势力，自己的处境就更艰难了。现在事情已经向最担心的那个方面发展。杨左右只有苦笑了，什么改制啊，什么新的经营机制啊，从之前的暗示以及昨晚的表现看，都是假的。只是换了一张皮，实质和内核还是一样的。

好在昨晚他又做了一个预案，不至于手足无措。杨左右拿开了放在太阳穴上的手，睁开了眼睛，人们虽然都在漫无目的地瞎聊，但一边聊，眼光却一直在自己的身上游弋。杨左右在心里冷笑了一声，脸上却是一副茫然无措的表情。他无辜地看了大家一眼，站起来走了出去。身后，已是鸦雀无声。小会议室在大会议室旁边，杨左右出了这个门就进了那个屋。推开门的一瞬间，杨左右看见两个股东的头凑在了一起。这是他最不愿看到的情景，脸上的表情却很高兴，两位领导，原来你们在这儿。

龚一和施山坐正了身子，一言不发，面无表情地看着他。杨左右在他们对面坐了下来，不偏不正，构成了一个等腰三角形。

趁着会议没开始，我想把副总提名人选给两位领导汇报一下。杨左右的态度很诚恳。

龚一和施山互看了一眼，龚一先开了口，说来听听。

常务副总人选，杨左右眼光一瞟，发现两个人都竖起了耳朵，才说，我建议让董志刚担任……

球就这样踢出去了，有时候，自己被动了，必须先打出一张牌。不管好牌坏牌，都能为自己赢得时间，从而让主动权再回到自己手中。

一丝喜悦从龚一的脸上一闪即逝，施山却半天没有吭声。杨左右知道已经有效果了。他佯装在等结果，龚一和施山不说话，他就一直虔诚地等着。

龚一憋不住先开了口，怪不得拿得很稳，原来早就胸有成竹了。龚一哈哈笑着扔过来一支烟，小杨成熟了。

施山不得不说话了，理由呢？

杨左右不紧不慢地说，改制前，董志刚就是副厂长，对产品和流程非常熟悉。公司成立初期，百废待兴，留着他对工作有利。

但你想过没有，正因为他是老人了，才不能用。施山的脸上看不出是高兴还是恼怒，新公司成立了，我们要建立新的管理机制，要有新的管理理念。如果还用原来的人，换汤不换药，改制还有什么用？

杨左右低下了头，他知道这个问题不用他回答。

果然，龚一接话了，施董，话不能这样说，之所以改制，也不完全因为管理因素，资金不足是最大的根源。加上政府现在倡导什么国退民进，所以把你这个财神爷请来了。要不……龚一哈哈笑了。

龚一在国企当一把手多年了，企业一直由他一个人说了算，环境使他说话习惯了霸气。这句话话外的意思异常丰富，施山的脸更阴了。

杨左右趁热打铁，我还想提议聘任梅茹芳为副总经理。

这句话一出口，龚一的脸上全是赞赏了。他有点意外地看了杨左右一眼，感觉默默坐在自己面前的杨左右实在是一个值得信赖的小伙子。以前怎么没有发现呢？龚一感慨地点了点头。

一个董志刚已经让施山像吃了苍蝇一样难受，再加上一个梅茹芳，施山实在忍无可忍了。谁都知道，龚一和梅茹芳有一腿。这在公司不是什么秘密，只是人们心照不宣。他有点后悔聘任杨左右当公司的总经理了。

当着龚一的面，施山当然不能说什么，他使劲地咬紧牙关，他怕他会忍不住骂出声来。事情的发展完全出乎他的意料，他恼怒地，甚至有些恶狠狠地盯着杨左右。杨左右仍是一副无辜的表情，看看龚一，又看看施山。这就更让施山恨之入骨了。

人一得意，就易忘形。现在的结果比预料的还要好。原来，龚一想着只要推上去一个就达到目的了，没想到杨左右如此识抬举，一下子把两个人都解决了。看来，这小子喝酒不行，心里还是有数的。龚一乐呵呵地站了起来，只要杨左右提名，施山就是不同意，在董事会上也过半数了。你们聊，你们聊，龚一叼着烟完全放心地出去了。他要把这个消息告诉董志刚和梅茹芳，让他们提前高兴高兴。

龚一一出去，会议室的气氛就像霜打了一样冰冷。施山的眼睛定格在杨左右的脸上。

我看错你了。施山冷冷地说。

董事长，我没听懂你的话。杨左右仍在装无辜。

施山再也忍不住了，我投了这么多现金，都是对方的人了，我还怎么干？施山恨不能吞了杨左右。

杨左右却笑了，笑得没心没肺，董事长，你怎么能这么说呢，你不还有我吗？我是你提名的总经理啊。

施山不说话了，他没想到杨左右会这样说。如果杨左右说的是真心话，那自己再要反驳就有点不应该也太不明智了。

除了我，你不还有财务总监吗？这可是《章程》里白纸黑字指定由你委派的。杨左右继续说，一个公司除了经营权和财权，还有什么？你还有什么不放心的。

施山一直把一支烟抽完了，才站了起来。他的脸上虽然没有笑容，但已经看不出一丁点的不悦了。他一边往外走一边说，走，开会吧。

杨左右跟在施山后面，心里像打翻了五味瓶，形式，会上的事会下已经全定了。开这样的会还有什么意义？

## 4

龚一和施山心里虽然认可杨左右的能力，但还是想亲眼看看杨左右如何掌控全局。毕竟，杨左右经营业绩的好坏，牵扯着改制是否成功。对龚一来说，公司能否盈利他不是很关心。牵动他神经的是，改制后的公司能否尽快正常运转，职工是否可以不再到市政府去闹事。这样，他对市国资委就有所交代了。而施山考虑的是，自己毕竟投了几千万元的资金，看准的就是这一块市场。投资追求的就是回报。他想从杨左右安排工作的方式方法上让心灵求得一个安稳。

新班子第一次召开总经理办公会的时候，龚一和施山都参加了。

杨左右显然为这一次会议做了充分的准备，在会前几天，他就对新聘任的班子成员进行了分工。而且给了每个班子成员一个星期的时间，就自己分管的业务和工作拿出一个方案。与其说是杨左右的第一次亮相，不如说是两个股东对自己推荐人员的一次面对面的检验。

第一个亮相的自然是常务副总董志刚，按照分工，他负责生产、采购。董志刚显然很重视这次机会，长期以来，他一直负责的是生产，对生产过程熟悉得如同自己的手指。熟悉不但体现在业务的精通上，更显露在他对原有体制的否定和检讨上。董志刚陶醉在自己的滔滔不绝中，完全没有顾及龚一的感受。新成立的公司原来是龚一所管的一个大型国有企业的分公司。由于经营不善，连职工工资都发不出。这些，都是龚一心中的痛。在改制的过程中，他一直回避这个令他难堪的事实。但在今天，这些事实从他力荐的董志刚嘴里娓娓道出，使得龚一既恼怒又百口莫辩——龚一看见施山听得津津有味。施山的目光虽然一直在董志刚身上，但龚一却觉得施山肯定在心里不动声色地冷嘲热讽。

主持人杨左右也失去了机灵劲儿，一声不吭地任凭董志刚发挥。董志刚说完的时候，龚一已经抽了半包烟。董志刚是在发言结束后才看见龚一的脸色的，看完之后一直到会议结束再也没有抬起头。

接下来作汇报的是负责销售的副总梅茹芳。梅茹芳三十多岁，在公司，她不是最漂亮的女人，却绝对是最有风韵、最具气质的。之前她一直担任龚一的办公室主任。因此和龚一传出了一些风言风语，但人们都只是耳闻，谁也没有目睹。和董志刚一样，梅茹芳也很珍惜这次机会。她之所以来到新公司担任副总经理，不只是想换个环境那么简单。在大学的时候，她学的专业就是市场营销。她一直憧憬着能利用自己的所学在市场上叱咤风云。董志刚发言的时候，刚开始她听得很认真。听着听着为自己担忧起来。董志刚分析得太到位了，有好几次她差点鼓起掌来。后来她就不听了，尽管已经准备得很充分了，她还是在心里默默地寻找自己的方案有没有漏洞。到了她说的时候，她也没有注意老领导龚一的表情。她只是觉得自己对企业的弊病分析得比董志刚更直接也更犀利。令她得意的是，从她一开口，董志刚就低下了头。在她发言的整个过程中，董志刚的头一次也没有抬起来。说完最后一个字，梅茹芳长舒了一口气，最起码，她没有输给董志刚。

梅茹芳是在听到杨左右的话后才感觉心里不安的。她刚说完，就发现杨左右的目光已经从她的身上移到了龚一的身上。杨左右的语气有点着急，龚总，您怎么了？梅茹芳这才发现龚一满脸通红，竟有细汗不停地从脸上流下。毕竟是老领导了，梅茹芳不禁心里不安起来。

没事，没事。龚一强笑着摆了摆手，高血压，老毛病了，吃片药就好了。

一直没有说话的施山关切地对杨左右说，杨总，要不今天就到这里吧。龚总身体不好。

不容杨左右说话，龚一熊掌一样的大手拍在了桌子上，不碍事、不碍事，让赵总监说完。

赵总监就是财务总监赵芳芳，原来在厂里财务部工作，是施山的大学同学。据说，在大学的时候，赵芳芳就是施山的魂。

魂在人在，这不，多少年了，施山还是找上门了。当然，这都是玩笑话。这样的玩笑话传到赵芳芳耳朵里后，她坚决不来新公司任职，施山三顾茅庐，做通了她爱人的工作后她才答应的。

在龚一手下，赵芳芳已经做到财务部的副部长了。她是一个出了名的“死认真”。龚一曾经特批的几笔费用，愣是从她的手里过不去。所以，当施山提出让赵芳芳担任财务总监后，龚一立即当着施山的面鼓掌送行。“死认真”说话办事，只认事不认人。

都快开成我的批斗会了，也该你感觉感觉滋味了。龚一一边抚摩着胸脯，一边在心里说。

事情确如龚一预测的一样，赵芳芳说得很认真，也很客观。当初，分公司是因为流动资金不足，无法运转才申请改制的。施山也是带着解决流动资金、给厂里输送新的血液的名义进入的。根据赵芳芳的分析，新公司要想良性运作，必须彻底解决现金流不足的问题，施董事长投来的资金只能缓解资金紧张的局面，不能根治。赵芳芳因此在会上提出必须进一步融资，向银行贷款。彻底解决资金问题。再依靠强化管理，盘活占用资金。否则，神仙也没有办法。

赵芳芳说完，龚一已经不用手抚摩胸脯了。他的脸上又恢复了会议刚开始时的表情，悠闲、淡定而又稳若磐石。轮到施山低头不语了。

杨左右很满意班子成员今天的表现，他甚至觉得这几个人员比他选择的人员还要优秀。杨左右不由得在心里感叹，这可能是不幸中的万幸了。看着低着头的施山，看着虽然抬着头却没有像往常一样把头抬到天上去的龚一，杨左右明显地感觉到那个失去形状的等边三角形正在逐渐恢复。

## 5

好长时间没泡澡了，该犒劳犒劳自己了。杨左右离开了办公室，来到了“摩登天地”浴场。

水温很舒服，熨贴着皮肤，舒坦得好像要上天。水质很清，水面上还漂浮着一朵朵小红花。肤色或白或黑或黄，一具具在水下影影绰绰，好像画家笔下的水粉画，婉约朦胧却神秘。杨左右一边感受着水的抚摩，一边看着旁边的人，看着看着就看出了问题，他不禁为自己的浅薄脸红。原来脱光了衣服的人也是有差别的。就像自己，好奇得不停地东张西望，好像要把这些东西装在脑子中带走。再看旁边的人，一个个闭着眼，不看任何人，那种轻松、平常的表情就好像躺在了自家的浴缸里。别的都可以比，知识、能力、处理事情的果断等，唯有这种旁若无人、气定神闲的懒散、休闲情态，却是非一日之功可以练就的。

本来杨左右不想再看了，但最后无意中的一瞥却使他出了一身冷汗。他看到在同一个池子里，离自已不远处，那个一直闭着眼睛的人竟是董事长施山。杨左右轻轻地从池子里爬出来准备溜之大吉。就在他出水的一刹那，施山突然睁开了眼睛。杨左右看见，施山的目光本能地躲闪了一下，很快又扫视过来。

杨总，还说一会儿给你打电话呢。施山笑着说。

杨左右只好面对，董事长，你也在啊。

施山从池子里一跃而出，走，换衣服，我们上楼。

二楼楼梯口，有个茶秀，外面用竹子围着，施山直接进去就坐了下来。要了一壶茶，施山慢慢地品着，一直不说话。杨左右心里不踏实，只好透过竹子的缝隙往外看。杨左右最不愿意看见的情景出现了：龚一穿着浴服，脖子上搭着一条毛巾，走了过来，后面，跟着董志刚。董志刚显然对这里比自己熟悉多了，一边走一边潇洒地用手把毛巾甩成了圈。悠闲得也像刚从自家的卫生间出来。

杨左右以为几个人是约好的，讨好似的对施山说道，董事长，龚总来了。施山发愣的瞬间，龚一已经站在了茶秀门口。几个人的脸上都有点不自然。施山先说话了，龚总，这么巧？然后有意无意地看了杨左右一眼。

龚一哈哈笑了，咱们这地方，邪乎，刚才我还念叨你和杨总呢。说着，也有意无意地看了杨左右一眼。

杨左右知道误会大了，他想解释，又不知道怎么开口。一直到几个人重新落座，杨左右也没有找到说辞。他只好给每个人的茶杯续满了水，然后坐在一边一声不吭。气氛当然有点尴尬。好在龚一和施山的手机同时响了，杨左右才端起茶杯喝了一口。刚喝完，董志刚就拿起茶壶给续满了。

龚一拿起手机看了看，又把手机放在了茶几上，目光移到了董志刚身上。董志刚站了起来，我去趟洗手间，走了出去。施山却看也不看手机，任手机铃声不停地响着。龚一看着施山笑了笑，施山还了一个微笑，两个人都没有说话，却一同端起了茶杯。

这又是杨左右发现的一个不同，像他，端起来一口就喝了，喝完了还不知道是什么味。龚一和施山却慢慢地把茶杯凑近嘴唇，先是耸动鼻子深深地闻，闻完了才细细地抿，然后眼睛看着头顶，好像茶的味道跑到了上面去了。

有点苦，好像是陈茶了。龚一说。

是啊，现在的服务行业太黑了。要价这么贵，质量还打折扣。

两个人想再说点什么，张了张嘴，却都没有说出话来。董志刚回来了，在他的身后，站着销售副总梅茹芳和财务总监赵芳芳。两位女士也都穿着浴衣，头发湿漉漉地披落下来，本来两个人的肤色就白，经水一泡，就有点娇嫩的意思了。见了龚一和施山，两人的脸都有点发红。龚一恼怒地看了董志刚一眼，董志刚一脸的无辜。

坐吧，梅总。施山极力掩饰着脸上的慌张。他的慌乱提醒了龚一。龚一屁股重新坐稳，肥硕的身体向椅背压去。竹子做的藤椅就发出了吱吱呀呀的声音。快坐啊，赵总监。龚一笑吟吟地说，怎么一个人来了，没找个伴？说完有意无意地看了施山一眼。施山再老谋深算，也不得不低下了头。两个女人红着脸坐下了。坐下之后，好像才看见了杨左右，杨总也在啊？

杨左右没有说话，他慢慢地厘清了头绪。龚一和董志刚、梅茹芳肯定是一起来的，而赵芳芳绝对是和施山约好的。虽然对他们的关系有所耳闻，但相约在这种地方，显然关系很不寻常。所幸的是，这种场面被自己歪打正着撞上了。不管有没有其他乱七八糟的关系，但在这种地方撞见，远远不是浴场的浴水所能洗清的。杨左右觉得变被动为主动的机会终于到了。他端起了茶杯，就像刚才龚一和施山那样，放在嘴边慢慢地抿着。一边抿眼光一边在梅茹芳和赵芳芳的身上游弋。在他的注视下，梅茹芳和赵芳芳都心虚地低下了头。

渐渐恢复笑容的除了杨左右，还有龚一。他笑得很坦荡，因为谁都可以看出来，和他一起来的，是三个人。原来他以为施山是和杨左右、赵芳芳一起来的，但从杨左右的表情来看，绝对不是。如果不是，内容就有点丰富多彩了。想到这里，龚一站了起来，施董，我们的人齐了，先走了。你们不急，慢慢来。龚一一边往外走一边留意杨左右的表现，果然发现杨左右跟着自己走了出来。走了，龚一大笑着冲施山挥了挥手，我们先走了。

换完衣服，杨左右从浴场出来的时候，发现龚一和董志刚、梅茹芳都不在了。但杨左右的浴资却已经付过了。换完鞋，走出浴场，杨左右看着在头顶闪现的五颜六色的霓虹灯，心里琢磨，到底应不应该跟着龚一出来？

## 6

施山好长时间不来公司了，龚一也不再频频露面了。工作就好推动了。董志刚几次想给杨左右解释一下浴场的事，杨左右都把话题岔开了。每次董志刚低着头离开杨左右办公室的时候，他就不失时机地在董志刚的肩上拍一拍，很真诚地对他说，老董，想多了，把你负责的事做好就行了。董志刚把头点得像啄米的鸡。梅茹芳和赵芳芳也一样，往杨左右办公室跑的次数多了，杨左右依法炮制，不等她们开口就安排了新的任务。三个人话虽少了，但工作却比以前上心了。

杨左右感觉机会来临了，又召开了一次总经理办公会。这是他上任以来第一次真正意义上的办公会，没了龚一和施山，班子成员的思想更加统一了。杨左右提出了深思熟虑的“质量觉醒”工程。他认为，在当今市场竞争十分激烈的情况下，企业要想站稳脚跟，没有过硬的产品质量不行。而产品质量，又是一个老生常谈的话题，每个领导都很重视，大会喊小会讲，质量问题却一直层出不穷。即使有追偿制度，但每次追到最后，都落不到具体的责任人身上，往往成了大家的问题。既然是大家的问题，那就说明大家都没有问题，法不责众嘛。他决定从企业最头痛也最难整治的质量问题入手，打一个质量翻身仗。

杨左右认真看过了企业原有的制度，非常完善，甚至比自己策划得还要完善。那问题出在了落实上。执行不力使质量制度成了墙上挂的，抽屉里面躺的，文件上印的样子货。所以，他在总经理办公会上只讨论了一个议题：落实。每个质量问题都明确了责任人和完成周期。尤其对企业一直存在的几个老大难问题做了重点安排。按照分工，这项任务责无旁贷地落在了董志刚身上。任务明确后，杨左右笑嘻嘻地对他说，董总，公司的前途就靠你了。

董志刚自然从杨左右的话中掂出了分量。按照他在企业工作的经验，领导在安排工作的时候，越是说得严厉，最终越是虎头蛇尾、不了了之。而越像杨左右这样，轻描淡写地安排的事，那就一定会追查到底。散会后，董志刚回到自己的办公室，没有急着往下传达，他先要想明白，想好对策。对策就是预案，就是在万一完不成的情况下，自己怎么办。想起杨左右最近对自己的态度，不冷不热的，他心里有点打鼓。他已经习惯了被龚一臭骂。龚一骂人的过程就是处理的过程。骂得越凶，骂完以后越没事，有时候还能混一顿酒喝。而像杨左右这样，客客气气的，他的心里反而不踏实了。他喜欢龚一这样的领导，有什么说什么。而对杨左右，他确确实实心里有点发怵，因为，杨左右太让人“琢磨不透”了。

董志刚心里不舒服，梅茹芳和赵芳芳心里也没底。梅茹芳来到新公司，表面上是为了新鲜和好奇，心底，也是憋了一口气，为了证明一下自己的能力。证明自己并不是一个花瓶似的人，自己也是有思想、有抱负的。但她没想到，杨左右让她负责销售以后，明确地对她提出了指标要求。她在办公室多年了，多次参与制定目标，却从来没有承担过指标考核。在企业里面，目标往往是个形象数值，也就是争取的、力争完成的。既然是力争完成的，那么，完不成关系不大。到了年底，调整一下就行了。而指标就不一样了，是必须、确保完成的。一个成熟的国有企业，一般都是指标、目标都有，一个确保，一个力争。目标往往大于指标。下有保底，上有期望。而杨左右却反其道而行之，直接把目标值变成了销售指标，更要命的是，指标的实现直接和梅茹芳的年薪一一对应。也就是说，年薪虽然很高，但你干到什么程度，拿多少薪水。这种考核方法本没有什么新鲜的，梅茹芳也不在乎年薪，反正从来就没有哪一个人较过真。问题是偏偏杨左右就较真了。如果真这样下去，万一完不成，自己以后就里外不是人，没法在公司待了。梅茹芳除了有点怨恨杨左右之外，心里也有点后悔来到新公司了。

赵芳芳是个事业心很强的人，但她作为董事长聘任的财务总监，按施山的话说就是要起到"看家"的作用，按她自己的说法是要保证资产的保值增值。当初施山找她谈的时候，虽然惧于闲言，她还是心动了。她一直想找一个能大展手脚的地方。来了以后，她慢慢地觉得自己面临的问题很多，比如招待费的问题，杨左右管理得很严，而施山花起来却没有节制。有时候连自己家人吃饭的发票都拿来报销。就像上次去浴场，施山说好请客，结果还是把票扔给了自己。赵芳芳心里有点看不起施山。看不起归看不起，毕竟是老同学了，何况在大学的时候施山曾经那么狂热地追求过她，赵芳芳觉得有必要向施山说明合资组建的公司和自己家的公司有什么区别。谁知施山根本不听。施山认为，现在是自己控股，那自己就是"东家"，经理班子只是"管家"。"东家"要花多少钱、怎么花，"管家"是没权过问的。但偏偏这个"管家"杨左右表面上软弱、言语不多，骨子里却很硬。赵芳芳曾经多次在脑子里想过杨左右这个人，她觉得杨左右的谦恭是有意装出来的，是为了自我保护。但在谦恭的后面，做起事来却很有原则性。比如招待费，杨左右不但给每个领导、每个部门定了限额，而且报销的时候必须说明是为什么业务在什么地方吃的饭。所以，上次施山交给自己的发票到现在还在自己的抽屉里放着，钱她从自己钱包里拿出来给施山了。她不想再在施山和杨左右之间制造矛盾。赵芳芳虽然搭进去了一点钱，但在心中她却对杨左右有一种期盼。她暗暗庆幸来对了，跟着杨左右这样的人干，值。赵芳芳觉得杨左右是个干大事的人，只要他还在这个位置上，公司就一定安生不了，一定还有大事要发生。

赵芳芳预料的大事果然在半个月之后发生了。

杨左右重整企业，想从产品质量入手，打一个翻身仗。为了显示这件事情的重要性，他让常务副总董志刚负责此事。应该说，董志刚是尽了心的，专门召集了好几次专题会议，研究提高质量的办法。常常别人都下班了，他还在车间为质量的事忙活。忙活归忙活，产品质量还是出了大事故。公司是个喷涂企业，对各种金属零部件进行表面处理。董志刚把什么都想到了，就是没想到会在干了十几年的老本行上翻了船。干过喷涂的人都知道，要想喷涂之后附着力好，喷涂之前都要进行漆前处理。董志刚也处理了，是用一直惯用的碱水浸泡过的。碱水加温后才能除去油迹，如有锈蚀，还要进行喷丸处理。机器和设备都有，但在董志刚负责的时候，从来就没有用过。这次，董志刚很认真地在碱水里面浸泡一下（碱水甚至没有加温）就吊出来吹干进喷漆室了。刚干完看不出来，还很漂亮，他就一直这样干着入库了。

货物发出后不到一个星期，正好下了一场大雨，天放晴的时候，零部件上的铁锈如同脸上的痣一样刺人眼球。用户当然不干，新的产品刚干出来还没有销售就锈了。对方不但开出了一份巨额罚款单，而且要求喷涂公司进行停产整顿。董志刚知道这次祸闯大了，遭了灭顶之灾一般惶惶不可终日。杨左右闻讯后，一句话也没有说，一头扎在了车间，先是明确了喷涂工艺流程，然后主动带人到用户那里把生锈的零部件拆卸下来拉了回来，重新进行了处理，直到用户满意恢复供货后才回到了办公室。

忙了半个月，杨左右不知道是应该庆幸还是应该痛恨。在他亲自整改的过程中，已经知道犯了错的董志刚一声不吭，只是低头像个民工一样积极返修。但这一切挽回不了已经造成的损失。杨左右隐隐觉得主动权正在自己的手中扩大。这是一个千载难逢的好机会，除掉董志刚的好机会。现在，只要他提请召开董事会，龚一也救不了董志刚。杨左右深知这类改制后的企业的通病，股东干预得越多，工作就越不好开展。没有一个股东不想把企业搞好，但股东身份不同，关注点也就不同。像龚一这样国有股份的代表，他首先考虑的不是企业的利益，而是自己的权力大小；而像施山这样的民营股东，想得更多的是尽可能多地获取回报。除此之外，一切都是小事。杨左右夹在其中，既要在行政上听从于龚一，又要在利益上向施山负责。常常受的是夹板气，令他左右为难。为难还是小事，如果到了年底，企业没有效益，一切就都是他的无能和失误。所以，杨左右一直在两个股东之间平衡，寻找一个自己生存的空间。最好的局面当然是和两个股东形成等边三角形的关系。杨左右认为，这是搞好此类企业最理想的前提。但事实却很残酷，残酷得使他认为最稳定的等边三角形没有了稳定性。龚一和施山是三角形的两个“腰”，他只能是底边。他最怕的是两个“腰”的夹角越来越小，那样他的空间也就越来越小。两个“腰”离得太大，自己的空间虽然很大，大到可以凌驾到任何一个股东之上。但杨左右知道，太大和太小都不是好事。因为小到极致（0°）和大到极致（180°）都是一个结果，就是两个“腰”要不重合，要不直线相连，其结局只有“底边”被消除。所以，杨左右很是为难，他也知道这是现有这种体制下职业经理人共同面对的难题：既不能拱手相让权力，也不能无限扩大权力。否则就没有立足之地。

杨左右现在考虑的是，要不要把等腰三角形的一个“腰”缩短？

## 7

申请召开董事会的报告杨左右是在两天之后递交给董事会的，议题只有一个：重新提名常务副总经理人选。施山接到报告后，省略了召开董事会要提前一个星期通知董事的常规做法，在第一时间发出了会议通知。

这是董事们最感兴趣的一个议题了，每个人都希望把别人的命运掌握在自己手中。即使左右不了别人的命运，也喜欢让别人的心脏在自己的手中颤动一下。这种掌握别人命运的兴奋使得董事们提前半个小时就到齐了。施山自然高兴得不得了，表情上又不能表现出来，脸上就一会儿凝重、一会儿憋不住想笑：不用他出头，龚一的棋子就少了一个。龚一的棋子少了，他的棋子虽然不一定会增加，但分量就重多了。施山心花怒放之余，不忘向杨左右投去赞许的目光。

和施山相比，龚一的心情沉重多了。费了多少周折，才把董志刚安排在位置上。谁知道屁股还没坐热，就捅了这么大一个篓子。事情董志刚早就告诉他了，他除了臭骂一顿之外，想不出任何别的办法。进会议室的时候，龚一低着头、弯着腰，全然没有了往日盛气凌人的模样。位置也不选择了，就近找了一个椅子坐了下来。坐下来的龚一谁也不看，拿出一支烟刚点燃，杨左右冲他笑了笑，龚总，公司已经全面开始戒烟，会议室也不能抽了。龚一愣了一下，猛地摁灭了烟头，然后向杨左右投去恶狠狠的目光。目光所到之时，杨左右已经看着别处了。龚一的目光只好悻悻地收回。这一切，施山全看在了眼里。就在那一瞬间，施山甚至有了“真没有选错总经理”的感叹。

董事会在董事长施山的主持下召开了。施山从来没有像今天这样振奋，说话也抑扬顿挫，同志们，大家都知道，我们公司前不久刚刚开过董事会，今天我们又一次召开紧急董事会，是因为我们公司发生了一件大事。下面，我们请杨总对董事会进行汇报。施山说完，仍然很振奋，表情兴奋地看着杨左右。

杨左右和刚进会议室时一样，还是那副表情，他不紧不慢地说，事情各位董事都知道了，就是我们公司发生了一起特大质量事故，给公司造成了重大损失。所以，我提请董事会免去负有主要责任的董志刚常务副总经理职务。

杨左右刚刚说到这里，施山就接了过去，这次质量事故非常严重，对我们这个刚刚成立的公司来说是个重创，我认为杨总的提议是力挽狂澜、避免损失扩大的有效办法，也是重新唤起用户对我们产品质量信心的明智之举，我提请各位董事本着为企业负责的原则，认真表态。

龚一说话了，拿着一支烟，却不点燃，凑到鼻子下面一边闻着烟丝的味道，一边说，我认为单独处理董志刚是不公平的。干工作嘛，谁能不犯错误。犯了错误能改还是好同志嘛。我和董志刚谈过了，他对这次的错误认识很深刻，也有决心改正。我们不能把人一棒子打死。这不符合我党对待干部的政策。

我不同意龚总的说法，我们是公司、是生产经营单位，是以盈利为目的的，施山脸色凝重地说，我们不能总给机会，如果这样下去，我们的投资就全都交了学费，我们还搞什么经营，还拿什么搞经营？

会议一开始，就有了剑拔弩张的气氛。其他的董事面面相觑，没有一个人说话。龚一听了施山的话，嘴张了张，也没有说出话来。施山趁热打铁，我们既然聘任杨左右为总经理，在副总经理人选上，我们应该尊重他的意见。

话说到这个份儿上，杨左右不能再不说话了。他清清嗓子，态度诚恳地说，龚总、董事长，刚才我的话说了一半，在这次质量事故中，董志刚负有主要责任，我负有领导责任。所以，我提议解聘董志刚常务副总经理职务，重新聘任他为副总经理，仍然负责生产和采购；我到年底如果挽回不了损失，我自愿不要年薪、只拿生活费。恳请董事会研究、批准。

所有的人都愣了，施山张开的嘴半天也没有合拢。龚一诧异地看看施山，又看看杨左右，直接把烟扔在了会议桌上，一声洪亮的笑声从喉咙直冲而出，久久回荡在会议室……

杨左右回到家里的时候，家里人都睡了。他蹑手蹑脚来到书房，打开窗户，点燃了一支烟，站在窗前，盯着星星发呆。

今天会议的结局他已经想到了。要保持三角形的稳定性，他必须这样做。刚开始的时候，他真的想解聘董志刚，但当他看到董志刚为了挽回过错，没日没夜地工作，他的心软了。董志刚不是故意的，自己能保证在经营期间永远不犯错误？还有两个股东的关系问题。杨左右感到很累。甚至有时候他认为这种累是自找的。他完全可以按照自己的想法运作，但，能行得通吗？这不是龚一和施山两个人的问题，而是体制就是这样，就必须这样。好像只有这样，才能保证股东各自的权益。而在这种体制下负责经营的管理层，必须要学会在股东之间游离。

董志刚的问题，已经不是个人问题，成了股东争权夺利的把柄和借口。解聘与否，已经和董志刚没有关系了，没人会顾及董志刚个人的感受，股东看重的是，自己在股东会的砝码的轻重。杨左右从董志刚身上，似乎看到了自己的影子。自己之所以能来到这里，就是因为两个股东都觉得自己处于中间位置，用了不会波及自己的权益。

正因为看到了这一点，才有了董志刚的重聘。这一步棋是个怪棋，也是一着险棋。杨左右知道过后不久，所有参加董事会的人都会觉得受到了愚弄，而这种愚弄，是担任总经理的杨左右有意而为之的。龚一也会这样认为。虽然结果在他能承受的范围内。

杨左右来到书桌前，桌面上摆满了用积木搭成的各种三角形：等边三角形、等腰三角形、直角三角形、钝角三角形等，这是在初中就玩的游戏，杨左右觉得这些游戏之中蕴含着很多社会知识。三角形每一个微妙的变化，不管是边长变化，还是角度变化，都代表着一种势力的强弱交替。此消彼长，工作犹如游戏，永远重复而没有尽头。

杨左右目光落在了一个钝角三角形上，那个钝角很大，他知道，这个三角形代表了今天董事会上的情景。从今天的会议结果来看，自己完全占了上风。董志刚当然还是副总。而且这种决定是在两个股东措手不及的情况下做出的。杨左右自担任总经理，还从来没有像今天这样把自己的权力范围扩展得这样大。那个钝角对应的边就是自己。那条边已经不能再长了。如果再长一点，那个钝角就不是钝角了，而钝角的两边也就对接成一条直线了。杨左右知道这是早晚的事，自己的离去也是迟早的事。但是他想把这个年度干满，干到企业走上正轨。

一直以来，杨左右想找出它们之间的变化规律，不是为了自己，而是为了企业。直到现在，他才知道，小时候学过的并不代表掌握和理解。因为，在现实中，它变化无穷，谁也无法左右。

## *8*

一年的时间在三角形的无穷变化中很快过去了。年底收盘后，新公司效益出奇的好。杨左右拿到决算结果看了半天，一言不发。过了很久，才一个人默默地离开了办公室。走的时候，他把办公室各个角落都收拾了一遍。尤其是陪伴了自己一年时间的桌子和椅子，更是擦了又擦、摸了又摸。临出门时，他又站在门口，面无表情却很认真地把整个屋子扫视了一遍。然后轻轻地关上门，离开了。

那天晚上，董志刚、梅茹芳和赵芳芳三个人来到了杨左右的家里，自从董志刚免而重聘的事发生后，四个人就成了一个人。杨左右的爱人做了满满一桌子菜，又拿出了好酒。杨左右特别兴奋，董志刚、梅茹芳和赵芳芳从来没有见过杨左右如此豪爽过。四个人全都喝醉了，吐得客厅一片狼藉。

时间是疗治伤口最好的良药。但疗好龚一和施山心灵创伤的却不是时间，而是收益。年底，不管平时发生了多少不愉快的事，都变成小事了。大事只有一个：今年赚了多少。杨左右交出的答案自然是令所有人满意的，满意得使龚一和施山两个人脸上同时露出了笑容。因为这个满意，过去的一切都烟消云散了。最高兴的当然是施山了。只这一年，他就收回了30%的投资。这个收益率是他在投资的时候想也不敢想的。没有一个人和钱过不去，他在心里开始记起杨左右的好来。

庆功大会在施山的亲自安排下于春节前召开了。主角当然是杨左右以及班子成员。施山派出了好几拨人去找杨左右。在等待的时间里，他和龚一情不自禁地双手紧紧握在了一起。

杨左右却一直没有来。不但他没有来，董志刚、梅茹芳和赵芳芳这些经营的功臣也没有一个人来。会议开始的时间到了，主席台上只有龚一和施山两个人，伴随他们的，是面前花盆里在寒冬开得正艳的一簇簇鲜花……

图书在版编目（CIP）数据

此处无声 / 宁可著 . —北京：中国工人出版社，2021.8
ISBN 978-7-5008-7714-1

Ⅰ . ①此…　Ⅱ . ①宁…　Ⅲ . ①中篇小说—小说集—中国—当代②短篇小说—小说集—中国—当代
Ⅳ . ① I247.7

中国版本图书馆CIP数据核字（2021）第161611号

此处无声

出　版　人　王娇萍
责 任 编 辑　宋　杨
责 任 印 制　黄　丽
出 版 发 行　中国工人出版社
地　　　址　北京市东城区鼓楼外大街45号　邮编：100120
网　　　址　http://www.wp-china.com
电　　　话　（010）62005043（总编室）
　　　　　　（010）62005039（印制管理中心）
　　　　　　（010）62379038（社科文艺分社）
发 行 热 线　（010）82029051　62383056
经　　　销　各地书店
印　　　刷　北京盛通印刷股份有限公司
开　　　本　880毫米×1230毫米　1/32
印　　　张　8
字　　　数　200千字
版　　　次　2021年10月第1版　2021年10月第1次印刷
定　　　价　42.00元